16	3	2	13
5	10	11	8
9	6	7	12
4	15	14	1

**AMBASSADE
DE FRANCE
AU BRÉSIL**

*Liberté
Égalité
Fraternité*

*Cet ouvrage, publié dans le cadre du Programme d'Aide à la Publication 2017
Carlos Drummond de Andrade de l'Ambassade de France au Brésil,
bénéficie du soutien du Ministère de l'Europe et des Affaires Etrangères.*

Este livro, publicado no âmbito do Programa de Apoio à Publicação 2017
Carlos Drummond de Andrade da Embaixada da França no Brasil,
contou com o apoio do Ministério da Europa e das Relações Exteriores.

Obras completas de Rabelais — 3

François Rabelais

O CICLO DE GARGÂNTUA E OUTROS ESCRITOS

Organização, tradução, apresentação e notas
Guilherme Gontijo Flores

Ilustrações
François Desprez

editora■34

EDITORA 34

Editora 34 Ltda.
Rua Hungria, 592 Jardim Europa CEP 01455-000
São Paulo - SP Brasil Tel/Fax (11) 3811-6777 www.editora34.com.br

Imagem da capa:
Ilustrações de François Desprez para Les songes drolatiques de Pantagruel,
Paris, Richard Breton, 1565

Capa, projeto gráfico e editoração eletrônica:
Franciosi & Malta Produção Gráfica

Revisão:
Cide Piquet
Beatriz de Freitas Moreira

1ª Edição - 2023

Catalogação na Fonte do Departamento Nacional do Livro
    (Fundação Biblioteca Nacional, RJ, Brasil)

      Rabelais, François, 1483?-1553
R724t   O ciclo de Gargântua e outros escritos
      (Obras completas de Rabelais — 3) / François Rabelais;
      organização, tradução, apresentação e notas
      de Guilherme Gontijo Flores. — São Paulo:
      Editora 34, 2023 (1ª Edição).
      456 p.

      ISBN 978-65-5525-157-9

        1. Ficção francesa. 2. Obras completas
      de Rabelais — 3. I. Gontijo Flores, Guilherme.
      II. Desprez, François, 1530?-1580?. III. Título.
      IV. Série.

CDD - 847

O CICLO DE GARGÂNTUA
E OUTROS ESCRITOS

O VERDADEIRO GARGÂNTUA (1533)

ESCRITOS DIVERSOS

Checando o relé:
até onde a viagem chega

Guilherme Gontijo Flores

Este é o terceiro e último volume da primeira tradução integral em língua portuguesa das obras de François Rabelais (1483?-1553) que nos chegaram. Apesar de ser um autor central no cânone ocidental, Rabelais tem recebido uma atenção excessivamente esparsa e contida em português, dos dois lados do Atlântico.

Até o momento, temos apenas algumas traduções parciais dos dois livros mais conhecidos, *Gargântua* e *Pantagruel*, também temos uma versão em quatro volumes separados para cada um dos primeiros romances, por Élide Valarini Oliver; e uma versão integral dos romances por David Jardim Júnior, sendo que esta última, apesar de várias soluções inventivas, apresenta uma série de problemas editoriais (cortes do texto, falhas diversas) e tradutórios (pequenos e grandes erros espalhados pela obra); quanto às obras menores, temos apenas um voluminho discreto com tradução da *Pantagruelina prognosticação* e dos *Almanaques*, ao passo que as cartas latinas e gregas, os prefácios, as dedicatórias e os poemas esparsos de Rabelais permanecem praticamente todos inéditos em português.

Nesse contexto, já se passou há muito da hora de termos uma nova tradução integral dos cinco livros voltados às aventuras de Gargântua e Pantagruel, bem como do restante da obra atribuída ao autor francês. É essa lacuna que busco agora preencher enquanto crio uma nova unidade tradutória. Assim, a tradução que apresento em três volumes, seguindo a edição mais recente da Pléiade, editada e anotada por Mireille Huchon em colaboração com François Moreau, terá todas as obras do mestre francês, incluindo algumas de autoria bastante duvidosa. Nesse sentido, mais do que traduzir Rabelais como certeza autoral, traduzo certa tradição rabelaisiana que permite sua presença ou movência. Os volumes incluem:

Volume 1
1. *Pantagruel*
2. *Gargântua*

Volume 2

1. *Pantagruel — Terceiro livro*
2. *Pantagruel — Quarto livro*
3. *Pantagruel — Quinto livro*
4. Capítulos do manuscrito que não aparecem na edição do *Cinquiesme livre*

Volume 3

1. *Les grandes et inestimables chroniques e Le vroy Gargantua* (obras nas quais Rabelais teria alguma participação)
2. *Prognostications et almanachs* (incluindo as sob o nome de Seraphino Calbarsy)
3. *Épîtres-dédicaces*
4. *Lettres*
5. *Supplicatio Rabelaesi*
6. *Pièces de vers* (em francês, latim e grego)
7. *Vers inserés dans l'*Adolescence clementine *de Clément Marot*
8. *Epistre du lymosin*
9. *La sciomachie*
10. *Cresme philosophale*
11. *Traité de bon usage du vin*
12. *Les songes drolatiques de Pantagruel*

Na apresentação ao Volume 1, quem tiver interesse pode conferir uma breve informação biográfica sobre François Rabelais e também alguns detalhes sobre a decisão desse *corpus* para uma *Obra completa*. Neste Volume 3, o último de todos, apresento várias obras esparsas do autor, na maior parte desconhecidas do público brasileiro, até porque algumas delas foram aqui traduzidas pela primeira vez ao português. Dada a variedade e a dispersão dos textos coligidos, a organização agora não se pauta mais pela ordem das publicações, como nos Volumes 1 e 2, e sim pela reunião em torno de gêneros literários em que cada peça pode ser enquadrada. Aqui vocês vão encontrar um Rabelais que pode ser muito sério, que apresenta prefácios e dedicatórias de uma erudição quase acadêmica, que assume cartas de um típico espião da época, que faz suas súplicas em latim ao papa, que celebra formalmente a realeza francesa etc. Longe de ser uma diluição da faceta mais famosa da gargalhada carnavalesca e da sátira, o que temos aqui são mais detalhes que terminam de completar uma persona complexa como sua própria época, e que não cessa de nos lançar desafios de compreensão. Como em momentos anteriores, também aqui considero como obra o *corpus* rabelaisiano, que muitas vezes passa fora do que é de autoria indisputável de François Rabelais. É o caso do *Tratado do bom uso de vinho* e de *Os sonhos bufonescos de Pantagruel*, duas obras de autoria para lá de questionável, mas que demonstram, no mínimo, a força de sua obra viva em movimento e o empenho de outros autores num caráter mimético em torno da poética rabelaisiana. Cada nova leitura no presente pode e deve, portanto, decidir o que cabe e o que não cabe nesse multifacetado balaio, e como organizar as muitas meadas desta trama.

O sonho dessa tradução, que antes era recuperar a potencialidade da linguagem carnavalizada, neste último momento é de recriar o vasto campo de paletas da linguagem rabelaisiana para apresentar os múltiplos espectros empregados por uma figura fundamental da literatura no Ocidente. O resultado dessa aventura toda, espero, será mais um convívio fértil de filologia e poética, estudo crítico e criação literária que procura uma bênção no anacronismo incontornável, para daí propor alguns caminhos possíveis. Quem chegou até aqui, que prepare mais uma dose, a derradeira, com sabores absolutamente diferentes.

Curitiba, outono de 2023

Obras consultadas

EDIÇÕES

RABELAIS, François. *Oeuvres complètes*. Édition établie, présentée et annotée par Mireille Huchon, avec la collaboration de François Moreau. Paris: Gallimard, 1994.

_____. *Oeuvres complètes*. Texte établi et annoté par Jacques Boulenger. Bruges: Pléiade/NRF, 1938.

_____. *Pantagruel*. Première publication critique sur le texte original par V. L. Saulnier. Genebra: Droz, 1965.

_____. *Gargantua*. Première édition critique faite sur l'*Editio princeps*, texte établi par Ruth Calder, avec introduction, commentaires, tables et glossaire par M. A. Screech. Préface de V. L. Saulnier. Genebra/Paris: Droz/Minard, 1970.

_____. *Le tiers livre*. Édition critique, commentée par M. A. Screech. Genebra/Paris: Droz, 1974.

_____. *Le quart livre*. Édition critique commentée par Robert Marichal. Genebra: Droz, 1947.

_____. *Traité de bon usage du vin*. Traduit du tchèque par Marianne Canavaggio. Paris: Allia, 2016.

Les songes drolatiques de Pantagruel. Introduction de Michel Jeanneret. Postface de Frédéric Elsig. Genebra: Droz, 2004.

TRADUÇÕES EM PORTUGUÊS

RABELAIS, François. *Gargântua*. Tradução de Aristides Lobo revista (texto e notas) por Yara Frateschi Vieira. Introdução de Yara Frateschi Vieira. São Paulo: Hucitec, 1986.

_____. *Gargântua e Pantagruel*. Tradução revista por L. Pereira Gil. Lisboa: Amigos do Livro, s/d [1976].

_____. *Gargântua e Pantagruel*. Tradução de David Jardim Júnior. Belo Horizonte: Itatiaia, 2009.

_____. *Gargântua*. Tradução de Maria Gabriela de Bragança. Lisboa: Europa-América, s/d [1987].

_____. *Pantagruel*. Versão portuguesa de Jorge Reis. Desenhos de Júlio Pomar. Lisboa: Prelo, 1967.

_____. *Pantagruel, rei dos Dípsodos*. Tradução revista, apresentação e notas de Aníbal Fernandes. 2ª ed. Lisboa: Frenesi, 1997.

_____. *O primeiro livro. A vida muito horrífica do grande Gargantua, pai de Pantagruel*. Tradução, introdução, notas e comentário de Élide Valarini Oliver. São Paulo/Campinas: Ateliê/Editora Unicamp, 2022.

_____. *O segundo livro do bom Pantagruel*. Tradução, introdução, notas e comentário de Élide Valarini Oliver. São Paulo/Campinas: Ateliê/Editora Unicamp, 2022.

_____. *O terceiro livro dos fatos e ditos heroicos do bom Pantagruel*. Tradução, introdução, notas e comentário de Élide Valarini Oliver. São Paulo/Campinas: Ateliê/Editora Unicamp, 2006.

_____. *O quarto livro dos fatos e ditos heroicos do bom Pantagruel*. Tradução, introdução, notas e comentário de Élide Valarini Oliver. São Paulo/Campinas: Ateliê/Editora Unicamp, 2015.

_____. *Almanaques e prognósticos*. Apresentação e tradução para o português actual de Catherine Claude. Tradução portuguesa de Carlos Amador. Porto: Campo das Letras, 1995.

PERRONE-MOISÉS, Leyla. "Leyla Perrone-Moisés traduz previsões de François Rabelais para o novo ano", *Folha de S. Paulo*, 31/12/2017. Disponível em <https://www1.folha.uol.com.br/ilustrissima/2017/12/1946842-leyla-perrone-moises-traduz-previsoes-de-francois-rabelais-para-o-novo-ano.shtml>.

TRADUÇÕES CONSULTADAS EM OUTRAS LÍNGUAS

RABELAIS, François. *Les cinqs livres des faits et dits de Gargantua et Pantagruel*. Édition integrale bilíngue. Adaptation de l'ancien français par Marie-Madeleine Fragonard. Paris: Gallimard, 2017.

_____. *Gargantua and Pantagruel*. Translated by M. A. Screech. Nova York: Penguin, 2006.

_____. *Gargantua e Pantagruele*. A cura de Lionello Sozzi. Traduzione e note di Antonella Amatuzzi, Dario Cecchetti, Paola Cifarelli, Michele Mastroianni, Lionello Sozzi. Milão: Bompiani, 2013.

_____. *La pantagruelina pronosticazione*. Prima versione integrale di Gildo Passini. Modena: Formiggini, 1930. Disponível em <https://issuu.com/piccola_biblioteca_digitale/docs/004_rabelais>.

_____. *Gargantúa y Pantagruel (los cinco libros)*. Prefacio de Guy Demerson. Traducción y notas de presentación de Gabriel Hormaechea. Madri: Alcantilado, 2015.

_____. *Cartas, almanaques y siomaquia*. Traducción de Ignacio Rodríguez. Buenos Aires: Dedalus, 2010.

PRINCIPAIS OBRAS DE CONSULTA

COOPER, Richard. *Rabelais et l'Italie (Études rabelaisiennes, XXIV)*. Genebra: Librairie Droz, 1991.

DUBOIS, Jean; MITTERAND, Henri; DAUZAUT, Albert. *Grand dictionnaire étimologique & historique du français*. Paris: Larousse, 2001.

GOUGENHEIM, Georges. *Grammaire de la langue française du seizième siècle*. Paris: Picard, 1984.

GREIMAS, Algirdas Julien; KEANE, Teresa May. *Dictionnaire du moyen français: la Renaissance*. Paris: Larousse, 1992.

HUCHON, Mireille. *Rabelais*. Paris: Gallimard, 2011.

SCREECH, Michael Andrew. *Rabelais*. Traduit par Marie-Anne de Kisch. Paris: Gallimard, 1992.

ZEGURA, Elizabeth Chesney (org.). *The Rabelais Encyclopedia*. Londres: Greenwood, 2004.

Traduzido a partir de Rabelais, *Oeuvres complètes*, edição estabelecida, apresentada e anotada por Mireille Huchon, com a colaboração de François Moreau, Paris, Gallimard, 1994, Coleção Bibliothèque de la Pléiade, nº 15.

Foi respeitado aqui o sistema de aspas e travessões estabelecido por Huchon.

O CICLO DE GARGÂNTUA

Nota introdutória

Entre 1532 e 1546 circularam várias edições e versões diferentes do que aqui chamo Ciclo de Gargântua (Huchon menciona pelo menos treze versões diferentes que nos chegaram), em geral com grande sucesso popular, quase todas anônimas, de modo que é difícil rastrear suas origens.

Verto apenas os dois textos que Huchon considera que, com mais probabilidade, tenham passado pelas mãos de Rabelais, seja como autor, revisor ou editor. No entanto ela mesma transcreve em notas também duas obras que eu gostaria de comentar muito brevemente, por julgá-las também importantes: 1) La grande et merveilleuse vie *(A grande e maravilhosa vida), provavelmente publicada entre 1530 e 1535, é hoje atribuída a François Girault, que a assina num acróstico poético; nela temos uma mudança completa do registro que encontramos nas duas obras que aqui traduzo e também a mudança de Gargântua, que passa a ser representado como um rei. Esse aspecto e o título serão certamente influências importantes para o Gargântua de Rabelais; e 2)* Les chroniques du grant roy Gargantua *(As crônicas do grande rei Gargântua), de 1533, que funde as duas linhas narrativas.*

Vamos então às duas obras traduzidas:

As grandes e inestimáveis crônicas de Gargântua — *a primeira edição conhecida desta obra anônima, tal como a primeira edição de* Pantagruel, *data de 1532, porém com a indicação de "nova edição", que pode ser real ou fictícia; seja como for, o problema da autoria nunca foi plenamente resolvido, embora o nome de François Girault seja também aventado; no entanto, mesmo que Rabelais não seja o autor, já se considerou mesmo a possibilidade de sua participação na escrita da obra, ou na edição, uma vez que partilha tantos traços similares da narratividade e da religiosidade rabelaisiana. Além disso, no Prólogo de* Pantagruel, *Rabelais faz um notável elogio das Grandes crônicas, o que reforça a sua importância. O fato é que, apesar dos vários pontos em comum, o estilo é muito menos inventivo (como deve ficar claro também na tradução) que o das obras que Rabelais viria a lançar posteriormente. Ao fim, julguei pertinente traduzir e anotar, ainda que mais concisamente, esta obra que dá início ao mundo rabelaisiano, mesmo que não se possa confirmar sua autoria até segunda ordem. Note-se que, nesta tradição, que de fato flerta com os mitos de cavalaria e com a historiografia cronista da época (como as* Grandes chroniques de Bretaigne, *de Alain Brochard publicadas em 1514, sobre o ciclo arturiano), Gargântua não é ele próprio um rei, mas sim servidor do rei Artur (que* pode ser lido como alegoria de Henrique VIII da Inglaterra, como parceiro político de Francisco I da França); traço que Rabelais apagou por completo em suas obras posteriores.

O verdadeiro Gargântua — o *exemplar que nos chegou deste livro está sem data, mas Huchon considera que seja de 1533, e por alguns é considerado como uma versão remanejada por Rabelais das* Grandes crônicas, *aqui revelando maior pendor para a explicitação de seu caráter literário, num gosto muito mais próximo do que encontraremos na obra de fatura garantidamente rabelaisiana. Esta versão deixa de lado o caráter cronista das* Grandes crônicas *e dialoga mais diretamente com as novelas de cavalaria, ao mesmo tempo que "homiliado" (no original* omelye*), já no título, faz uma paródia com a literatura consagrada às vidas de santos. A expressão plural* enfances *("das infâncias") já era recorrente nas narrativas sobre Carlos Magno, por exemplo. Todo o livro está embasado nas* Grandes crônicas, *porém ao mesmo tempo repleto de enxertos; por isso, farei notas introdutórias apenas quando houver um acréscimo significativo para o desenvolvimento da história gargantuana, ou quando se tratar de um acréscimo extenso. Para além disso, não repetirei as notas de explicação de detalhes para os trechos que já aparecem nas* Grandes crônicas, *mas apenas para os novos pontos textuais.*

François Rabelais

AS GRANDES E INESTIMÁVEIS CRÔNICAS
DO GRANDE E ENORME GIGANTE GARGÂNTUA,
CONTENDO SUA GENEALOGIA,
A GRANDEZA E FORÇA DE SEU CORPO,
BEM COMO OS MARAVILHOSOS FEITOS DE GUERRA
QUE FEZ PELO REI ARTUR,
COMO VOCÊS VERÃO

Como no tempo do bom rei Artur
havia um experientíssimo necromante
que se chamava Merlim

No século XVI, philosophe designava, para além do nosso conceito moderno, também o alquimista, o astrólogo e o mago, por isso decalco em "filósofo".

———

Todos bons cavaleiros e nobres, vocês devem saber que no tempo do bom rei Artur havia um grande filósofo chamado Merlim. Que era mais experiente do que qualquer outra pessoa no mundo na arte da necromancia. Que nunca deixou de socorrer à nobreza e destarte mereceu por seus feitos ser chamado o príncipe dos necromantes. O tal Merlim fez grandes maravilhas, duras de acreditar para quem não viu. Merlim fazia parte do grande conselho de Artur e tudo que ele pedia na corte do tal rei lhe era outorgado, fosse para si ou para os outros. Ele protegia o rei e muitos de seus barões e nobres contra grandes riscos e perigos. Fez amiúde grandes maravilhas. Entre elas, fez um navio de quinhentas toneladas que vagava sobre a terra que nem vocês veem no mar. E muitas outras maravilhas demasiado prolixas para contar, como vocês verão claramente.

Como Merlim disse ao rei Artur
que este teria muitos problemas
com seus inimigos

Ao dizer que será enganado e preso por mulheres, Merlim faz alusão à fada Vi-
viane, sua antiga mestra, que o prenderá na floresta de Brocelianda. Na Historia regum Britanniae *(História dos reis da Bretanha), de Geoffrey de Monmouth, Geno-*
veva seria irmã do gigante Goguran, o que explicaria o tamanho absurdo de suas
unhas. Além disso, é bom lembrar que, nas lendas do ciclo arturiano, Lancelot e Ge-
noveva são amantes, que aqui, de um modo enviesado, acabam por fazer dois filhos.
No Roman de Merlin *a bigorna também tem uma função simbólica, bem como os*
martelos estão ligados à geração no Roman de la Rose.

––––––

Depois de muitas maravilhas feitas por Merlim para louvor e proveito
do rei Artur, Merlim disse: "Caríssimo e magnânimo príncipe, queira saber
que o senhor terá muitos problemas com seus inimigos. Por isso, se quiser,
posso remediá-lo, porque estou a seu serviço, já que nem sempre o poderei
ser, porque serei enganado e preso por mulheres, mas fique certo de que, tanto quanto cabe ao meu livre-arbítrio, eu o guardarei contra a mão dos seus
inimigos". Então falou o rei para Merlim e lhe disse: "Realmente, Merlim,
não seria possível evitar esse perigo para todo o reino?
— Não, disse Merlim, nem para todo o mundo". Assim disse o rei para ele fazer o que achasse melhor e não poupasse nada de seu reino. Então
Merlim agradeceu ao rei pela oferta feita. Ele, que sabia todas as coisas, a
saber, o passado por suas artes e o tempo futuro pela vontade de Deus. O
tal Merlim se retirou da vista do bom rei e se dirigiu à mais alta montanha
do Oriente e levou uma ampola com o sangue de Lancelot, que ele havia recolhido de suas chagas depois de ter torneado e combatido contra algum
cavaleiro. Além disso, levou lascas das unhas dos dedos de Genebra, esposa do rei Artur, num peso estimado de dez libras. Merlim, já na montanha,
no alto dela, fez uma bigorna de aço grossa que nem uma torre e os marte-

François Rabelais

los convenientes em número de três. E com suas artes fez com que batessem tão impetuosamente na bigorna, que até parecia um raio que descia do céu, regularmente.

Como Merlim mandou trazer
os ossos de duas baleias
para fazer o pai e a mãe de Gargântua

As baleias eram vinculadas aos gigantes no imaginário do século XVI.

———

Logo que Merlim escutou seus martelos, mandou trazer os ossos de uma baleia macho e os espargiu com o sangue da tal ampola e os pousou na bigorna e em pouco tempo se consumiram os tais ossos e viraram pó; em seguida, pelo calor do sol, da bigorna e dos martelos, foi engendrado o pai de Gargântua do meio daquele pó. Depois Merlim mandou trazer os ossos de uma baleia fêmea e misturou as já mencionadas unhas da rainha, então pousou tudo sobre a bigorna como já tinha feito. E desse pó foi feita a mãe do tal Gargântua.

François Rabelais

Como Merlim fez
uma maravilhosa égua
para carregar o pai e a mãe de Gargântua

Depois que Merlim realizou aquele feito maravilhoso. Nem tinha ainda colocado o último pó para fazer a mulher, quando viu o homem, que tinha o tamanho de uma baleia e comprimento proporcional ao que deve ser um homem comum; ao ver isso, Merlim lançou um feitiço sobre ele e o fez dormir por nove dias, pois durante os nove dias seria feita a mulher. O príncipe Merlim, vendo o gigante adormecido, decidiu fazer um bicho para carregá-lo. Para tanto, olhou aqui e ali e viu as relíquias de uma égua, que ele pegou e pôs sobre a bigorna e com isso fez uma égua tão grande e poderosa, que poderia mesmo carregar os dois com a mesma facilidade com que um cavalo de dez escudos leva um mero homem, depois disso mandou-a pastar no vale da montanha.

Como Merlim quebrou o feitiço

O nome Galemelle (Galamela), segundo Lazare Sainéant, poderia indicar o "papo" de uma galinha, ou mesmo um ganancioso, em dialeto normando; porém creio que também ecoa a gala mela, uma maçã clara. Grant Gousier (grão Gorja) indica, ao pé da letra, "garganta grande"; Rabelais, nas obras posteriores, apenas juntará o nome em Grandgousier, que verto como Grangorja.

Quando Merlim terminou essa grande e maravilhosa égua, quebrou o feitiço e percebeu que sua mulher já estava feita com o mesmo tamanho do homem; então o tal homem olhou a mulher, dizendo: "O que você está fazendo aqui, Galamela?". Disse a mulher: "Eu espero grão Gorja, meu amigo". Então Merlim danou a rir e lhes disse que essas palavras eram belas e que queria que esses fossem os seus nomes. Então perceberam o tal Merlim e lhe prestaram honras, que nem ao soberano senhor; depois Merlim lhes fez um bom repasto e disse: "Desçam pelo vale desta montanha e me tragam a égua que se acha por lá".

François Rabelais

Como grão Gorja e Galamela
foram buscar a égua
e geraram Gargântua

Aqui temos a etimologia do nome Gargântua, porém sua origem grega é fantasiosa e não remete a nada. Em Gargântua, *cap. 23, Rabelais dá outra etimologia.*

O fogo de Santo Antônio é expressão típica, que aparece no Pantagruel *e no* Gargântua, *pois Santo Antônio era representado com um fogo ameaçador que saía de seus pés e mãos; ela também pode expressar a gangrena; aqui, ela ganha imagem sexual e paródica. Mais adiante, é possível que essa viagem no rumo do Oriente tenha sentido esotérico, como no caso de outros profetas que foram para o Oriente.*

Morgana é uma figura mítica complexa do ciclo arturiano, representada como irmã de Artur e também como neta do rei Judas Macabeu, ou esposa de Júlio César e mãe de Oberon e São Jorge. Na época, o barbeiro podia ser um tipo de cirurgião.

———

Então por ordem de Merlim grão Gorja e Galamela desceram ao pé da montanha para buscar a grande égua. Grão Gorja, o primeiro a chegar ao pé da montanha, contemplava Galamela vindo e tinha prazer em contemplar o entremeio de suas calças (pois estavam nus). Assim que Galamela desceu, ele perguntou que coisa ela trazia ali. Então respondeu abrindo as coxas que tinha uma chaga de nascimento. Grão Gorja, ao ver a chaga larga e vermelha que nem fogo de Santo Antônio, sentiu o membro se erguer, que era grande que nem uma barrica de arenque e longo para a frente; disse a Galamela que ele era cirurgião-barbeiro e que com seu membro faria uma sonda para saber se a chaga era profunda; nessa chaga ele não encontrou fundo; no entanto, gostaram tanto da brincadeira que geraram Gargântua, depois levaram a grande égua até Merlim, e Merlim lhes disse: "Vocês geraram um filho que fará grandes feitos de guerra e dará socorro ao rei Artur no embate com seus inimigos, e por isso vocês devem tratá-lo e alimentá-lo bem, e assim ordeno que façam provisão de alimentos para quando ele nascer na terra. Além disso, digo que não estarei mais com vocês e ordeno, com pena pela desobediência, que, quando a criança tiver sete anos, vocês o levem à corte do rei

Artur na Grã-Bretanha e que tragam algumas coisas de cá para manifestar e mostrar o seu poder". Então disse grão Gorja: "Caríssimo senhor, como encontraremos o caminho, se nunca fomos lá?". Disse Merlim: "Vocês voltem a cabeça da égua no rumo do Ocidente e deixem ela andar, que ela os conduzirá sem erro". E assim Merlim se afastou deles, ao que mostraram um luto tão grande que se estendeu por umas boas dez léguas e choraram tão forte que dois moinhos poderiam moer com a água saída de seus olhos.

Grão Gorja e Galamela partem para a caça para esquecer a saudade que tinham de Merlim, lá encontraram uma grande tropa de cervos. Grão Gorja chegou mais perto e pegou uma dúzia dos mais graúdos. Então olhou para trás e não viu mais Galamela, porque ela não tinha costume de se demorar para trás. Então carregou os doze bichos nas costas para ver onde ela tinha ficado. Quando chegou perto, notou que estava deitada e percebeu que tinha um filho varão. Então o chamou Gargântua (que é uma palavra grega), que quer dizer "que belo filho você tem". Então a mãe disse que queria que ele tivesse esse nome, e o pai concordou. Então pegaram o pequeno Gargântua, cada um por uma mão, e o levaram à montanha onde moravam. Alguns autores afirmam que Gargântua se alimentou apenas de carne em sua infância. Eu digo que não (tal como dizem Morgana e muitos outros), pois sua mãe bem poderia ter em cada um de seus seios cinquenta pipas de leite. O pai e a mãe tinham prazer em alimentá-lo, pois ele sempre fazia pequenos passatempos; umas vezes se divertia jogando pedras do alto da montanha, que nem fazem as criancinhas, mas elas não eram menos pesadas que três tonéis de vinho; por vezes ia se divertir na floresta que nem os jovenzinhos e, quando via algum pássaro, só de onda jogava algumas pedras, essas pedras ele achava bem pequenas. Elas não eram menores do que duas mós de moinho. Mas mesmo assim pesavam em sua mão menos do que meia noz na mão de um homem de hoje.

François Rabelais

Como grão Gorja e Galamela
pensaram sobre o dever de procurar Merlim
na corte do rei Artur

Grão Gorja notou que seu filho estava grande e bem fornido e que os sete anos já se aproximavam e que deviam levá-lo à corte do rei Artur, tal como dissera Merlim ao partir. Assim vai grão Gorja de um lado e sua mulher do outro para caçar víveres. Tanto fizeram, que em pouco tempo tinham o suficiente para a viagem. E carregaram os tais víveres na grande égua, que tinham o peso estimado de cem cargas de pão e carne fresca e salgada. De vinho não fizeram provisão. Depois voltaram a cabeça da égua no rumo do Ocidente e deram a Gargântua uma verga para tocá-la, que era grande que nem um mastro de navio. Quanto a grão Gorja e Galamela, cada um botou um grande rochedo na cabeça, para mostrar seu poder ao rei Artur quando entrassem em seu reino (assim aconselhara Merlim ao partir), desses rochedos vocês ainda vão ouvir falar de novo ao longo da história.

Como se puseram a caminho.
E das florestas de Champagne

Este capítulo parece estar embasado numa das lendas do rei Artur, que narra como teria vencido e matado um gigante do monte Saint-Michel. É importante notar também que Saint-Michel se tornou local importante para a monarquia francesa e para o culto católico.

———

Tanto assim fizeram grão Gorja e sua companheira que chegaram a Roma e de lá foram à Alemanha, à Suíça, e ao país de Lorena e à grande Champagne, onde havia naquela época um grande bosque, e naquele tempo eram abatidas as grandes florestas porque era necessário atravessá-las. Quando a grande égua entrou nas florestas de Champagne, moscas começaram a picar o cu da tal égua, que tinha um rabo de cem braças, além de grosso, ela começou a mosquear; então vocês veriam tombarem imensos carvalhos em pedaços que nem granizo, e tanto continuou o tal bicho, que não sobrou uma árvore de pé, mas tudo ruiu por terra; e é por isso que em Beauce hoje não há nenhum bosque e o povo da região precisa se esquentar com palha e sapé. E Gargântua, que seguia a tal égua e não conseguia impedi-la, sentiu uma lasca de madeira no dedinho do pé, que pesava mais de duzentas libras. Gargântua se viu machucado e manquitolou até, dizendo ao seu pai e mãe que precisava descansar. Então foram à beira do mar onde hoje está Saint-Michel. Quando grão Gorja e Galamela e Gargântua chegaram à beira-mar, ficaram embasbacados de ver tanta água. Então grão Gorja perguntou o caminho para chegar à Grã-Bretanha, onde estava o rei Artur, e lhe disseram que deveriam cruzar o mar se quisessem chegar lá. Enquanto isso, Gargântua cuidava do mindinho e pôs nele uma tela com pelo menos três varas de comprimento, e a tal tela ficava na ponta do campanário de uma pequena paróquia ali perto, daquele campanário ele arrancou a cruz onde estava o galo, porque ela incomodava a chaga por causa das embraçadeiras

François Rabelais

e não deixava a chaga se curar. E notem que foram necessárias quatrocentas varas de tela para fazer a faixa do mindinho, fora meio quarto. Porque ele estava um pouco inchado pela ferida.

Assim que o povo do país descobriu que eles estavam no litoral, vocês veriam chegar gente de todos os lugares para vê-los, o que é uma coisa inestimável, já que, de todas as nações donde vieram, foram os bretões que lhes fizeram mal. E vocês devem saber que eles jogaram ao chão o que traziam na cabeça, com os víveres que a grande égua trazia na garupa, depois a mandaram pastar nas terras e, como bons parcimoniosos, fecharam a bagagem. Mas não souberam bem como guardar os alimentos, e em pouco tempo vocês já veriam os tais bretões em torno desses rochedos, escondidos de medo que os vissem, enquanto com grandes facas este cortava um grande naco de cervo, e aquele um grande pedaço de boi, e tantos iam chegando que grão Gorja os percebeu. Então jurou que, se não pagassem pelo que tinham roubado, eles comeriam todas as vacas do país. Ao ver isso, os bretões lhes deram duas mil vacas em recompensa, fora os veados que não entraram na conta.

Então grão Gorja e Galamela disseram que guardariam melhor para não serem roubados os seus dois rochedos. Em seguida o tal grão Gorja e Galamela botaram cada um o seu sobre a moleira do jeito que os tinham trazido do Oriente. E depois entraram no mar dizendo que, quando precisassem, bem poderiam buscá-los que nem os tinham trazido. E quando grão Gorja avançou bastante, ele pôs o seu na braça do mar, e esse rochedo hoje se chama monte Saint-Michel. E pôs o tal grão Gorja a ponta bem no alto do monte, como se pode provar pelos inúmeros peregrinos. E o tal rochedo agora é bem protegido pelo nobre rei da França feito uma verdadeira relíquia preciosa. Galamela também quis colocar o seu ali, porém grão Gorja disse que ela não faria nada disso, mas que deveria levar mais adiante, pensando consigo que alguém poderia pegar um, mas não o outro. Galamela obedeceu a ordem e o levou mais longe. E o tal rochedo hoje se chama Tombelaine. Depois voltaram os dois personagens e encontraram Gargântua, que cuidava para que os bretões não tramassem outra perda, como já tinham feito.

Como o pai e a mãe de Gargântua
morreram de febre
e como Gargântua levou
os sinos de Notre-Dame de Paris

Essa passagem célebre aparece também em Gargântua, *cap. 17. Sobre os sinos propriamente ditos, o Bordão Marie pesava 12.300 kg (fundido em 1396), ao passo que o Bordão Jacqueline pesava 7.500 kg (dedicado em 1400).*

———

Depois que grão Gorja e Galamela terminaram de guardar os rochedos, uma febre contínua os atacou e atormentou com tanta força, que em pouco tempo morreram por falta de purga. Diante disso, Gargântua entrou em desespero, pois arrancou os cabelos e arranhava o rosto. Batia o pé contra a terra, torcia os braços; foi um luto maravilhoso que ele apresentou. Depois o luto passou, e ele lembrou como tinha ouvido falar que Paris era a maior cidade do mundo. Ficou com vontade de ir até lá, pois tinha desejo de ver coisas novas, que nem qualquer jovem. Então montou na grande égua e se pôs a caminho; quando estava perto andou a pé e mandou a égua pastar, depois entrou na cidade e foi se sentar numa das torres de Notre-Dame, mas as pernas pendiam até as margens do Sena, e ele observava os sinos de uma e depois da outra torre e começou a balançar os dois que ficam na grande torre, considerados os maiores da França. Então vocês veriam chegarem os parisienses todos, numa multidão que o observava e zombava do seu tamanho. Então ele decidiu levar os dois sinos e pendurá-los no pescoço da égua, que nem os sinetes que tinha visto nos pescoços das mulas. Assim ele parte e leva, quem se desolou foram os parisienses, pois não adiantaria nada usar de força contra ele. Então se reuniram numa assembleia e se concluiu que caberia suplicar para que ele os trouxesse de volta e colocasse nos lugares donde foram tirados e que ele partisse para nunca mais voltar e que lhe dariam trezentos bois e duzentos carneiros para a refeição, no que concordou Gargântua, depois partiu o tal Gargântua pela beira do mar por onde veio

François Rabelais

e então recomeçou seu luto, por não ver mais o pai e a mãe onde foram deixados mortos, pois Merlim, que sabia de tudo e tinha vindo para reconfortá-lo, os havia enterrado. O tal Merlim veio até Gargântua e disse: "Não se desconsole mais pela morte de seu pai e mãe, porque eu os enterrei ali". Então disse Gargântua: "Quem é o senhor, para falar assim?"; disse Merlim: "Eu sou aquele que ordenou ao seu pai que viesse aqui para apresentar você ao rei Artur.

— Ah, disse Gargântua, é o senhor que se chama Merlim?

— Sim, disse ele, por isso se anime para vir comigo até a Grã-Bretanha servir ao rei". Então disse Gargântua: "Sir Merlim, estou a sua disposição, tenha piedade deste pobre órfão"; depois disse Merlim: "Vá buscar a égua, e atravessaremos o mar, porque está na hora de partir". Gargântua cumpriu a ordem e levou a tal égua perto da beira-mar, mas ela tinha medo das ondas, de modo que dava para ouvi-la bater a dez léguas de distância, porque ela se pôs a pular, escoicear e correr. Merlim, vendo que Gargântua tentava chegar perto, disse para que a deixasse ir, pois ela iria até Flandres, e que a tal égua estava no cio e poderia ser coberta pelos belos potros de raça flamenga e que outro dia ele poderia vir recuperá-la. Mas assim que lá chegou a tal égua, fez potros e potras, saibam portanto que dela veio o renome dos grandes jumentos de Flandres.

Como Merlim levou Gargântua
até a Grã-Bretanha

O nome dos dois povos gogues e magogues é derivado de Gogue e Magogue, figuras que aparecem em Ezequiel 38:2-3.

A maça de ferro gigantesca é arma típica dos gigantes, associada também a Hércules nos mitos greco-romanos. E as pedras de talhe são a mesma arma dos trezentos gigantes em Pantagruel, *cap.* 26.

No final do capítulo, temos uma diferença fundamental entre as obras: o gosto por bebida do Gargântua das Grandes crônicas *é muito diferente da figura de* Gargântua, *aficionado por vinho; mais adiante, veremos que este Gargântua come muito peixe, em vez das carnes e embutidos do livro* Gargântua.

———

Depois da perda da grande égua, Merlim mandou vir uma nuvem que o levou junto com Gargântua até a borda do mar, perto de Londres. Então disse Merlim para Gargântua: "Me espere aqui, e eu irei até o bom rei Artur, que fará um grande repasto e lhe entregará um dom que você vai adorar. Portanto não recuse nada que ele ordenar.

— Não farei isso, disse Gargântua, mas farei o que o senhor quiser". Então partiu Merlim, que saudou o rei e depois disse: "Poderosíssimo príncipe, trago um personagem ao seu país, que é deveras poderoso para desbaratar e aniquilar todos os seus inimigos, se estiverem reunidos num exército; além de mais de cem mil homens de armas.

— Certo, disse o rei, mas como isso é possível, se eu, que tenho tantos homens valentes de guerra, perdi duas batalhas na semana passada?

— Sir, disse Merlim, dessa vez o senhor mostrará que não devem mais tentar vê-lo tão de perto". Então o rei e os senhores e barões, junto a Merlim, montam a cavalo. E assim que encontraram Gargântua, que passeava, o rei e os barões ficaram maravilhados por seu volume e altura. Em seguida, o rei o saudou, e Gargântua deu saudação conveniente a um tal príncipe; e

François Rabelais

o rei perguntou seu nome. "Sir, não se preocupe com o seu nome, porque ele serve para defender na guerra contra seu homem". E Gargântua respondeu que, se houvesse trinta mil homens, eles não fariam nada contra ele; então lhe disse o rei que, se quisesse partir para a batalha contra os gogues e magogues que lhe faziam guerra, então ele o vestiria de libré e lhe daria gajes e banquete de corte. Assim agradeceu Gargântua e pediu que lhe fizessem uma maça de ferro de sessenta pés de comprimento e que na ponta fosse grossa que nem o ventre de um tonel. Então comandou o rei que procurassem ferreiros para produzi-la. Ademais, o rei lhe disse que esses gogues e magogues eram fortes e poderosos e que eles estavam armados com pedra de talhe, e que ele tinha feito um prisioneiro que chegava a dar medo só de olhá-lo. Então disse Gargântua: "Sir, quer que eu o veja?"; e o rei disse que sim e mandou procurar o tal prisioneiro, tal como dito. E quando Gargântua o viu, disse: "Sir, quer que este prisioneiro não cause mais medo?". Então disse o rei: "Faça o que achar melhor". Num supetão Gargântua pegou o tal prisioneiro pelo pescoço e o jogou diante de todos os barões tão alto, que nem dava mais para vê-lo, e depois tombou morto e estraçalhado que nem se uma torre tivesse caído em cima dele. Depois disse Gargântua: "Sir, não tema mais esse aí, porque ele não vai mais dar medo".

A maça foi logo feita pela ciência de Merlim, tal como necessário, e em seguida levada dentro de uma grande charrete, que nem uma peça de artilharia, e apresentada a Gargântua, que a pegou de leve e jurou diante de todos os presentes que não beberia nem comeria enquanto os gogues e magogues não tivessem todos sentido o peso da maça que tinha em mãos. Assim, veio um mensageiro por ordens do rei Artur, que o levou ao campo dos gogues e magogues e os mostrou ao tal Gargântua, dizendo: "Eis os traíras dos gogues e magogues, que noite e dia querem nos destruir". E num súbito Gargântua se lançou em batalha que nem um lobo num rebanho de ovelhas, batendo aqui e ali sua maça enquanto gritava: "Viva o bom rei Artur, pois vou mostrar o que vocês fizeram contra ele". Os gogues e magogues, vendo que ele era pior que um capeta, não sabiam o que fazer além de dar no pé, então pediram por misericórdia, mas ele não tinha piedade de ninguém, seja lá quem fosse. Então veio o exército do rei Artur, que fez a pilhagem. E Gargântua retornou a Londres para diante do rei, e Merlim lhes contou o caso, e o rei muito se alegrou com suas virtudes. Então ordenou o rei que aprontassem as mesas para Gargântua e ordenou que acendessem fogos de alegria por toda a cidade pela vitória que teve contra seus inimigos gogues e magogues. Então se sentou Gargântua numa mesa posta para ele entre duas grandes montanhas, mui ricamente ornadas com tapeçaria onde se via representada a criação do mundo de modo natural. O senhor Gargântua teve prazer em observá-la, enquanto faziam os preparativos, pois jamais tinha visto uma coisa daquelas. Viu também como os gigantes empilharam montanha sobre montanha para subirem aos céus e pensou que bem poderia fazer o mesmo e em uma hora empilhou dezessete montanhas uma sobre a outra, de tal modo que o rei Artur podia ver até Paris. Depois disso, o rei mandou que o servissem com toda a honra. E para o prato de entrada serviram-lhe presunto de quatrocentos suínos salgados, fora linguiças e chouriços, e dentro da sopa a carne de duzentas lebres e quatrocentos pães, dos quais cada um pesava cinquenta libras, e a carne de duzentos bois gordos, cujas tripas ele tinha comido de entrada. E não duvidem que a tábua com que ele fatiava as carnes era maravilhosamente imensa, pois bem poderia colocar na tal tábua a carne de três ou quatro bois, e tinha ali seis homens que não paravam de fatiar a carne sobre a tal da tábua em quatro pedaços; e cada pedaço de boi para ele dava uma mera bocada; e quatro homens fortes, que sem cessar a cada pedaço que ele comia lhe jogavam uma grande pazada de mostarda goela abaixo; e para sobremesa lhe serviram quatro barricas de maçãs cozidas; e bebeu dez tonéis de cidra, porque não bebia vinho.

François Rabelais

Como Gargântua foi vestido
com a libré do rei Artur

Depois que levantaram a mesa e que Gargântua teve sua leve refeição, não como faz um bando de galantes, mas escutando as belas palavras e jogos e conversas honestas do rei e dos príncipes que lá estavam presentes, nas quais teve cem mil vezes mais prazer do que bebendo e comendo, o rei, vendo que as graças tinham sido dadas e concedidas à fala, mandou buscaram o grande mordomo e ordenou que fizesse as vestes da libré de Gargântua e que este fosse fornido com uma camisa e todas as outras roupas. Então disse o mordomo que assim seria feito, pois que muito lhe apetecia ordenar essa obra. Depois trouxeram por ordens do tal grande mordomo oitocentas varas de tecido para fazer uma camisa para o tal Gargântua e mais cem para fazer seus bolsos em forma de ladrilhos postos sob as axilas.

Para fazer seu gibão empregaram setecentas varas de seda, metade carmesim e metade amarela. E trinta e duas varas e meia quarta de veludo verde para fazer o bordado do tal gibão.

Para fazer as calças do tal Gargântua encomendaram duzentas varas de escarlate e três quartas e meia no vendedor de tecidos.

Para fazer a casaca da libré empregaram novecentas varas e meia quarta, metade vermelha e amarela.

Para fazer o bordado encomendaram setenta varas de veludo carmesim, metade vermelha e metade amarela, como já se disse.

Para fazer o saio empregaram mil e quinhentas varas, uma quarta e meia de tecido, precisamente.

Para fazer os calçados encomendaram dos coureiros cinquenta peles de vaca e meia.

Para fazer os cadarços encomendaram duas dúzias de peles de vitela, precisamente.

Para solar os tais calçados encomendaram dos curtidores o couro de trinta e seis bois.

Para fazer seu barrete com insígnia deram ao barreteiro duzentos quintais de lã, duas libras e meia e uma quarta, precisamente.

Seu penacho pesava bem umas cento e três libras e um quarto, no mínimo.

Gargântua tinha um sinete de ouro em um dos dedos, que tinha trezentos marcos de ouro, dez onças e duas moedas e meia, e tinha um rubi encravado no tal sinete que era incrivelmente valorizado e pesava centro e trinta libras e meia.

Diante da montaria que se lhe dava, recusou aceitá-la porque seguia bem a pé; pois em trinta passos percorria o mesmo caminho que um correio poderia fazer com quatro cavalgadores num bom cavalo.

François Rabelais

Como Gargântua agradeceu
a Merlim em privado

Depois que as vestes foram preparadas e que Gargântua se viu então aparelhado e vestido com luxuosas vestes, ele parecia um pavão que abre a cauda, porque pôs as duas mãos nas costas em presença do bom rei Artur e de todos os gentis-homens e nobres barões e assistentes da corte que ali estavam presentes. Então o tal Gargântua apoiado sobre os dois pés foi tomado de uma feroz coragem, fazendo duas ou três voltas com a cabeça, depois disse: "Bom é crer no conselho de um prudente e sábio homem, como o senhor Merlim, pois ele bem que me disse isto que agora vejo, quando disse para que eu não recusasse nada ao bom rei Artur, pois que por um simples serviço que lhe fiz, de destruir e vencer os gogues e magogues, ele tanto me amou que me deu estas roupas luxuosas, e por isso estou agora fortemente ligado a ele". Então disse o rei Artur a Merlim: "Caro amigo, vemos que Gargântua sente-se muito bem-nascido e fala bem do senhor e da corte. Por isso, acho que seria bom que o senhor fosse até ele, para ver se cumpre o que disse". Depois disse Merlim: "Sir, ele o fará até mil vezes". Assim Merlim vai até Gargântua. E quando Gargântua percebeu que Merlim veio vê-lo, saudou-o. Depois Merlim perguntou como ele estava. E Gargântua, que estava alegre, respondeu que estava muito bem e com isso danou a rir com tanta força e afeição pela gentileza de sua pessoa e pelo amor que sentia por Merlim e pelo rei Artur, que dava para ouvir seu riso a sete léguas e meia de distância. Depois disse Gargântua: "Senhor Merlim, nunca um homem recebeu tanto bem no mundo quanto eu por sua mercê, por isso lhe agradeço".

Como o rei Artur enviou uma embaixada
aos holandeses e irlandeses

Talvez haja neste capítulo uma referência aos combates de Luís III contra os vikings, em 881, já que os irlandeses eram comumente associados a estes nos textos medievais.

———

Vocês já devem saber que, quando acontece um grande mal ou má sorte para um príncipe grande senhor, acontecem logo dez. Foi assim com o rei Artur, quando fez guerra contra os gogues e magogues, pois os holandeses e irlandeses, que lhe eram tributários, se revoltaram, e quando o rei Artur mandava que enviassem dinheiro ou ajuda e recurso aos homens de armas, eles faziam o contrário. Por isso, vendo seu bom conselho e o poder de Gargântua, decidiu enviar uma embaixada e mostrar que eles deveriam prestar o tributo do quinquênio e guardar as cidades e castelos em suas mãos, e que o rei deles deveria se render como prisioneiro em sua corte, para fazer a justiça merecida. Os irlandeses e holandeses ouviram a embaixada, mas apenas zombaram dela e disseram que eram duas nações e tão fortes que o rei da Grã-Bretanha não faria nada contra eles e ameaçaram aos embaixadores de não mais falarem do rei Artur, sob pena de prisão.

François Rabelais

Como os embaixadores fizeram seu relato
e da preparação para a guerra

Os embaixadores do rei Artur, vendo a louca resposta dos irlandeses e holandeses, partiram ao mar para seguirem até Londres, onde estava o rei Artur. Tiveram bons ventos e avançaram rapidamente, tanto que lá chegaram numa segunda-feira de manhã, e o rei ficou sabendo das novas e ordenou que viessem imediatamente diante dele em seus aposentos. Quando entraram, saudaram como de costume. O rei lhes deu sua saudação, perguntando quais novas traziam. Então responderam os embaixadores que os irlandeses e holandeses como um todo eram seus inimigos e não respeitavam o poder do rei. Este perguntou: "Vocês falaram do poder de Gargântua?". E eles responderam que não, mesmo que ele assim os aconselhasse, "mas por causa da arrogância deles, não quisemos adverti-los para seu próprio lucro". O rei disse que fora bem-feito e, findas essas palavras, o rei mandou reunir seu conselho para deliberar sobre a guerra; foram convocados Merlim e muitos outros, e se concluiu que Gargântua tomaria parte no exército, o que o agradaria, sob uma insígnia, e que Merlim os conduziria e daria conselhos a Gargântua, como de praxe.

Como Merlim contou a Gargântua
que este devia travar guerra
contra os irlandeses e holandeses

Reboursin é o nome de um departamento de Indre, perto de Issoudun, na França; mas, pela geografia, só pode ser uma homonímia.

———

Vendo Merlim a conclusão do conselho do bom rei Artur como alguém que tem vista ao benefício de seu mestre, foi até Gargântua e lhe disse: "Gargântua, levante a mão e jure ao rei de servi-lo numa guerra movida entre ele e os irlandeses e holandeses". Então Gargântua, que estava com o flanco de sol, que era quente e penetrante, levanta a mão de banda, de modo que fazia meia légua e meio quarto de sombra ao seu redor, com precisão; e estava o sol chegando ao meio-dia, e quando Gargântua fez seu juramento, pediu a Merlim que lhe desse conselho, pois força ele tinha de sobra e em pouco tempo mostraria a obra que era capaz de fazer com sua maça; depois disse Merlim: "Gargântua, é necessário levar com você dois mil homens apenas, que farão o butim, depois que você vencer a batalha; e saiba que você deve trazer o rei deles como prisioneiro, que você levará até o rei Artur, bem como os mais notáveis da corte, e mantenha-os prisioneiros até que sejam apresentados ao bom rei Artur". Então disse Gargântua: "Como atravessaremos o mar?". Depois disse Merlim: "Vou embarcá-lo num navio em que embarcamos para cruzar da Pequena à Grã-Bretanha". Logo se reuniu o exército, enviado ao porto marítimo. Depois Merlim fez vir uma espessa nuvem negra e com um movimento todos embarcaram no alto-mar e se encontraram todos do exército, exceto Merlim, que retornou à corte do rei Artur. Então, quando Gargântua viu aquelas pessoas ali perto, não se espantou, mas disse: "Minhas crianças, me esperem aqui, porque vou ver se as portas desta cidade estão bem fechadas e saber como ela se chama, porque estamos no país da conquista". Então Gargântua pegou a maça no ombro. E partiu para a cidade onde encontrou um homem armado, que queria montar a cavalo, e

François Rabelais

lhe disse: "A quem você pertence, quem é o seu mestre?". Ao que o homem armado fez o sinal da cruz, dizendo: "Inimigo, eu o conjuro". Então Gargântua o pegou e enfiou no bornal e seguiu até o portão daquela cidade, onde encontrou a miúdo um povo de que ele não tinha conta e os deixou correr para a cidade e fecharem os portões e soarem os sinos para reunir toda a comuna, que seguiu incontinênti sobre as muralhas para jogar pedras contra Gargântua; porém em nada os temia e diante de todos foi sentar num dos baluartes da cidade e lhes perguntou qual era o nome da cidade e a quem ela pertencia. Então disseram que era do rei da Irlanda e que se chamava Reboursin. Então perguntou Gargântua se o rei estava na cidade, e disseram que sim, ao que lhes disse Gargântua que fossem dizer a ele que esperasse por Gargântua e todo seu poder para o combate, para depois seguir como prisioneiro até o rei Artur.

Como o rei da Irlanda e da Holanda
mandou quinhentos homens de armas
para combater Gargântua

Gargântua falava com os cidadãos, o rei da Irlanda saiu por uma falsa porta secreta com quinhentos homens bem armados, e vieram assaltar Gargântua, que estava sentado sobre o baluarte; e quando Gargântua viu que vinham ao seu encontro, passou pela barreira dentro do baluarte e começou a abrir a bocarra, zoando que fosse tão pouca gente. Então cada um o observava e dizia que era um diabo, porque tinha a boca fendida em quatro braças. Depois cada um começou a atirar com balestras e arcos contra Gargântua; e vendo a cena Gargântua saiu ligeiramente do baluarte e, sem dar um só golpe com sua maça, os pegou com mãos delicadas e encheu os fundos das suas calças. E uma parte enfiou na fenda das mangas, depois retornou para aqueles que o esperavam à beira-mar e lhes entregou os prisioneiros, para que os guardassem, no que ficaram muito alegres com aquela bela tomada que tinha feito seu capitão Gargântua.

François Rabelais

Como Gargântua perguntou aos prisioneiros
se o rei estava em sua companhia

Quando Gargântua deu cabo da escaramuça na cidade de Reboursin, que era a capital do reino, e que tomou diversos prisioneiros e os levou na fenda das mangas e nos fundilhos de suas calças e os mandou contar pelos homens do exército e contabilizou o número de trezentos e nove e um que estava morto pelo vento de um peido que tinha dado Gargântua em suas calças, e tinha o pobre prisioneiro a cabeça rachada e o cérebro espalhado por esse golpe de toba, pois ele peidava com tanta bruteza, que do vento que saía de seu corpo fazia virar três carroças de feno, e de um pum fazia moer quatro moinhos de vento. Ora, deixemos de lado esse peido e o homem morto e voltemos aos trezentos e nove que foram contados e interrogados da seguinte maneira por Gargântua: "Afinal, meus prisioneiros, se quiserem salvar a vida, me digam se o rei está em sua companhia". Então disseram todos que ele não estava ali e que tinha escapado por uma ruela estreita e se escondera num casebre baixo, na direção do grande rio.

Como Gargântua se dispôs
a ir soar o alarme da cidade de Reboursin
e da trégua realizada

No original há um trocadilho com apoissoné *(que ecoa* poisson, *"peixe"); como em outros momentos das obras posteriores rabelaisianas, temos aqui trocadilhos por torção escrita; por isso optei por cunhar "peixincha", derivado de "pechincha".*

———

Na madrugada seguinte, dispôs-se Gargântua a fazer um assalto à cidade de Reboursin mais forte do que antes, para saber se o rei sairia, como na primeira vez; ordenou aos seus homens que guardassem bem os prisioneiros e pegou a maça no pescoço e foi se acotovelar nas muralhas da cidade de Reboursin. Quando os presentes viram que ele chegava, foram contar ao rei, que lhe enviou um mensageiro para dizer que concedesse trégua por quinze dias para entregar dois navios da cidade carregados de arenque fresco e duzentos cascos de cavalas salgadas com mostarda, como comida; nisso concordou Gargântua, para que assim o rei preparasse seu exército em quinze dias e que ele mesmo participasse do combate com todo seu poder, o acordo foi assim concluído, e trouxeram ao tal Gargântua os dois navios carregados de arenques frescos e os duzentos cascos de cavalas salgadas e vinte barris cheios de mostarda. Vendo Gargântua que ele próprio estava provido com peixincha, enviou aos seus homens de armas um dos navios de arenque fresco com apenas dois cascos de mostarda, o resto lhe foi servido na mesa diante do portão da cidade como café da manhã numa segunda-feira bem cedinho, entre sete e oito horas. Depois que Gargântua comeu, teve vontade de dormir e se afastou por um quarto de légua da cidade, num vale, onde se deitou e adormeceu. Alguns da cidade o tinham visto adormecido e fizeram um relato, então o conselho decidiu que o atacariam à noite e o matariam dormindo. E quando chegaram ao local temiam resvalar pelo vale e cair na boca de Gargântua, que dormia de boca aberta, e ali caíram exatamente du-

François Rabelais

zentos e cinco. E quando Gargântua despertou teve muita sede por causa das cavalas salgadas que tinha comido e foi até o rio para beber e bebeu tanto que secou o rio. Então os cidadãos que tinham caído em sua boca foram todos afogados.

Como o rei da Irlanda e da Holanda
se preparou e reuniu a hoste
para resistir contra Gargântua

A tópica do gigantismo com o buraco no dente também aparece em Gargântua, *cap. 38.*

———

Vendo o rei da Irlanda e da Holanda que já não tinha mais trégua, enviou uma diligência por todo o país da Holanda e da Irlanda mandando que cada feudatário e não-feudatário viesse à boa cidade de Reboursin no próximo dia 3 de maio e que cada um estivesse preparado para se defender do melhor modo possível. Tanto fez o rei, que em pouco tempo tinha em sua corte duzentos mil homens bem equipados com tudo que fosse necessário para fazer a guerra. E quando o rei se viu bem acompanhado de tão bons homens de armas bem preparados, exceto a artilharia, pois naquele tempo não havia ainda nenhuma, mandou um arauto até Gargântua, que estava com os seus na beira-mar, fazendo grande banquete, para que viesse a campo, pois o rei o esperava em boa companhia, e que, se não viesse logo, o rei viria vê-lo. Assim Gargântua ficou tranquilo e disse ao arauto que não valia a pena, mas que ele próprio iria vê-lo antes do necessário; com isso, partiu o arauto; depois disse Gargântua aos seus que, quando bradasse, eles deveriam vir para fazer o butim. Então foi Gargântua até o exército, a grande maça no pescoço, e quando chegou perto reparou que todo o país estava pleno e tinha feito estratagemas para que ele caísse. Ao ver a cena, chegou mais perto, e atiraram flechas, tantas que ele nem sabia por onde passar. Então pegou a maça com as duas mãos e lutou aqui e acolá com tanta firmeza que nem um leão quando agarra a presa e em pouco tempo matou exatamente cem mil duzentos e dez, e vinte que se faziam de mortos debaixo dos outros; e no meio da armada estava o rei e cinquenta grandes senhores de sua corte que gritavam por misericórdia. Então perguntou Gargântua: "Quem são os senhores?". E responderam que eram o rei e os barões do país.

François Rabelais

Então Gargântua ordenou que não se mexessem, que ele os levaria prisioneiros até o rei Artur com os outros, para cumprir a sua vontade. Em seguida assobiou com a mão para aqueles que estavam na beira do mar a meras três léguas de distância. Então, assim que ouviram seu capitão Gargântua assobiando com a mão, se apressaram em vir até ele, pois sabiam que seriam chamados para o butim dos mortos; quando lá chegaram e já tinham pilhado tudo, Gargântua pegou os cinquenta prisioneiros e os enfiou no buraco de um dente. No tal buraco do dente tinha um jogo de palma para divertir os tais prisioneiros, e meteu o rei dentro do bornal, depois chegaram à margem do mar, onde encontram o senhor Merlim que os aguardava. Então Merlim fez seus feitiços, como de costume, e num supetão de sua feitura foram todos transmitidos até a corte do rei Artur, onde Gargântua apresentou ao nobre rei Artur os supracitados prisioneiros. E estavam presentes todos os barões da corte do tal rei Artur, que ficaram muito satisfeitos e lhe prestaram grandes honras e grande reverência e muito prezaram a força e o poder de Gargântua.

Como Gargântua
botou um gigante no bornal

Gana é variante do nome da fada Morgana. Melusina (Melusine, derivado de Mère Lusigne) é a fada mais famosa do universo de língua francesa, responsável pelas águas doces. Em Pantagruel, cap. 23, Gargântua foi levado à terra das fadas por Morga, um outro nome para Morgana.

———

Então, quando Gargântua e Merlim e todo o exército chegaram à corte do rei Artur e entregaram os prisioneiros, o rumor se espalhou por toda a cidade de que havia um gigante que tinha doze costados de altura, capaz de sustentar o partido dos gogues e magogues. Por onde passava, ele destruía todo o país e demandava notícias de Gargântua, dizendo que queria combatê-lo e vingar o morticínio que este tinha feito sobre os tais gogues e magogues; e o rumor foi tão grande que chegou até os ouvidos de Gargântua, que ficou satisfeitíssimo de ouvir sobre seu poder e disse que, se o tal gigante queria servir ao rei Artur, então lhe concederia metade dos gajes que recebera do rei Artur. Então Gargântua pegou sua maça e foi ver onde estava o gigante, que estava a apenas cinco léguas de Londres, onde tinha sitiado um castelo e tinha já destruído a aldeia. Assim, quando Gargântua o viu e o saudou, o tal gigante o encarou e disse: "É você que eu estou procurando, nunca mais vai voltar de onde veio; mas agora serão vingados os gogues e magogues". Nisso o gigante, que tinha vista baixa, pegou uma imensa maça de madeira e tentou acertar Gargântua e atingiu um imenso carvalho. Então Gargântua o pegou e o dobrou pelos rins que nem alguém dobraria uma dúzia de rendas e o botou no bornal e o levou mortinho até a corte do rei Artur.

E assim viveu Gargântua a serviço do rei Artur pelo espaço exato de duzentos anos, três meses e quatro dias. Depois foi levado à fadaria por Gana, a fada, e Melusina, com muitas outras que ali estão presentes.

FINIS

François Rabelais

Segue-se a tábua
da presente história e crônica de Gargântua

Essa tábua de matéria, segundo Huchon, é seguramente obra de Rabelais, o que seria comprovável pela diferença entre a tábua e os títulos dos capítulos em si. Apenas no final do texto aparece Zelândia, em vez de Holanda.

———

Como Merlim foi chamado príncipe dos necromantes por causa das grandes maravilhas que fazia.

Como Merlim se afastou para ir ao Oriente fazer grão Gorja e Galamela, que foram o pai e a mãe de Gargântua.

Como Merlim fez a grande égua para carregar o pai e a mãe de Gargântua.

Como grão Gorja e Galamela engendraram Gargântua e da infância do tal Gargântua.

Como grão Gorja e Galamela e Gargântua foram procurar Merlim e como a grande égua abateu as florestas de Champagne e de Beauce, mosqueando com seu rabo.

Como Gargântua e seu pai e sua mãe chegaram ao porto marítimo perto do monte Saint-Michel e o logro que lhes fizeram os bretões.

Como os bretões levaram a Gargântua e a seu pai e a sua mãe um grande número de vacas e veados pelo furto que tinham feito.

Como o pai e a mãe de Gargântua levaram o monte Saint-Michel e Tombelaine até o lugar onde hoje estão.

Como o pai e a mãe de Gargântua morreram e do luto que fez o pobre Gargântua.

Como ele pegou os dois sinos de Notre-Dame de Paris para pendurar no pescoço da grande égua.

Como os parisienses pediram para que ele os devolvesse ao lugar onde hoje estão, o que de fato fez Gargântua, mediante o repasto que lhe ofereceram.

Como Gargântua retornou ao monte Saint-Michel e como Merlim apareceu para ele e o levou à corte do rei Artur para que servisse ao tal rei.

Como Gargântua desbaratou os gogues e magogues com sua maça. E como o tal Gargântua fez seu primeiro banquete na corte do rei Artur e foi servido com muitos pratos e com vestes de libré.

Como Gargântua travou guerra contra holandeses e irlandeses e como eles lhe entregaram dois navios cheios de arenque fresco e três barricas de cavalas salgadas para seu café da manhã, em troca de uma trégua. E como ele adormeceu de boca aberta e derrubou trezentos cidadãos em sua boca.

Como ele ganhou a batalha e enfiou o rei no bornal e o grande número dos grandes senhores que ele prendeu no buraco de seu dente.

Como Gargântua retornou à corte do rei Artur e apresentou os prisioneiros e o rei da Holanda e da Irlanda.

Como Gargântua foi combater um gigante. E como o tal Gargântua o dobrou pelos rins e o botou no bornal.

FINIS

Aqui terminam as Crônicas do grande e poderoso gigante Gargântua, contendo sua genealogia, a grandeza e força de seu corpo. Também os maravilhosos feitos de armas que fez pelo nobre rei Artur, tanto contra os gogues e magogues, como no embate com o rei da Irlanda e da Zelândia. Com as maravilhas de Merlim. Recentemente impressas em Lyon.

François Rabelais

O VERDADEIRO GARGÂNTUA,
NOTAVELMENTE HOMILIADO
PELA OPERAÇÃO DE MERLIM,
COM AS MARAVILHAS DO MESMO,
A DESTRUIÇÃO DOS GIGANTES
E OUTRAS COISAS SINGULARES DAS INFÂNCIAS
DO TAL GARGÂNTUA.
TUDO BEM REVISTO, CORRIGIDO E AMPLIADO,
SEGUNDO A PURA VERDADE DA ANTIGA HISTÓRIA,
NELAS VOCÊS VERÃO
MUITAS COISAS INCRÍVEIS

[Preâmbulo]

O primeiro capítulo vem sem indicação de título ou número e funciona como um preâmbulo acerca do seu caráter de crônica. Uma diferença de época no uso das palavras ajuda um pouco na discussão: cronista era quem narrava feitos do passado, historiador quem narrava feitos de seu próprio tempo. Para além disso, o prólogo presente apenas nesta versão recusa os cronistas mais valorizados para em seu lugar elencar personagens dos romances de cavalaria, ou seja, realiza uma distinção entre romance e historiografia e, em forma de paródia, atesta mais verdade na tradição romanesca medieval.

Os nomes mencionados são: Robert Gaguin (1433-1501), clérigo e diplomata, autor do Compendium super Francorum gestis *(Compêndio sobre os feitos dos franceses); André Sylvius de Marchiennes (sécs. XI-XII) cronista, autor de* De gestis et successione regum Francorum *(Dos feitos e sucessão dos reis franceses); e Jean Lemaire de Belges (c. 1473-c. 1525), bibliotecário de Margarida da Áustria, poeta e historiador, autor das* Illustrations de Gaule e singularitez de Troye *(Ilustrações da Gália e singularidades de Troia). As histórias de cavalaria são Isaías, o Triste (romance do séc. XIV); Tristão de Lyon (c. 1300); Huon de Bordeaux (canção de gesta dos sécs. XII-XIII); e Lancelot do Lago (séc. XIII). Papot, Martinho, Gongolfo e Tisuarte são invenções.*

Para o começo desta verdadeira crônica, vocês devem saber como testemunha a escritura de inúmeros cronistas, dos quais citamos alguns, tais como Gaguin, André, mestre Jean Lemaire e outros similares, que de nada servem para a presente história. Mas tomemos Isaías, o Triste, Tristão de Lyon, Huon de Bordeaux, Papot, o Porco, Martinho Pé-Grande, Gongolfo Ragouget, Tisuarte das Canárias, Lancelot do Lago e todos os cavaleiros da Távola Redonda e outros similares, dos quais há muito para provar a verdade da presente história, como vocês verão claramente.

Como no tempo do bom rei Artur havia um experientíssimo necromante que se chamava Merlim

Todos bons cavaleiros e nobres, vocês devem saber que no tempo do bom rei Artur havia um grande filósofo, que era mais experiente do que qualquer outra pessoa no mundo na arte da necromancia, que nunca deixou de socorrer à nobreza e destarte mereceu por seus feitos ser chamado o príncipe dos necromantes. Era chamado Merlim, engendrado sem pai humano, pois a mãe era freira e o concebeu por um espírito fantástico que à noite a veio iludir e nessa ilusão natural se produziu outra semente alhures e a tal freira concebeu a criança chamada Merlim. O tal Merlim fez grandes maravilhas, duras de acreditar para quem não viu. O tal Merlim fazia parte do grande conselho de Artur e tudo que ele pedia na corte do tal rei lhe era outorgado, fosse para si ou para os outros. Ele protegia o rei e muitos de seus barões e nobres contra grandes riscos e perigos. Fez amiúde grandes maravilhas. Entre elas, fez um navio de quinhentas toneladas que vagava sobre a terra que nem vocês veem no mar. E muitas outras maravilhas demasiado prolixas para contar, como vocês verão claramente.

François Rabelais

Como Merlim disse ao rei Artur
que este teria muitos problemas
com seus inimigos

No segundo parágrafo há um acréscimo, que é uma forma enviesada de dizer que Merlim trouxe esperma numa ampola; Gênio aqui representa um sacerdote da natureza; ele aparece também como confessor de Merlim no Roman de la Rose. *Em 1530 a torre de Montlhéry era famosa por ter mais de trinta metros de altura.*

———

Depois de muitas maravilhas feitas por Merlim para louvor e proveito do rei Artur, Merlim disse: "Caríssimo e magnânimo príncipe, queira saber que o senhor terá muitos problemas com seus inimigos. Por isso, se quiser, posso remediá-lo, porque estou a seu serviço, já que nem sempre o poderei ser, porque serei enganado e preso por mulheres, mas fique certo de que, tanto quanto cabe ao meu livre-arbítrio, eu o guardarei contra a mão dos seus inimigos". Então falou o rei para Merlim e lhe disse: "Realmente, Merlim, não seria possível evitar esse perigo para todo o reino?

— Não, disse Merlim, nem para todo o mundo". Assim disse o rei para ele fazer o que achasse melhor e não poupasse nada de seu reino. Então Merlim agradeceu ao rei pela oferta feita; e ele, que sabia todas as coisas, a saber, o passado por suas artes e o tempo por vir pela boa vontade de Deus, se retirou da vista do bom rei Artur e se dirigiu por livre e espontânea vontade à mais alta montanha do Oriente e consigo levou uma ampola, que estava repleta com o sangue de Lancelot, que ele havia recolhido de suas chagas depois de ter torneado e combatido contra algum cavaleiro. Além disso, levou lascas das unhas dos dedos da bela rainha Genebra, esposa do nobre rei Artur, num peso estimado de doze ou treze libras. Além disso, levou algumas relíquias secretas, a saber, a escuma da fonte em que Gênio vem espalhar o doce mosto da geração, todo espermatizado de suspiros penetrantes, e quando o tal Merlim se viu no alto daquela montanha, fez uma bigorna de aço grossa que nem uma torre de Montlhéry. E martelos convenientes

em número de três. E com suas artes fez com que batessem tão impetuosamente na tal bigorna, que até parecia um raio que descia do céu. E tudo isso
se fazia regularmente.

François Rabelais

Como Merlim mandou trazer
os ossos de duas baleias
para fazer o pai e a mãe de Gargântua

O *pó de óribus, ausente nas* Grandes crônicas, *seria feito de excrementos humanos; ele aparece também no Prólogo de* Pantagruel.

———

Quando Merlim escutou seus martelos em boa forja e viu que estavam de acordo, mandou trazer os ossos de uma baleia macho e os espargiu com o sangue da tal ampola e os pousou na tal bigorna, e em pouco tempo se consumiram todos os tais ossos e viraram pó totalmente; em seguida, pelo calor do sol, da bigorna e dos tais martelos, foi ali engendrado o pai do poderoso rei Gargântua, por meio de um pouco de pó de óribus. Depois o tal Merlim mandou trazer os ossos de uma baleia fêmea, com os quais misturou as já mencionadas unhas da rainha com a supracitada escuma notavelmente espermatizada, então pousou tudo sobre a bigorna como já tinha feito, e com esses elementos foi feita a tal mãe do tal Gargântua, por meio do tal pó de óribus.

Como Merlim fez uma maravilhosa égua
para carregar o pai e a mãe
do tal Gargântua

Pouco depois que o tal Merlim realizou aquele feito maravilhoso, nem tinha ainda colocado o tal pó para fazer aquela mulher, como já disse, quando súbito viu o homem, que tinha o tamanho de uma baleia e comprimento proporcional ao que deve ser um homem comum. Ao ver isso, Merlim lançou um feitiço sobre ele e o fez dormir até o nono dia, quando seria feita a mulher. O tal filósofo Merlim, vendo o gigante adormecido, decidiu fazer um bicho para transportá-lo e, para tanto, olhou aqui e ali, até que viu os ossos de uma égua, que ele pegou e em seguida pôs sobre a bigorna e com isso fez uma égua tão grande e poderosa, por meio do tal pó de óribus, que poderia mesmo carregar os dois com a mesma facilidade com que um cavalo de dez escudos de sol leva um mero homem. Depois desse feito, o tal Merlim mandou-a pastar no vale da montanha.

François Rabelais

Como Merlim quebrou o feitiço

Quando Merlim terminou essa grande e maravilhosa égua, quebrou todos os feitiços e percebeu que a mulher já estava feita com o mesmo tamanho e largura do homem. E num supetão o tal homem se pôs a olhar a mulher. Depois disse assim: "O que você está fazendo aqui, Galamela?". Respondeu a mulher: "Eu espero por você, grão Gorja, meu amigo". Então Merlim danou a rir e lhes disse que essas palavras eram belas e que queria que esses fossem os seus nomes. Então perceberam o tal Merlim e lhe prestaram grandes honras, que nem ao soberano senhor. Depois Merlim lhes fez um bom repasto e disse: "Desçam pelo vale desta montanha e me tragam a égua que se acha por lá".

Como Grãogorja e Galamela
foram buscar a égua
e geraram Gargântua

Este capítulo é marcado por dois acréscimos longos: a crítica ao monopólio dos padeiros e a etiologia da fonte pelas lágrimas de grão Gorja e Galamela, bem como a digressão sobre as aves fabulosas. O nome de grão Gorja aparece com variante de grafia no título, por isso verti como Grãogorja apenas aqui.

A variação das léguas na Europa aparece também em Pantagruel, *cap. 23. Na época de Rabelais, a medida da légua de fato variava de país a país, o que ainda acontece em muitos lugares: na França, tinha em torno de 4 km, enquanto nos outros países mencionados tinha em torno de 7 km. A torre da Babilônia, no séc. XVI, era confundida com a torre de Babel.*

"Alqueires" traduz boisseaulx, *com o sentido de grande medida arcaica para o peso de grãos. "Sem raia" é tradução de* sans la raye, *expressão considerada obscura pelos estudiosos de Rabelais.*

———

Então por ordem de Merlim grão Gorja e Galamela desceram ao pé da montanha para buscar a grande égua. Grão Gorja, o primeiro a chegar ao pé da tal montanha, contemplava Galamela, sua mulher, vindo e tinha prazer em contemplar o entremeio de suas calças, pois ainda estavam os dois nus. Assim que a tal Galamela desceu, grão Gorja perguntou: "Quem foi, Galamela, minha amiga, que lhe fez essa abertura?". Então respondeu abrindo as coxas que tinha uma chaga de nascimento. Grão Gorja, vendo a chaga larga e vermelha que nem fogo de Santo Antônio, seu membro se ergueu, que era grande que nem o ventre de uma barrica de arenque e longo para a frente; depois disse a Galamela: "Minha amiga, sou formado cirurgião-barbeiro, é necessário olhar se sua chaga não é perigosa", então pegou o membro e disse que era uma sonda, com a qual poderia facilmente saber e reconhecer se ela era muito profunda. Mas não conseguiu encontrar nem fundo nem margem, que nem o Mar Vermelho. No entanto, gostaram tanto da brincadeira que geraram o poderoso Gargântua, que depois do nascimento

François Rabelais

cresceu tão bem e tão vistoso, que aos três anos já tinha bem uns trezentos e sessenta e sete côvados de altura. Depois de cumprirem todo o prazer, levaram a grande égua até Merlim, conforme os tinha encarregado. Então Merlim disse: "Vocês geraram um filho que fará grandes feitos de guerra e dará socorro ao rei Artur no embate com todos os seus inimigos, e por isso vocês devem tratá-lo e alimentá-lo bem, e assim ordeno e comando que façam boa provisão de alimentos para quando ele nascer na terra. Além disso, digo que não estarei mais com vocês. E ordeno, com pena pela desobediência, que, quando o filho de vocês tiver sete anos, vocês o levem à corte do rei Artur na Grã-Bretanha e que tragam algumas coisas de cá para manifestar e mostrar o seu poder". Então disse grão Gorja: "Caríssimo senhor, como encontraremos o caminho, se nunca fomos lá?". Assim disse Merlim: "Vejam o que vocês farão: voltem a cabeça da égua no rumo do Ocidente e deixem andar, que ela os conduzirá sem erro". Grão Gorja não gostou da ideia de partir daquele local sem a presença do tal Merlim, porque lhe disse: "Gentil senhor, você sabe que Galamela e eu temos grande estatura e por isso não conseguiríamos encontrar pão e alimentos suficientes para ela e para mim; o que você quer que nós façamos, se não nos ordena o modo de encontrá-los, já que todos os padeiros deste país não querem fazer pão, a não ser com regularidade, por causa do seu monopólio, todos interessados em mantê-lo sempre caro, e por outro lado aqueles que deveriam pôr ordem são os que vendem, por isso toleram tudo e sentem indiferença pela miséria e pobreza da comuna, mas, pior ainda, pegam dinheiro de quem amassa o trigo, que todos os anos está acostumado a ser serrado e amassado pelos gentis-homens e outros personagens ricos que têm tudo, enquanto desabastecem todo o país e mantêm seu trigo no armazém e o põem num tal preço, que querem é que o mundo inteiro sofra?". Então respondeu Merlim: "Você disse uma verdade. Irei até o rei deste país, a fim de adverti-lo para que faça provisão e ponha tudo em ordem". Coisa que fez incontinênti, pois, ouvindo o discurso de Merlim, o rei enviou seus comissários pelo país, que mandaram prender os corretores de trigo nas tulhas de suas casas e declarar que todos os seus bens estavam confiscados; e os padeiros que tinham monopólio também foram punidos com a chibata e com o saco; e toda a política reformou-se; com isso, todo o país melhorou muito (se fizéssemos assim em toda parte, agora, seria um ótimo feito). Então grão Gorja e Galamela carregaram a égua com grandes pães, mas em primeiro lugar comeram mais de quatro mil pães. Então Merlim deixou a égua deles nos trinques e se afastou deles, como tinha dito, ao que mostraram um luto tão grande que dava para ouvir a umas boas dez léguas, porque choravam tão forte que dois moinhos poderiam moer com a água saída de seus olhos, e de suas lágrimas nasceu uma bela fonte onde são cozidos os ovos da vigília de Natal, no dia de Natal e em todas as festas até o domingo de Reis, e daquela fonte surge, nove dias antes de São João, um galo e uma galinha que todos os dias põem ovos grandes que nem alqueires, que os habitantes do país pegam e jogam na tal fonte na vigília de São João, e desses ovos nascem num supetão duas aves maiores que fiacres, depois o rei as pega e as alimenta com fartura, para que lhe sirvam quando ele parte para a guerra, pois as aves são fáceis de domar. Elas deixam montar em seu corpo, onde parece haver uma cadeira preparada, e basta se firmar com as grandes plumas que lhes desce pela crista, que é mais reluzente que fino ouro. E depois, quando acontece de partirem para a guerra e o sol bate na tal crista, ela lança um brilho tão forte, que todos os adversários ficam cegos. E as tais aves são de tal natureza e propriedade que, quando alçam suas garras, derrubam um homem a cavalo bem armado; ou seja, um bicho inestimável. O tal rei Artur teve uma, que lhe custou bem um milhão em ouro, mas essa ave era tão virtuosíssima, que carregava o rei Artur de seu reino na Inglaterra até Paris num só dia. Porque ela voava no ar que nem um pato de rio. E tinham plumas de asas tão fortíssimas e duras, que, quando estava em época de muda e suas penas caíam, era possível fazer peças de artilharia que o rei Artur utilizava em guerra, e era a melhor artilharia daquela época em todo o mundo. Porque viajava bem umas vinte e sete léguas francesas em linha reta. E de um só golpe teria até derrubado a torre da Babilônia. E no vento de uma bala de canhão atravessaria toda a cidade de Paris e os subúrbios de Saint-Marcel sem raia.

François Rabelais

Como grão Gorja e Galamela
partiram à caça para matar a saudade
que sentiam por terem perdido Merlim.
E como a tal Galamela pariu Gargântua

Este capítulo traz um longo acréscimo com a narrativa do parto com auxílio das fadas. O catálogo dessas figuras mistura alguns nomes conhecidos (Morgana, Cibele, Prosérpina etc.) com outros aparentemente inventados (Filocatriz, Isangrim etc.). Alterações astrológicas também aparecem no nascimento de Pantagruel, em Pantagruel, cap. 2.

Huchon argumenta que Titã é provavelmente Cronos; mas eu penso, a julgar pelas obras de Sêneca e Lucano, que se trate do Sol. O nome do ermitão em francês é Ygnofle, que ecoa ignoble (ignóbil), e o de seu clérigo é Cosneau, que pode ecoar sonoramente con + eau (xota + água), por isso recriei os dois nomes com certa liberdade: Ignófil e Paudágua.

Jalais era medida típica da Picardia, que variava em sua determinação. Hauriette de Coignes é um nome desconhecido, provavelmente inventado. Logo em seguida há uma série de trocadilhos que busquei recriar: poisson d'apvril (peixe de abril, ou cafetão), pucelle du Mans (sáveis do Mans, ou virgens do Mainz), fresche marée (peixe fresco não salgado, ou vulva), e moucles bouclées (conchas cravadas, ou vaginas encaracoladas).

———

Assim grão Gorja e Galamela partem para a caça para matar a saudade que tinham do bom profeta Merlim, e lá encontraram uma grande tropa de cervos. Então grão Gorja chegou mais perto e pegou cerca de vinte e sete dos mais graúdos, depois olhou para trás e não viu mais Galamela, porque ela não tinha costume de se demorar para trás, assim carregou os tais bichos nas costas para ver onde ela tinha ficado. Reza a história que, enquanto grão Gorja assim ardia na caça daqueles bichos, Galamela sentiu a dor do parto e não sabia a quem se queixar. Bem, ela estava perto da montanha das fadas. Aquela montanha tem mais de sete grandes léguas de largura. E quando seu grande mal a pressionou de tal modo que ela não conseguia mais se conter, gritou tão alto que toda a tal montanha danou a tremer que nem se fosse um terremoto. Então saíram da montanha os dois, Fauno e Silvano, ambos grisalhos e cobertos de espuma, e saíram também cerca de cem sátiros e sagitários, pensando que o deus Júpiter os tivesse invocado, de outra parte saiu uma legião de duendes, observando pelas fendas das árvores, que nem ousavam mexer os olhos, com medo da fúria dos deuses; mas depois de um tempinho, no último grito de Galamela, saíram Morgana, Cibele, Prosérpina, Abelona, Isangrim, Cornalina, Isabela, Florentina e Filocatriz, que era avó de Melusina. Elas, repletas de linhos e de todos os outros tecidos, servindo ao tal parto da criança, se encontravam todas prontas para a recepção. Diante de tal visão e aparição muito maravilhou-se Galamela, porque pensava que eram a Virgem Maria e as onze mil virgens que tinham vindo assistir seu grito. Então a bela Isangrim, a gentil Cibele e a doce Morgana a deitaram docemente em um lindo prado atapetado de um lindo veludo verde, nesse prado havia alguns montes tão bem-feitos e tão apropriados que pareciam lindos leitos, e na hora em que Galamela sentiu mais forte a dor, a nobre Prosérpina começou a entonar com sua gorja tão ducilimamente e todas as outras junto dela, que o nobre Titã no signo de Escorpião se parou por três horas. A Lua *in Libra*, seis horas. Os ventos sem soprar por três dias. E as árvores sem ousar mexerem uma só folha por três meses. Todos os deuses, semideuses, ninfas, paraninfas, deusas e outros se mostraram prestativos a tal natalidade. Que a melodia adormeceu Galamela.

Isangrim, com a ajuda de Chobileta, apenas desemaranhou o cabelo que ficava em torno da boca do ventre cuja natureza se abriu tão grande ou até maior que a parte de dentro de um forno comum, e então saiu a criança de boa, grande que nem um homem de 25 anos dos tempos atuais e o receberam alegremente Isangrim e Cornalina. Isabela e Filocatriz o limparam e banharam em uma grande baia encantada toda de ouro maciço, onde era possível colocar pelo menos nove pipas, três quartos e um *jalais* de água. Madame Cibelle o encheu com água de rosas perfumada com bálsamo. Bem perto da tal montanha tinha uma igreja onde residia um ermitão ao qual, depois de darem um destino à criação, o levaram, e ele o batizou na curva da estrada que formava uma grande lagoa junto à igreja, e seu clérigo, que era anacoreta, foi seu padrinho, e Morgana sua madrinha. O ermitão se chamava Ignófil. Seu clérigo se chamava Paudágua. Mas a ordem das fadas queria que ele se chamasse Gargântua, porque era um predestinado dos deuses, e depois de realizado o mistério do batismo, as fadas desapareceram e deixaram a criança pendurada no seio de sua mãe, que despertou quando grão Gorja retornou da caça, pela qual vinha carregado de uma dúzia de cervos, como se disse. Quando chegou perto, notou que estava deitada e percebeu

François Rabelais

que tinha um filho varão, então o chamou Gargântua, que é uma palavra grega que quer dizer "que belo filho você tem". Então a mãe disse que queria que ele tivesse esse nome, e o pai concordou, sem saber que já tinha sido assim nomeado pelas fadas. Então pegaram o pequeno Gargântua, cada um por uma mão, e o levaram à montanha onde moravam. Alguns autores afirmam que Gargântua se alimentou apenas de carne em sua infância. Eu digo que não, tal como diz Morgana, que revelou por Hauriette de Coignes, que apareceu a um cavaleiro errante e lhe disse que houve mudança de pratos, tal como pirarucu, piranha importada, bacalhau fresco, conchas inchadas saindo do buraco desobstruído de Galamela, pois de lá saía um ótimo aroma e muitas outras carnes bem diferidas, que muitos maricotas de hoje não gostariam de provar; e ela bem podia levar em cada um de seus seios cinquenta pipas de leite. O pai e a mãe tinham prazer em alimentá-lo. Pois ele sempre fazia pequenos passatempos: umas vezes se divertia jogando pedras do alto da montanha, que nem fazem as criancinhas, mas elas não eram menos pesadas que três tonéis de vinho; por vezes ia se divertir na floresta que nem os jovenzinhos e, quando via algum pássaro, só de onda jogava algumas pedras, que não eram menores do que duas mós de moinho. No entanto não pesavam nada em sua mão.

Como grão Gorja e Galamela
pensaram sobre o dever de procurar Merlim
na corte do rei Artur

Grão Gorja notou que seu filho estava grande e bem fornido e que os sete anos já se aproximavam e que deviam levá-lo à corte do rei Artur, tal como dissera Merlim ao partir. Assim vai grão Gorja de um lado e sua mulher do outro para caçar víveres. Tanto fizeram, que em pouco tempo tinham o bastante para a viagem, fora bacalhau fresco, mas grão Gorja reconfortou Galamela e disse que cada país forneceria um pouco de comida e que provisão de raia não é melhor que pirarucu: dessa comida nós temos bastante na Inglaterra, em Paris ou em Roma. Então carregaram os víveres na grande égua. Que tinham o peso estimado de quinhentas cargas de pão e carne fresca e salgada. De vinho não fizeram provisão. Depois voltaram a cabeça da égua no rumo do Ocidente e deram a Gargântua uma verga para tocá-la, que era grande que nem um mastro de navio. Quanto a grão Gorja e Galamela, cada um botou um grande rochedo na cabeça, para mostrar seu poder ao rei Artur quando entrassem em seu reino. Assim aconselhara Merlim ao partir. Desses rochedos vocês ainda vão ouvir falar de novo ao longo da história.

François Rabelais

Como se puseram a caminho.
E das florestas de Champagne

Saint James de Beuvron é a atual Saint James, comuna francesa na Normandia; trata-se de um pequeno acréscimo.

———

Tanto assim fizeram grão Gorja e sua companheira que chegaram a Roma e de lá foram à Alemanha, à Suíça, e ao país de Lorena e à grande Champagne, onde havia naquela época um grande bosque. E naquele tempo eram abatidas as grandes florestas. Era necessário atravessar a tal floresta. Quando a grande égua entrou, moscas deram a picar seu cu. A tal égua, que tinha um rabo de duzentas braças, além de grosso, ela começou a mosquear; então vocês veriam tombarem imensos carvalhos em pedaços que nem granizo, e tanto continuou o tal bicho, que não sobrou uma árvore de pé, mas tudo ruiu por terra. E é por isso que em Beauce hoje não há nenhum bosque e o povo da região precisa se esquentar com palha e sapé. E Gargântua, que seguia a tal égua e não conseguia impedi-la, sentiu uma lasca de madeira no dedinho do pé, que pesava mais de duzentas libras. Gargântua se viu machucado e manquitolou até, dizendo ao seu pai e mãe que precisava descansar. Então foram à beira do mar onde hoje está Saint-Michel. Quando grão Gorja e Galamela e seu filho Gargântua chegaram à beira-mar, ficaram embasbacados de ver tanta água. Então grão Gorja perguntou o caminho para chegar à Grã-Bretanha, onde estava o rei Artur, e lhe disseram que deveriam cruzar o mar se quisessem chegar lá. Enquanto isso, Gargântua cuidava do mindinho e pôs nele uma tela com pelo menos três varas de comprimento, e a tal tela ficava na ponta do campanário de uma pequena paróquia ali perto, chamada Saint James de Beuvron, cidade próxima; daquele campanário ele arrancou a cruz onde estava o galo, porque ela incomodava a chaga por causa das embraçadeiras e não deixava a chaga se curar. E notem que foram necessárias quatrocentas varas de tela para fazer a faixa do mindinho, fora meio quarto apenas. Porque ele estava um pouco inchado por causa do machucado que tinha sofrido.

Assim que o povo do país descobriu que eles estavam no litoral, vocês veriam chegar gente de todos os lugares para vê-los, o que é uma coisa inestimável, já que, de todas as nações donde vieram, foram os bretões que fizeram mal. E vocês devem saber que eles jogaram ao chão o que traziam na cabeça, com os víveres que a grande égua trazia na garupa, depois a mandaram pastar nas terras e, como bons parcimoniosos, fecharam a bagagem. Mas não souberam bem como guardar os alimentos, e em pouco tempo vocês já veriam os tais bretões em torno desses rochedos, escondidos de medo que os vissem. E com grandes facas este cortava um grande naco de cervo: tantos iam chegando que grão Gorja os percebeu. Então jurou que, se não pagassem pelo que tinham roubado, eles comeriam todas as vacas do país. Ao ver isso, os bretões lhes deram duas mil vacas em recompensa. Fora os veados, que não entraram na conta. Então grão Gorja e Galamela disseram que guardariam melhor para não serem roubados os seus dois rochedos. Em seguida o tal grão Gorja e Galamela botaram cada um o seu sobre a moleira do jeito que os tinham trazido do Oriente. E depois entraram no mar dizendo que, quando precisassem, bem poderiam buscá-los que nem os tinham trazido. E quando grão Gorja avançou bastante, ele pôs o seu na braça do mar, e esse rochedo hoje se chama monte Saint-Michel. E pôs o tal grão Gorja a ponta bem no alto do monte, como se pode provar pelos inúmeros peregrinos. E o tal rochedo agora é bem protegido pelo nobre rei da França feito uma verdadeira relíquia preciosa. Galamela também quis colocar o seu ali, porém grão Gorja disse que ela não faria nada disso, mas que deveria levar mais adiante, pensando consigo que alguém poderia pegar um, mas não o outro. Galamela obedeceu a ordem e o levou mais longe. E o tal rochedo hoje se chama Tombelaine. Depois voltaram os dois personagens e encontraram Gargântua que cuidava para que os bretões não tramassem outra perda, como já tinham feito. E propôs vingança, como vocês já já vão ouvir.

François Rabelais

Do grande horológio de Rennes

Todo este capítulo é um acréscimo. O horológio de Rennes, que durou até 1720, quando foi queimado, era considerado uma peça impressionante. Aqui também é introduzido o tema do vinho, importantíssimo em Gargântua *e* Pantagruel, *porém ausente das* Grandes crônicas.

Olhos de Beus é típico trocadilho com Deus, para evitar uma possível blasfêmia, e aqui indica os horológios. Angers ainda vai aparecer no próximo capítulo.

———

Enquanto passava o tempo, grão Gorja deu um pulo em Rennes e pegou o grande horológio de Rennes, para desgosto dos bretões. E o enfiou na braguilha e, depois de retornado, pendurou na orelha esquerda de seu filho Gargântua, com medo de perdê-lo, ou que ele se extraviasse entre os pântanos do monte Saint-Michel; porém quando Gargântua o ouviu dobrar, ele estava tão alegre e dava tantos saltinhos, que era um prazer de ver. Os bretões reuniram um grande grupo para reaverem seu horológio e, por outro lado, estavam irosos por outro furto, pois grão Gorja tinha escondido os olhos de Beus no bornal, quando chegou perto do monte Saint-Michel. Gargântua se debatia a jogar imensas pedras que cem homens não conseguiriam mexer, de tal modo que deram no pé. O tal Gargântua, vendo que a maré subia, fazia soar esse grande horológio tão forte e tão alto, que adormeceu uma baleia e, com um golpe de martelo, a matou; ela serviu para a sopa, e a comeram inteirinha. Ora, Gargântua tinha roído uma grande rocha toda de ferro de um tal jeito que acabou esburacando um dente. Ele manteve uma das espinhas da baleia para cuidar do dente e a guardou por sete ou oito dias, até que vieram peregrinos de Anjou, que trouxeram vinho por charrete, que era do bom e serviu para Gargântua beber, e numa só porrada ele rachou uma pipa e a tragou, que nem vocês fariam com dois dedos de vinho numa taça; mas em recompensa lhes deu a espinha de sua baleia, que ele usava para cuidar do dente, e que levaram para a entrada da igreja de Saint

Maurice d'Angers, onde até hoje é guardada em memória perpétua de Gargântua. O tal Gargântua desprendia toda hora esse grande horológio de sua orelha esquerda e bebia com ele e tocava a dobrá-lo para fazer correrem os cães, coisa que causava um rancor imenso nos rennenses. Ao fim e ao cabo se apaziguaram assim e assado. No entanto, grão Gorja deixou Gargântua com sua mãe Galamela e devolveu o horológio e o colocou no lugar onde está até hoje, para maravilhar o mundo todo, e pendurou os olhos de Beus no fundo do mercado, juntando o tal horológio, e por isso foi muito louvado pelos bretões.

Como o pai e a mãe de Gargântua
morreram de febre
e como Gargântua levou
os sinos de Notre-Dame de Paris

Este capítulo é bastante ampliado. A igreja de Saint-Jean foi demolida em 1800; acréscimo desta versão. Em Saint-Maur-sur-Loire havia uma importante abadia beneditina. Na versão das Crônicas admiráveis, *que não traduzirei, o nome do gigante Mauri muda para Amaurry. A "prima" é o primeiro toque das horas canônicas. Quermahoen é figura desconhecida.*

———

Depois que grão Gorja retornou da devolução do horológio de Rennes, uma febre contínua atacou e atormentou a ele e a Galamela com tanta força, que em pouco tempo morreram por falta de purga. Diante disso, Gargântua entrou em desespero, pois arrancou os cabelos, arranhava o rosto, batia o pé contra a terra, torcia os braços. Foi um luto maravilhoso que ele apresentou. Depois o luto passou, e ele lembrou como tinha ouvido falar que Paris era a maior cidade do mundo; ficou com vontade de ir até lá, pois tinha desejo de ver coisas novas, que nem qualquer jovem. Então montou na grande égua e se pôs a caminho. Quando estava perto andou a pé e mandou a égua pastar. Depois entrou na cidade e foi se sentar numa das torres de Notre-Dame, mas as pernas pendiam até as margens do Sena, e ele observava os sinos de uma e depois da outra torre e então se recordou do horológio de Rennes que seu falecido pai grão Gorja tinha pendurado em sua orelha, com medo de que ele se perdesse nos pântanos entre o monte Saint-Michel e Dol. Temerosos os homens da igreja de que ele levasse os sinos, começaram a tocar os imensos órgãos, mas quando ele os escutou, os encantou. E destinou que cantariam o tempo por vir com a mesma doçura que cento e cinquenta burros, coisa que de fato se deu, pois não é preciso outro vinagre para as orelhas: é perda de dobres para aquela pobre igreja. Ele voltou aos sinos e começou a balançar os dois que ficam na grande torre, considerados os maiores da França. Então vocês veriam chegarem os parisienses todos, numa multidão que o observava e zombava do seu tamanho. Então ele decidiu levar os dois sinos e pendurá-los no pescoço da égua, que nem os sinetes que tinha visto nos pescoços das mulas. Depois que observou toda a extensão de Paris com tranquilidade, escolheu a torre de Saint-Jean, onde havia sinos grandes, mas não tanto quanto os outros. Pegou os dois maiores: um pôs na orelha e outro no bornal, depois voltou para pegar os dois grandes sinos de Notre-Dame em suas duas mãos e os ressoou só de onda, que nem as criancinhas que ressoam sinetinhos nas procissões. Assim ele parte e os leva. Quem se desolou foram os parisienses, pois não adiantaria nada usar de força contra ele. Então se reuniram numa assembleia e se concluiu que caberia suplicar para que ele os trouxesse de volta e colocasse nos lugares donde foram tirados e que ele partisse para nunca mais voltar e que lhe dariam trezentos bois e duzentos carneiros para a refeição, no que concordou Gargântua. Depois partiu o tal Gargântua pela beira do mar por onde veio e então recomeçou seu luto, por não ver mais o pai e a mãe onde foram deixados mortos, pois Merlim, que sabia de tudo e tinha vindo para reconfortá-lo, os tinha enterrado, grão Gorja no monte Saint-Michel e Galamela no monte Tombelaine. O tal Merlim veio até Gargântua e disse: "Não se desconsole mais pela morte de seu pai e mãe, porque eu os enterrei ali". Então disse Gargântua: "Quem é o senhor, para falar assim?". Disse Merlim: "Eu sou aquele que ordenou ao seu pai que viesse aqui para apresentar você ao rei Artur.

— Ah, disse Gargântua, é o senhor que se chama Merlim?

— Sim, disse ele, por isso se anime para vir comigo até a Grã-Bretanha servir ao rei". Então disse Gargântua: "Senhor Merlim, estou a sua disposição, tenha piedade deste pobre órfão". Pediu-lhe oito dias, porque tinha esquecido a grande égua, que estava em Beauce, perto de Paris; por outro lado, queria retornar pela margem do Loire, para matar dois gigantes que faziam grande mal ao país de Anjou: um estava em Saint-Maur-sur-Loire, o outro perto de Angers. O de Saint-Maur se chamava Pigalo; o de Angers se chamava Mauri. Quando chegou a Saint-Maur, Pigalo estava morto e enterrado e lhe apresentaram onde ainda se vê sua fossa, mas disseram que o de Angers não estava por lá. Ele perguntou que homem seria. Os monges de Saint-Maur disseram: "Ele não é tão grande como o senhor, porque se tivesse essa estatura somada à maldade que já tem, teria há muito devorado o castelo, as igrejas e a cidade de Angers, porque ameaça os barcos que chegam da cidade por esta margem do Loire. E quando estão perto de sua caverna, ele sai e engole barcos e barqueiros; para ele, não passa de uma cereja na boca de

François Rabelais

um forno". Então jurou Gargântua por seu dente esburacado, que vingaria os angevinos. O abade lhe deu dois aprovisionamentos de vinho, que ele verteu em duas grandes cubas usadas para pisar a vindima; em cada mão pegou uma e as tragou mais rápido do que se poderia beijar uma taça, com isso os monges danaram tanto a rir, que achavam que iam morrer e diziam uns aos outros: "Se em Anjou tivesse um par de broncos desse tipo, os bretões e os normandos nem teriam mais como procurar vinhos de Anjou para beberem em seu país". Gargântua agradeceu ao abade e já veio se apoiar perto de Angers, numa imensa rocha, onde estava um pequeno eremita. Agora tem religiosos na observância de São Francisco. Ele se sentou sobre a rocha e mergulhava as pernas na margem do Maine. Então deu de observar o vale. O eremita bem sabia que ele tinha vindo para castigar Mauri, porque tivera uma revelação. O eremita mostrou-lhe sua caverna e uma grande rocha longa que está por cima de uma costeira de ameixas. Gargântua deu apenas um passo, mas Mauri percebeu que ele vinha e se escondeu na fossa, sem ousar de mexer, mas Gargântua com um só chute descobriu toda a rocha e pegou Mauri por uma orelha e o jogou dentro da rocha e cobriu todo o corpo lá dentro como se estivesse num cofre e determinou que estaria destinado a permanecer lá dentro até o dia do juízo, para responder a todos que passarem pela margem ou perto dela, pois o tal Gargântua tinha um feitiço da mão de Filocatriz, que era bisavó de Melusina, como antes já dissemos. O tal Mauri ficou assim, ainda está lá e responde a todos os passantes. Gargântua foi a Angers e se acotovelou no alto dos dois campanários de Saint-Maurice; porém toda a cidade tremia de medo. Na hora de tocar a prima, quando o sacristão queria mandar soar o sino de prima, Gargântua ouviu o arenqueiro dando ordens, pegou uma mosca de vespa e a jogou de tal jeito, que o sino começou a dobrar tão agudo, que parecia que tinha quebrado, e daí em diante passou a soar tão agudo que os ouvidos sofrem com ele. Ele mandou soar a sopa da Quaresma. Os angevinos, ao se verem livres do gigante Mauri, levaram Gargântua ao prado de Almaigne, que fica fora da cidade, e lhe deram cinquenta aprovisionamentos de vinho. Ele bebeu meia dúzia no local; para levar, colocou no bornal e na braguilha, depois partiu de Angers e avançou contra a torre de Briollay, que fora destelhada lá no alto por força do vento, e estava semifendida na fundação. Depois foi a Saint-Michel, onde Merlim o esperava, e levou a tal égua perto da beira-mar, mas ela tinha medo das ondas, de modo que dava para ouvi-la bater a dez léguas de distância, porque ela se pôs a pular, escoicear e correr, e ao correr levantou a pata e soltou um potro que saiu tão forte de seu ventre que foi cair lá nos pântanos de Dol. Os bretões o pegaram e criaram e depois o fizeram cobrir a grande égua de Quermahoen, donde nasceram bons cavalos bretões. Mas a grande égua de Gargântua, assim que pariu seu potro, teve um calor ainda maior do que antes. Nisso se pôs a correr ainda mais. Merlim, já irritado de tanto perder tempo, vendo que Gargântua tentava chegar perto, disse para que a deixasse ir, pois ela iria até Flandres. E que a tal égua estava no calor do cio e poderia ser coberta pelos belos potros de raça flamenga e que outro dia ele poderia vir recuperá-la; mas assim que lá chegou a tal égua, fez potros e potras. Saibam portanto que dela veio o renome dos grandes jumentos de Flandres.

François Rabelais

Como Merlim levou Gargântua
até a Grã-Bretanha

Em clara alteração das Grandes crônicas, *Gargântua aqui dispensa a cidra para beber seu vinho.*

———

Depois da perda da grande égua, Merlim mandou vir uma nuvem que o levou junto com Gargântua até a borda do mar perto de Londres. Então disse Merlim para Gargântua: "me espere aqui, e eu irei até o bom rei Artur, que fará um grande repasto. E lhe entregará um dom que você vai adorar. Portanto não recuse nada que ele ordenar.

— Não farei isso, disse Gargântua, mas farei o que o senhor quiser". Então partiu Merlim, que saudou o rei e depois disse: "Poderosíssimo príncipe, trago um personagem ao seu país. Que é deveras poderoso para desbaratar e aniquilar todos os seus inimigos, se estiverem reunidos num exército; além de mais de cem mil homens de armas.

— Certo, disse o rei, mas como isso é possível? Eu, que tenho tantos homens valentes de guerra, perdi duas batalhas na semana passada.

— Sir, disse Merlim, dessa vez o senhor mostrará que não devem mais tentar vê-lo tão de perto". Então o rei e os senhores e barões, junto a Merlim, montam a cavalo. E assim que encontraram Gargântua, que passeava, o rei e os barões ficaram maravilhados por seu volume e altura. Em seguida, o rei o saudou, e Gargântua deu saudação conveniente a um tal príncipe; e o rei perguntou seu nome; disseram que ele servia para defender na guerra contra seu homem. E Gargântua respondeu que, se houvesse trinta mil homens, eles não fariam nada contra ele. Então lhe disse o rei que, se quisesse partir para a batalha contra os gogues e magogues que lhe faziam guerra, então ele o vestiria de libré e lhe daria gajes e banquete de corte. Assim agradeceu Gargântua e pediu que lhe fizessem uma maça de ferro de cento e onze pés de comprimento e que na ponta fosse grossa que nem a boca de um dos grandes sinos de Paris, porque ainda se lembrava deles. Então comandou o rei que procurassem ferreiros para produzi-la. Ademais, o rei lhe disse que esses gogues e magogues eram fortes e poderosos e que eles estavam armados com pedra de talhe, e que ele tinha feito um prisioneiro. Chegava a dar medo só de olhá-lo. Então disse Gargântua: "Sir, quer que eu o veja?". O rei disse que sim e mandou procurar o tal prisioneiro armado, tal como dito. E quando Gargântua o viu, disse: "Sir, quer que este prisioneiro não cause mais medo?". Então disse o rei: "Faça o que achar melhor". Num supetão Gargântua pegou o tal prisioneiro pelo pescoço e o jogou diante de todos os barões tão alto, que nem dava mais para vê-lo, e depois tombou morto e estraçalhado que nem se uma torre tivesse caído em cima dele. Depois disse Gargântua: "Sir, não tema mais esse aí, porque ele não vai mais dar medo".

A maça foi logo feita pela ciência de Merlim, tal como necessário, e em seguida levada dentro de nove ou dez charretes ligadas de ponta a ponta e apresentada a Gargântua, que a pegou de leve e jurou diante de todos os presentes que não beberia nem comeria enquanto os gogues e magogues não tivessem todos sentido o peso da maça que tinha em mãos. Assim, veio um mensageiro por ordens do rei Artur, que o levou ao campo dos gogues e magogues e os mostrou ao tal Gargântua, dizendo: "Eis os traíras dos gogues e magogues, que noite e dia querem nos destruir". E num súbito Gargântua se lançou em batalha que nem um lobo num rebanho de ovelhas, batendo aqui e ali sua maça enquanto gritava: "Viva o bom rei Artur. Vou mostrar o que vocês fizeram contra ele". Os gogues e magogues, vendo que ele era pior que um capeta, não sabiam o que fazer além de dar no pé, então pediram por misericórdia. Mas ele não tinha piedade de ninguém, seja lá quem fosse. Então veio o exército do rei Artur, que fez a pilhagem. E Gargântua retornou a Londres para diante do rei. E Merlim lhes contou o caso, e o rei muito se alegrou com suas virtudes. Então ordenou o rei que aprontassem as mesas para Gargântua e ordenou que acendessem fogos de alegria por toda a cidade pela vitória que teve contra seus inimigos gogues e magogues. Então sentou-se Gargântua à mesa e permaneceu sentado. E para o prato de entrada serviram-lhe presunto de quatrocentos suínos salgados, fora linguiças e chouriços, e dentro da sopa a carne de duzentas lebres e quatrocentos pães, dos quais cada um pesava cinquenta libras, e a carne de duzentos bois gordos, cujas tripas ele tinha comido de entrada. E não duvidem que a tábua com que ele fatiava as carnes era maravilhosamente imensa. Pois bem poderia colocar na tal tábua a carne de três ou quatro bois. E tinha ali seis homens que não paravam de fatiar a carne sobre a tal da tábua em quatro pedaços; e cada pedaço de boi para ele dava uma mera bocada. E quatro ho-

François Rabelais

mens fortes, que sem cessar a cada pedaço que ele comia lhe jogavam uma grande pazada de mostarda goela abaixo. De tal modo que só disso comeu trinta e seis pipas. E para sobremesa lhe serviram quatro barricas de maçãs cozidas; e bebeu dez tonéis de cidra, antes de se tocar do vinho de Anjou que trazia no bornal e na braguilha. Ele sacou primeiro o da braguilha, dele entregou quatro aprovisionamentos ao rei Artur e guardou ainda no bornal para quando retornasse à guerra e os cervejeiros de Londres quisessem fazer com que ele bebesse a breja, e assim bebeu sete ou oito tonéis, mas o fluxo atravanca, como diremos mais adiante.

Como Gargântua foi vestido
com a libré do rei Artur

O penúltimo parágrafo é um longo acréscimo.

———

Depois que levantaram a mesa e que Gargântua teve sua leve refeição, não como faz um bando de galantes, mas escutando as belas palavras e jogos e conversas honestas do rei e dos príncipes que lá estavam presentes, nas quais teve cem mil vezes mais prazer do que bebendo e comendo, o rei, vendo que as graças tinham sido dadas e concedidas à fala, mandou buscaram o grande mordomo e ordenou que fizesse as vestes da libré de Gargântua e que este fosse fornido com uma camisa e todas as outras roupas. Então disse o mordomo que assim seria feito, pois que muito lhe apetecia ordenar essa obra. Depois trouxeram por ordens do tal grande mordomo oitocentas varas de tecido para fazer uma camisa para o tal Gargântua e mais duzentos para fazer seus bolsos em forma de ladrilhos postos sob as axilas.

Para fazer seu gibão empregaram setecentas varas de seda, metade carmesim e metade amarela e dois terços. E trinta e duas varas e meia quarta de veludo verde para fazer o bordado do tal gibão.

Para fazer as calças do tal Gargântua encomendaram duzentas varas de escarlate no vendedor de tecidos. E três quartas e meia.

Para fazer a casaca da libré empregaram novecentas varas e meia quarta, metade vermelha e amarela.

Para fazer o bordado encomendaram setenta varas de veludo carmesim, metade vermelha e metade amarela, como já se disse.

Para fazer o saio empregaram mil e duzentas varas, uma quarta e meia de tecido, precisamente.

Para fazer os calçados encomendaram dos coureiros cinquenta peles de vaca e meia.

François Rabelais

Para fazer os cadarços encomendaram duas dúzias de peles de vitela, precisamente.

Para solar os tais calçados encomendaram dos curtidores o couro de trinta e seis bois.

Para fazer seu barrete com insígnia deram ao barreteiro duzentos quintais de lã, duas libras e meia e uma quarta, precisamente.

Seu penacho pesava bem umas cento e três libras e um quarto, no mínimo.

O tal Gargântua tinha um sinete de ouro em um dos dedos, que tinha trezentos marcos de ouro, dez onças e duas moedas e meia, e tinha um rubi encravado no tal sinete que era incrivelmente valorizado e pesava cento e trinta libras e meia.

Nem perguntem como os costureiros ficaram atarefados, porque foram reunidos mais de dez mil no prado de Londres, à beira do Tâmisa, em belas tendas de tecido que o rei Artur mandou fazer, e Gargântua passeava enquanto observava as tarefas desses costureiros. Ele viu um ali no meio, que cosia sua braguilha e ria. Tinha o nome de Pasto de Breja. Gargântua foi remexer os bagos e arrancou um chato maior que um boi e o arremessou na cabeça desse costureiro com tanta força, que o costureiro e o chato rodaram mais de trinta voltas de cu por riba da cabeça e tombaram dentro do Tâmisa. O rei Artur ficou desapontado por não ver o tal chato e mandou perguntar, por meio de Merlim, se Gargântua não teria mais. Gargântua observou quem instalou sua mercadoria sobre uma montanha e encontrou ainda dois, que ele pegou e atirou brutalmente contra a penha, de jeito que morreram. Merlim mandou escalpelá-los e disse ao rei que o couro bem serviria para fazer corseletes para os seus homens, o que foi de fato feito, mas esse couro era tão duro que não tinha baque nem base de aço que o pudesse avariar. O rei ordenou que pescassem aquele que estava no Tâmisa, mas quando o tiraram da água, tinha a pele mais dura que os outros; nunca uma pedra de diamante fora dura assim. Dizem que o rei Artur mandou fazer do seu colarinho um capacete para colocar sob o elmo de sua cabeça, porque tinha um poder maravilhoso por causa do lugar de onde veio. E com ele o rei Artur ficava muito mais quente. E a rainha Genebra pediu-lhe que não a deixasse dia ou noite. Dá bem para acreditar que lhe dava o melhor gozo do mundo, pois dizem que a valente dama amava muito o prazer natural. Embora fosse pequena, ela se escondia sob o rei Artur e sob Lancelot do Lago, que nem um rato debaixo de uma caixa. Eu diria ainda mais, mas muito já se escreveu nos livros da Távola Redonda. Afinal, retornemos ao nosso assunto do senhor Gargântua que passeava, como se disse, observando as tarefas dos costureiros.

Diante da montaria que se lhe dava, recusou aceitá-la porque seguia bem a pé; pois em trinta passos percorria o mesmo caminho que um correio poderia fazer com quatro cavalgadores num bom cavalo.

François Rabelais

Como Gargântua agradeceu
a Merlim em privado

Guérande era uma região de pântanos salobros. A narrativa do bornal é um acréscimo que se estende pelos próximos capítulos.

———

Depois que as vestes foram preparadas e que Gargântua se viu então aparelhado e vestido com luxuosas vestes, ele parecia um pavão que abre a cauda. Porque pôs as duas mãos nas costas em presença do bom rei Artur e de todos os gentis-homens e nobres barões e assistentes da corte que ali estavam presentes, então apoiado sobre os dois pés foi tomado de uma feroz coragem, fazendo duas ou três voltas com a cabeça, depois disse: "Bom é crer no conselho de um prudente e sábio homem, como o senhor Merlim. Pois ele bem que me disse isto que agora vejo, quando disse para que eu não recusasse nada ao bom rei Artur, pois que por um simples serviço que lhe fiz, de destruir e vencer os gogues e magogues, ele tanto me amou que me deu estas roupas luxuosas, e por isso estou agora fortemente ligado a ele. Só me falta um bornal". Então o rei Artur perguntou o que ele faria com um bornal. E o valente Gargântua respondeu que serviria para muitas coisas. O rei Artur disse: "Senhor Gargântua, se o bornal for feito com tanta grandeza que o senhor possa bem portá-lo, não pretendo encher de dinheiro nem mesmo um bolsinho dele". Disse Gargântua: "Sir, eu não penso em dinheiro mais do que os estorninhos pensam em colheita na Normandia, mas desejo ter um que seja prático e com forro duplo por dentro, para que não caia por terra nada do que eu puser ali". O rei perguntou se queria um de veludo. "Não, disse Gargântua, eu quero todo de couro de cervo, fora a tampa de cima, que será de couro de boi, bem batido". O rei Artur bradou: "Ah! Virgem Maria, onde pegaremos o tanto de cervo necessário para fazer os couros?". Disse Gargântua: "Sir rei, o senhor tem florestas bastantes na Inglaterra e na França, e se não forem suficientes, envie à floresta de Ardenas, porque me avisaram que lá há de sobra". Sem demora, o rei envia pelo país todos os tipos de mensageiros, e Deus sabe quantos venadores labutaram, cachorros correram, cornetas soaram, cavalos trotaram, para apanhar os cervos. Tantos foram pegos em diversos países, que nunca mais teriam se recuperado depois disso, caso não tivesse retido três machos e três fêmeas. O primeiro macho e a fêmea permaneceram na Inglaterra, o outro macho e a fêmea foram para a França, e a outra dupla enviada a Ardenas. Sem demora, todos os outros cervos foram escorchados e preparados, nunca se viu tanta carne de caça. E se não fosse o tanto que comia Gargântua, toda a Inglaterra estaria numa catinga só; mas Merlim aconselhou que tudo fosse salgado. O tal Gargântua em três passos e um salto marchou até Guérande e disse ao rei Artur que ele nunca mais careceria de sal, porque todos os navios que encontrou, logo encheu tal como encheu o buraco do seu dente, onde enfiou três grandes quintais. E só soprava; vocês diriam que chovia sal na Inglaterra. Os guerandeses dariam aquele imenso vilão a todos os diabos, pois que assim tinha desguarnecido todo o país de sal. Gargântua disse que fariam muito mais ainda e perguntou se não teriam uma mulher para ele, pois, disse, a natureza o compelia. Os guerandeses danaram a rir e disseram que ele devia era procurar a mãe do diabo, para então levá-la. Todas as mulheres da Bretanha juntadas numa só não dariam conta. Gargântua retornou à Inglaterra e foram salgados os cervos com tamanha fartura, que os ingleses comeram deles por dois anos.

François Rabelais

Por que não tem lobo na Inglaterra

O capítulo inteiro é acréscimo cômico, com trocadilho entre lobo e lupo.

———

Gargântua se decidiu quanto a seu bornal e disse que queria que fosse todo dobrado com couro de lobo. Quem se embasbacou foi o rei Artur. Mesmo assim deu ordens, por conselho de Merlim, e em três dias e três noites caçaram tanto que não sobrou mais lobo ou loba em toda a Inglaterra Grande ou Pequena, e nunca mais apareceu nenhum, fora o lupo que dá nas pernas, mas esse não come carneiro; é por isso que o preço de veados e de outros bichos é pechincha na Inglaterra, bem como outros chifrudos.

Da feitura do bornal de Gargântua

O capítulo é um acréscimo para justificar mais adiante a importância do bornal, que já aparecia nas Grandes crônicas.
Pau de boi é tradução de vitz de beuf, *para manter a obscenidade.*

———

Foram convocados trinta mestres artesãos para fazer os ferros desse bornal e mais de duzentos pajens. As duas argolas do tal bornal pesavam vinte e duas mil libras, três quartos, dois grãos, sem falar na charneira em que pendiam as tais argolas, que pesava cerca de dezessete mil quinhentos e noventa e nove libras e uma onça. Em resumo, todos nos plumeiros, coureiros, curtidores, luveiros, bolseiros, sapateiros, curtumeiros, alfaiates de couro escuro e claro que fossem conhecidos foram reunidos até que o mister se completou, mas foi ainda um sufoco encontrar uma correia, e, se não fosse por Merlim, o bornal seria inútil; pois ele aconselhou ao rei Artur que mandasse buscar em Poitou grandes bois, e na Bretanha, e com eles fazer um morticínio e tomar todos os nervos que em francês chamamos "pau de boi". Imediatamente foram mortos duzentos e quarenta bois, para pegar os paus que então foram preparados segundo o desígnio de Merlim e com eles fez-se uma correia maravilhosíssima, completamente inaudita, pois era preciso firmá-la com laço e lingueta para segurar melhor. Quem se alegrou foi Gargântua e veio empunhar esse maravilhoso bornal e passou essa correia e se fitou gorgianamente. Depois disse ao rei Artur: "Voltem no ardil, gogues e magogues, que eu vou alojar uns bons dez mil nos bolsos do meu bornal". Então disse o rei Artur a Merlim: "Caro amigo, vemos que Gargântua sente-se muito bem-nascido e fala bem do senhor e da corte. Por isso, acho que seria bom que o senhor fosse até ele, para ver se cumpre o que disse". Depois disse Merlim: "Sir, ele o fará até mil vezes, pois não lhe falta coração". Assim Merlim vai até Gargântua. E quando Gargântua percebeu que Merlim veio vê-lo, saudou-o. Depois Merlim perguntou como ele estava. E Gargântua,

François Rabelais

que estava alegre que era uma beleza, respondeu que muito bem e com isso danou a rir com tanta força e afeição pela gentileza de sua pessoa e pelo amor que sentia por Merlim e pelo rei Artur, que dava para ouvir seu riso a sete léguas e meia de distância, tanto ele ria com graça e afeição. Depois disse Gargântua: "Senhor Merlim, nunca um homem recebeu tanto bem no mundo quanto eu por sua mercê, por isso lhe agradeço".

Como o rei Artur enviou uma embaixada
aos holandeses e irlandeses

Vocês já devem saber que, quando acontece um grande mal ou má sorte para um príncipe grande senhor, acontecem logo dez. Foi assim com o rei Artur, quando fez guerra contra os gogues e magogues, pois os holandeses e irlandeses, que eram seus tributários, se revoltaram. E quando o rei Artur mandava que enviassem dinheiro ou ajuda e recurso aos homens de armas, eles faziam o contrário. Por isso, vendo seu bom conselho e o poder de Gargântua, decidiu enviar uma embaixada e mostrar que eles deveriam prestar o tributo do quinquênio e guardar as cidades e os castelos em suas mãos, e que o rei deles deveria se render como prisioneiro em sua corte, para fazer a justiça merecida. Os irlandeses e holandeses ouviram a embaixada, mas apenas zombaram dela. E disseram que eram duas nações e tão fortes que o rei da Grã-Bretanha não faria nada contra eles e ameaçaram aos embaixadores de não mais falarem do rei Artur, sob pena de prisão.

François Rabelais

Como os embaixadores fizeram seu relato
e da preparação para a guerra

Os embaixadores do rei Artur, vendo a louca resposta dos irlandeses e holandeses, partiram ao mar para seguirem até Londres, onde estava o rei Artur. Tiveram bons ventos e avançaram rapidamente, tanto que lá chegaram numa segunda-feira de manhã, e o rei ficou sabendo das novas e ordenou que viessem imediatamente diante dele em seus aposentos. Quando entraram, saudaram como de costume. O rei lhes deu sua saudação, perguntando quais novas traziam. Então responderam os embaixadores que os irlandeses e holandeses como um todo eram seus inimigos e não respeitavam o poder do rei. Este perguntou: "Vocês falaram do poder de Gargântua?", e eles responderam que não, mesmo que ele assim os aconselhasse, "Mas por causa da arrogância deles, não quisemos adverti-los para seu próprio lucro". O rei disse que fora bem-feito. E, findas essas palavras, o rei mandou reunir seu conselho para deliberar sobre a guerra; foram convocados Merlim e muitos outros, e se concluiu que Gargântua tomaria parte no exército, o que o agradaria, sob uma insígnia, e que Merlim os conduziria e daria conselhos a Gargântua, como de praxe.

Como Merlim contou a Gargântua
que este devia travar guerra
contra os irlandeses e holandeses

Vendo Merlim a conclusão do conselho do bom rei Artur como alguém que tem vista ao benefício de seu mestre, foi até Gargântua e lhe disse: "Gargântua, levante a mão e jure ao rei de servi-lo numa guerra movida entre ele e os irlandeses e holandeses". Então Gargântua, que estava com o flanco ao sol, que era quente e penetrante, levanta a mão de banda, de modo que fazia meia légua e meio quarto de sombra ao seu redor, com precisão; e estava o sol chegando ao meio-dia, e quando Gargântua fez seu juramento, pediu a Merlim que lhe desse conselho, pois força ele tinha de sobra e em pouco tempo mostraria a obra que era capaz de fazer com sua maça. Depois disse Merlim: "Gargântua, é necessário levar com você dois mil homens apenas, que farão o butim, depois que você vencer a batalha; e saiba que você deve trazer o rei deles como prisioneiro, que você levará até o rei Artur, bem como os mais notáveis da corte, e mantenha-os prisioneiros até que sejam apresentados ao bom rei Artur.

— Não se preocupe, disse Gargântua, eu vou dar a resposta aos reis da Irlanda e da Holanda e a toda sua corja. E vou carreá-los com roupa de feitores de caldeirão". Os londrinos, vendo a nobreza e a valentia de Gargântua, reservaram o paço da cidade naquele dia para lhe conceder um presente e decidiram lhe dar doze aprovisionamentos de bera, porque em Londres não bebem outras manguaças, a não ser que sejam grandes senhores, e deram-lhe duas dúzias das principais, para agradecerem pelo bem que ele fazia ao país da Grã-Bretanha e ao grande rei Artur. Gargântua, pensando que seria uma bebida como aquela que antes tinham lhe dado os angevinos, virou duas grandes cubas sem nem sentir o gosto, depois danou a mijar tão terrivelmente, que empestou todos os senhores de Londres, e disse: "Aos diabos vocês todos, malditos cervejeiros, vocês não valem nem um vintém a mais que essa manguaça". Todos os londrinos deram a fugir tão terrivelmente que o mais ousado entre eles ainda queria estar de volta ao ventre materno. Então disse ao rei Artur: "Sir, conceda-me uma licença". Respondeu o rei: "Sim, concedo, mas não faça mal a ninguém". O rei tinha ele próprio muito medo, pois não sabia o que Gargântua queria fazer.

Como Gargântua dourou
as muralhas da cidade de Londres
pelo lado fechado

Este capítulo escatológico é um acréscimo.

———

Gargântua, ao ouvir a resposta do rei, soltou a gamarra das calças, porque sua pança soltava um berro horrível, que parecia um estrondo enclausurado. Então se inclinou para o rei Artur e relaxou o toba tão impetuosissimamente que daria para pensar que a cidade se afundava num abismo. Ele soltou um tão terribilíssimo eclipse anal, que toda a cidade, até a outra barranca do Tâmisa, se merdificou. Depois disse bem alto: "Malditos cervejeiros, vocês me deram de beber; mas para que ninguém me reprove, lanço em vocês a fina mostarda do cagão para comer, e se vocês gostarem, basta devolver; ela estará sempre fresca, como os frutos do mar na sexta-feira". O rei Artur e toda a sua cavalaria, depois de ver se derramar o patraseiro do toba de Gargântua, danou a rir tão forte, que ficaram adoentados mais de oito dias seguidos, e dizia o rei: "Não precisamos de outra artilharia no combate contra os irlandeses e holandeses". Merlim logo reuniu seus homens de armas e por licença os levou à beira do mar.

Como Gargântua com seu exército
partiu da Grã-Bretanha e foi até a Irlanda,
para se sentar sobre
o grande baluarte de Reboursin

A história conta que Merlim fez vir uma espessa nuvem negra e com um movimento todos embarcaram no alto-mar e se encontraram todos do exército, exceto Merlim, que retornou à corte do rei Artur. Então, quando Gargântua viu aquelas pessoas ali perto, não se espantou, mas disse: "Minhas crianças, me esperem aqui, porque vou ver se as portas desta cidade estão bem fechadas e saber como ela se chama, porque estamos no país da conquista". Então Gargântua pegou a maça no ombro. E partiu para a cidade onde encontrou um homem armado, que queria montar a cavalo e lhe disse: "A quem você pertence, quem é o seu mestre?". Ao que o homem armado fez o sinal da cruz, dizendo: "Inimigo, eu o conjuro". Então Gargântua o pegou e enfiou no bornal e seguiu até o portão daquela cidade, onde encontrou a miúdo um povo de que ele não tinha conta e os deixou correr para a cidade e fecharem os portões e soarem os sinos para reunir toda a comuna, que seguiu incontinênti sobre as muralhas para jogar pedras contra Gargântua; porém em nada os temia e diante de todos foi sentar num dos baluartes da cidade e lhes perguntou qual era o nome da cidade e a quem ela pertencia. Então disseram que era do rei da Irlanda e que se chamava Reboursin. Então perguntou Gargântua se o rei estava na cidade, e disseram que sim, ao que lhes disse Gargântua que fossem dizer a ele que esperasse por Gargântua e todo seu poder para o combate e seguir prisioneiro até o rei Artur.

François Rabelais

Como o rei da Irlanda e da Holanda
mandou quinhentos homens de armas
para combater Gargântua

Enquanto Gargântua falava com os cidadãos, o rei da Irlanda saiu por uma falsa porta secreta com quinhentos homens bem armados, e vieram assaltar Gargântua, que estava sentado sobre o baluarte; e quando Gargântua viu que vinham ao seu encontro, passou pela barreira dentro do baluarte e começou a abrir a bocarra, zoando que fosse tão pouca gente. Então cada um o observava e dizia que era um diabo, porque tinha a boca fendida em quatro braças. Depois cada um começou a atirar com balestras e arcos contra Gargântua; e vendo a cena Gargântua saiu ligeiramente do baluarte e, sem dar um só golpe com sua maça, os pegou com mãos delicadas. E encheu os fundos das suas calças. E uma parte enfiou na fenda das mangas. Depois retornou para aqueles que o esperavam à beira-mar e lhes entregou os prisioneiros, para que os guardassem, no que ficaram muito alegres com aquela bela tomada que tinha feito seu capitão Gargântua.

Como Gargântua perguntou aos prisioneiros
se o rei estava em sua companhia

Quando Gargântua deu cabo da escaramuça na cidade de Reboursin, que era a capital do reino, e que tomou diversos prisioneiros e os levou na fenda das mangas e nos fundilhos de suas calças e os mandou contar pelos homens do exército e contabilizou o número de trezentos e nove e um que estava morto pelo vento de um peido que tinha dado Gargântua em suas calças, e tinha o pobre prisioneiro a cabeça rachada e o cérebro espalhado por esse golpe de toba, pois ele peidava com tanta bruteza que do vento que saía de seu corpo fazia virar três carroças de feno, e de um pum fazia moer quatro moinhos de vento. Ora, deixemos de lado esse peido e o homem morto e voltemos aos trezentos e nove que foram contados e interrogados da seguinte maneira por Gargântua: "Afinal, meus prisioneiros, se quiserem salvar a vida, me digam se o rei está em sua companhia". Então disseram todos que ele não estava ali e que tinha escapado por uma ruela estreita e se escondera num casebre baixo, na direção do grande rio.

François Rabelais

Como Gargântua se dispôs
a ir soar o alarme da cidade de Reboursin
e da trégua realizada

Na madrugada seguinte, dispôs-se Gargântua a fazer um assalto à cidade de Reboursin mais forte do que antes, para saber se o rei sairia, como na primeira vez; ordenou aos seus homens que guardassem bem os prisioneiros e pegou a maça no pescoço e foi se acotovelar nas muralhas da cidade de Reboursin; e quando os presentes viram que ele chegava, foram contar ao rei, que lhe enviou um mensageiro para dizer que concedesse trégua por quinze dias. E ele lhe entregaria da cidade dois navios carregados de arenque fresco. E duzentos cascos de cavalas salgadas. Com mostarda, como comida. Nisso concordou Gargântua, para que assim o rei preparasse seu exército em quinze dias e que ele mesmo participasse do combate com todo seu poder. O acordo foi assim concluído, e trouxeram ao tal Gargântua os dois navios carregados de arenques frescos e os duzentos cascos de cavalas salgadas e dez barricas cheias de mostarda. Vendo Gargântua que ele próprio estava provido com peixincha, enviou aos seus homens de armas um dos navios de arenque fresco com apenas dois cascos de mostarda, o resto lhe foi servido na mesa diante do portão da cidade como café da manhã numa segunda-feira bem cedinho, entre sete e oito horas. Depois que Gargântua comeu, teve vontade de dormir e se afastou por um quarto de légua da cidade, num vale, onde se deitou e adormeceu. Alguns da cidade o tinham visto adormecido. E fizeram um relato, então o conselho decidiu que o atacariam à noite e o matariam dormindo e quando chegaram ao local temiam resvalar pelo vale e cair na boca de Gargântua, que dormia de boca aberta, e ali caíram exatamente duzentos e cinco, e quando Gargântua despertou teve muita sede por causa das cavalas salgadas que tinha comido e foi até o rio para beber e bebeu tanto que secou o rio. Então os cidadãos que tinham caído em sua boca foram todos afogados.

Como o rei da Irlanda e da Holanda
se preparou e reuniu a hoste
para resistir contra Gargântua

Vendo o rei da Irlanda e da Holanda que já não tinha mais trégua, enviou uma diligência por todo o país da Holanda e da Irlanda mandando que cada feudatário e não-feudatário viesse à boa cidade de Reboursin no próximo dia 3 de maio e que cada um estivesse preparado para se defender do melhor modo possível. Tanto fez o rei, que em pouco tempo tinha em sua corte duzentos mil homens bem equipados com tudo que fosse necessário para fazer a guerra. E quando o rei se viu bem acompanhado de tão bons homens de armas bem preparados, exceto a artilharia, pois naquele tempo não havia ainda nenhuma, mandou um arauto até Gargântua, que estava com os seus na beira-mar, fazendo grande banquete, para que viesse a campo, pois o rei o esperava em boa companhia. E que, se não viesse logo, o rei viria vê-lo. Assim Gargântua ficou tranquilo e disse ao arauto que não valia a pena, mas que ele próprio iria vê-lo antes do necessário. Com isso, partiu o arauto. Depois disse Gargântua aos seus que, quando bradasse, eles deveriam vir para fazer o butim. Então foi Gargântua até o exército, a grande maça no pescoço. E quando chegou perto reparou que todo o país estava pleno e tinha feito estratagemas para que ele caísse. Ao ver a cena, chegou mais perto, e atiraram flechas, tantas que ele nem sabia por onde passar. Então pegou a maça com as duas mãos e lutou aqui e acolá com tanta firmeza que nem um leão quando agarra a presa e em pouco tempo matou exatamente cem mil duzentos e dez e dois que se faziam de mortos debaixo dos outros; e no meio da armada estava o rei e cinquenta grandes senhores de sua corte que gritavam por misericórdia. Então perguntou Gargântua: "Quem são os senhores?". E responderam que era o rei e os barões do país. Então Gargântua ordenou que não se mexessem, que ele os levaria prisioneiros até o rei Artur com os outros, para cumprir a sua vontade. Em seguida assobiou com a mão. E aqueles estavam na beira do mar a meras três léguas de distância. Então, assim que ouviram seu capitão Gargântua assobiando com a mão, se apressaram em vir até ele, pois sabiam que seriam chamados para o butim dos mortos; quando lá chegaram e já tinham pilha-

François Rabelais

do tudo, Gargântua pegou os cinquenta prisioneiros e os enfiou no buraco de um dente. No tal buraco do dente tinha um jogo de palma para divertir os tais prisioneiros. E meteu o rei dentro do bornal. Depois chegaram à margem do mar, onde encontraram o senhor Merlim que os aguardava. Então Merlim fez seus feitiços, como de costume, e num supetão de sua feitura foram todos transmitidos até a corte do rei Artur, onde Gargântua apresentou ao nobre rei Artur os supracitados prisioneiros. E estavam presentes todos os barões da corte do tal rei Artur, que ficaram muito satisfeitos e lhe prestaram grandes honras e grande reverência e muito prezaram a força e o poder de Gargântua.

Como Gargântua botou um gigante no bornal

Este capítulo é ampliado. Também nele temos referência a La farce de maistre Pathelin *(A farsa do mestre Pathelin), em que o personagem principal é um advogado que fala uma língua de* imbroglio.

No "rasgo do ranho", segundo Huchon, parte de uma imagem nasal, mas o que temos, de fato, seria mais uma figura anal.

———

Depois que Gargântua e Merlim e todo o exército chegaram à corte do rei Artur e entregaram os prisioneiros, o rumor se espalhou por toda a cidade de que havia um gigante que tinha doze costados de altura, capaz de sustentar o partido dos gogues e magogues, e que, por onde passava, ele destruía todo o país e demandava notícias de Gargântua, dizendo que queria combatê-lo e vingar o morticínio que este tinha feito sobre os tais gogues e magogues; e o rumor foi tão grande que chegou até os ouvidos de Gargântua. Que ficou satisfeitíssimo de ouvir sobre seu poder e disse que, se o tal gigante queria servir ao rei Artur, então lhe concederia metade dos gajes que recebera do rei Artur. Então Gargântua pegou sua maça e foi ver onde estava o gigante, que estava a apenas cinco léguas de Londres, onde tinha sitiado um castelo. E tinha já destruído a aldeia. Assim, quando Gargântua o viu e o saudou, o tal gigante o encarou e disse: "É você que eu estou procurando, nunca mais vai voltar de onde veio; mas agora serão vingados os gogues e magogues". Nisso o gigante, que tinha vista baixa, pegou uma imensa maça de madeira e tentou acertar Gargântua e atingiu um imenso carvalho. Então Gargântua o pegou e o dobrou pelos rins que nem alguém dobraria uma dúzia de rendas e o botou no bornal, mas primeiro perguntou de onde ele vinha e onde estavam seus companheiros. O gigante respondeu que vinha da montanha negra. E que o pai dos gigantes, chamado Gargueiro de Bronze, o tinha enviado à Grã-Bretanha para destruir Gargântua, o rei Artur e sua Távola Redonda, Merlim e todo o país, por inteiro. "E como, disse Gargântua, esse gigante de Masca Merda, Gargueiro de Bronze, mandou você até aqui procurar a morte? Eu peço que me diga de onde vêm os pajens e os gogues e magogues que aqui o conduziram. E me diga onde pego o caminho para chegar a essa montanha negra". O gigante disse: "Eu só tinha um pajem, que deixei no país dos gogues e magogues. Aqueles que me conduziram até aqui num prado, não passam de quinhentos ou seiscentos. Quanto ao caminho para chegar até a negra montanha, é preciso ir até Jerusalém, no monte Sinai. E depois pelos desertos até os indos, na terra do Preste João, e depois se vê a negra montanha a mais de trezentas léguas de distância.

— Muito bem, disse Gargântua, você está quite. O seu pajem, seus gogues e magogues e seu Gargueiro de Bronze nunca mais vão ver você, até a hora em que for chamado para testemunhar o pagamento do tecido de Pathelin". Então dobrou o gigante, mas primeiro, por reconhecimento e homenagem, fez com que ele beijasse o patraseiro de seu toba, depois o socou, como já se disse, dentro do bornal. E foi num supetão visitar os gogues e magogues no pé da montanha, que erguiam seus olhos e abriam a boca às moscas, olhando quando o gigante traria Gargântua, porém sucedeu-se o contrário. Pois, quando Gargântua os viu, apenas escancarou e desarrolhou o rasgo de seu ranho e relaxou um amorosíssimo odor de flato, que derrubou todos mortos, depois os comprimiu e enfiou todos no bornal, depois os levou ao rei Artur, que ficou muito satisfeito de ficar livre daquele grande vilão bronco e agradeceu deveras a Gargântua pela belíssima proeza e lhe deu em recompensa um moinho de vento de ouro maciço com as pás de tela de prata. Gargântua danou a rir e disse que queria virar moleiro.

Como Merlim pediu licença ao rei Artur
e dos ensinamentos que lhe deu
sobre como a Inglaterra
seria governada depois dele

Este capítulo e os próximos são completamente novos em relação às Grandes
crônicas. *As profecias atribuídas a Merlim estavam na moda no séc. XVI, mas também poderiam ser lidas como uma censura ao divórcio de Henrique VIII, se consi-
derarmos Artur como alegoria do mesmo Henrique (cf. nota introdutória).*
A Dácia era uma província do Império Romano situada na Europa Central.

———

Vocês já ouviram no começo da história como Merlim lamentou ao rei
Artur que ele seria morto por uma mulher. Então chegou sua fortuna como
vocês puderam ouvir. É verdade que Merlim, mesmo que fosse engendrado
sem semente de homem conhecido, ainda assim era natural: sua fantasia o
tomou subitamente e pediu licença ao rei Artur, que concedeu a contragosto,
porque aquele era todo seu conselho. Merlim disse: "Sir, não fique triste, tenho uma viagem por fazer e não sei se um dia voltarei a vê-lo. O senhor deve tomar cuidado quanto ao que lhe direi e assim prosperará no amor de
Deus e do mundo, pois, se tiver o amor de Deus, terá o do mundo; e esteja
certo de que não se pode ter um sem o outro. Sir, prive-se do conselho dos
jovens e não confie neles, pois conselho de jovem é aliciamento de miseráveis
servidões; nem frequente demais os pequenos, porque eles vão levá-lo logo,
para se tornarem grandes; e passe reto pelos anciãos, nem confie em nada do
que sabem; nem tome ao seu conselho ou em seus cargos pessoas que o senhor reconhece como avarentas, que se empenham a fazer suas casas, porque isso pauperizaria o senhor e seus reinos, e eles não seriam jamais susten-
tados, nem benquistos por seus súditos; tome gente do seu sangue e mostre
a eles um sinal de amor e lhes conceda grandes vantagens, sobretudo aos
mais experientes; e quando o senhor for logrado pelo conselho de alguém
em quem confiava, deixe essa pessoa fora do seu contato, ou será enganado.

François Rabelais

Sir, pode acreditar que os nobres antigos do seu sangue real, ou provindos de grande e rico lar antigo, nunca farão malícia contra sua pessoa, e assim o senhor será o mais forte, mais prezado e reverenciado dos príncipes estrangeiros; pois, se o senhor tomar conselho dos pequenos, nobilitados ou atarefados, eles o pauperizariam, ao senhor e ao seu país, e o tornariam sujeito a tantos infortúnios, que o senhor nem saberia para que lado se voltar, e sempre o ninariam com louvores elogiosos e assim o senhor seria zombado e desprezado pelos outros. Ainda tenho um ponto a lhe dizer, embora o tenha bem escrito em minhas profecias, que o senhor encontrará em seu cofre no castelo de Bristol: nunca haverá rei na Grã-Bretanha tão obedecido, e nunca reinarão dois sem que um seja condenado à morte pela magnanimidade do povo, que jamais, após o seu falecimento, suportará abatimento do príncipe, e digo que o país mudará de nome. E cairá em diversas mãos de príncipes, e só o senhor terá o nome de rei da Grão-Bretanha e dos bretões. Pois no fim eles serão derrotados pelos cruéis da Dácia, que serão ingleses. E os reis serão reis da terra, não do povo. E adeus eu lhe digo, se não mais o vir. Não esqueça isso que lhe digo e está bem escrito com mais detalhes lá onde já declarei". Então Merlim se foi, deixando o rei Artur tão atormentado e deprimido, que não conseguia dizer uma só palavra.

Como Gargântua
pediu licença ao rei Artur

"Destaque" (no original à la passe*) é tática da esgrima que visa a enganar o oponente. Sobre Gênio, cf. cap. "Como Merlim disse ao rei Artur...".*

———

Gargântua, ao ver que Merlim partira, disse ao rei Artur que queria seguir sua aventura e que retornaria diante de sua majestade, mas quando terminasse sua empreitada e trouxesse Merlim consigo. O rei lhe deu licença, porque não sabia o que dizer, por causa do tormento que teve na partida de Merlim, pois se soubesse a causa, ele mesmo a teria remediado. A verdade é que Merlim era um necromante e estava apaixonado por uma dama que o tinha seduzido e que se chamava condessa de York, e seu marido morria de ciúmes sobretudo do tal Merlim. Foi então que Merlim se tornou invisível e à noite lançava a sorte, porque o conde dormia tão pesado que nunca acordaria, e todas as noites, a partir do momento em que o conde deitava, a dama, que era cautelosa, punha sob a cabeça dele uma erva que Merlim tinha lhe dado, e logo ele dormia. Num destaque, vinha Merlim, que tocava o violino e encontrava o contrabaixo em pau para toda obra. Gênio e seus companheiros faziam docemente o resto muitas vezes. O dia chegava rápido demais e compelia Merlim a se retirar em um pequeno guarda-roupa, onde havia um cofre em que a dama jogava certos objetos. Chegou um dia entre os outros em que esse conde estava aborrecido porque não fruía do prazer natural, e havia muitas noites que não gozava do consolo desejado. E nem conseguia imaginar de onde isso vinha, pois a dama era bela e, por outro lado, à moda das outras amava pegar na manivela. Assim veio encontrar sua mulher no tal guarda-roupa, Merlim escondido debaixo do cofre. O tal conde, para cortar a conversa, pegou a dama, pôs seu cu em cima do tal cofre e fez o de praxe nesses casos, mas na hora do suspiro o entrelaçar era tamanho, que a dama e o senhor juntos e unidos nesse deleite caíram com o tal

cofre no meio do tal guarda-roupa e assim foi Merlim visivelmente desco-
berto pelo tal conde; porém Merlim cauteloso e súbito saiu assim que o conde e a tal dama fruíam das paixões naturais, pois bem conhecia a aflição da
natureza e sabia que o conde não conseguiria lhe fazer mal em meio a tal
acesso; assim saiu no pique e ficou a sorte do outro tão áspera, que o conde
passou sete dias sem beber nem comer e esqueceu sua visão, porém a dama
saía quando bem queria; no entanto, Merlim decidiu sair do país e dele não
falaremos mais.

Como Gargântua
avançou em sua viagem

Saint-Malo de L'Isle era importante porto do séc. XVI. A igreja de Saint-Tu-ghal ficava no castelo de Laval, em Mayenne. A imagem de abater metade do Capi-tólio alude ao saque de Roma, em 1527. Na lista de animais, o único fabuloso é o grifo, que protegia tesouros na mitologia grega, mas aqui parece retomar sua pre-sença nas histórias sobre Preste João.

———

Gargântua empunha sua maça, põe-se a atravessar o mar e veio a Saint--Malo de l'Isle, passou a Bretanha e veio a Laval, depois quis repousar sobre um grande baluarte e viu dois belos campanários, um bem longo e um bem grosso. Pensou em usar um deles como bainha para sua maça e do outro, que era todo de chumbo ricamente ornado, faria um apito ao modo daque-les que tinha visto no monte Saint-Michel, e quando entrou na cidade, me-diu sua maça no grande campanário da Trindade, que costuma ser estimado com um dos maiores e mais altos da França. Ele disse que serviria perfeita-mente para a bainha de sua maça e quis arrancá-lo; o mesmo para o campa-nário de chumbo, que está em Saint-Tughal, porém o senhor da cidade, os cônegos, curas, mercadores e burgueses da tal cidade chegaram até ele, pe-dindo que não fizesse essa injúria, e então lhe dariam um presente honroso, no que ele facilmente concordou, por causa do Senhor, que ele tinha visto na corte do rei Artur, e por presente lhe deram quinze mil varas de tecido para fazer lenços. O rei Artur tinha fornecido camisa, gibão, calças, calçados, de veste e pano. E aqueles de Laval completaram o resto com as quinze mil va-ras, coisa que ele aceitou e botou num dos bolsos do bornal. Depois passou por Roma e disse que daria um peido para o papa, porque este fechava de-mais a cidade, mas ele rompeu grande parte dos muros e abateu metade do Capitólio; depois foi até Nápoles, à Sicília, até a Síria, ao monte Sinai, onde falou com os religiosos, que lhe mostraram a montanha negra. Ele sentiu fo-

François Rabelais

me. E os religiosos não tinham do que comer. Ele perguntou se encontraria bichos selvagens naquele local, disseram que tinham algo como leões, ursos, tigres, leopardos, por outro lado tinham também grifos, que são perigosos. Sem demora, Gargântua disse que se viraria bem. E desceu do outro lado, onde encontrou todo tipo de bicho selvagem e, para começar, dois grifos vieram voar por cima dele e fizeram cair da cabeça seu barrete e seu penacho, mas ele ergueu a maça e os partiu ao meio num só golpe. Matou dezessete leões, catorze leopardos, sete ursos, treze lobos e duas grandes serpentes e se repastou de tudo tranquilo e deixou o resto aos monges do Sinai. Depois se afastou deles.

Como Gargântua chegou
à ponta das nuvens onde estão os gigantes

O tema do dilúvio urinal aparece também em Gargântua *e* Pantagruel.
A última frase do capítulo é uma paródia do último verso do Roman de la Rose: "atant fut jor et je m'esveille" *("o dia nasce e eu desperto").*

———

Gargântua se aproximou da montanha negra, lá onde estão os dezessete gigantes que atentam ao fluxo das nuvens e sorvem todas as águas e sem eles todo o mundo seria afogado. Eis que se aproxima Gargântua deles e os contemplou longamente e ficou embasbacado de vê-los, todos os dezessete, acotovelados sobre o alto da montanha, que tem mais de cento e cinquenta léguas de altura, e lá estão atreladas as pontas das calhas das nuvens. Na hora que a deusa Íris estende seu arco no céu e que as nuvens bebem do mar, quando estão cheias, os supraditos gigantes ficam de bocarra escancarada e sorvem quase tudo; o que eles não têm tempo de sorver cai sobre nós e é a chuva, e amiúde não chove nesse país porque os gigantes têm grande sede e bebem tudo. Gargântua viu um lugar vazio ao lado deles e se posicionou ali, em sua honra. Então lhe fizeram grande reverência, considerando que Júpiter tinha lhes enviado um companheiro, mas assim que se inclinaram para saudar Gargântua, a ponta das nuvens, que têm forma de tetas maiores que a torre da Babilônia, escapou deles e soltou tantas águas, que foi um grande dilúvio por toda a terra das Índias e do Preste João, mas sem demora retornaram ao seu posto e Gargântua imitou os outros por um espaço de dez meses. Então Merlim veio perguntar quem conhecia a natureza das coisas. Gargântua pediu licença aos outros e retomou sua maça. Merlim fez uma nuvem que os levou num só voo até as montanhas entre Savoia e os alemães, e lá deu vontade de mijar em Gargântua, que mijou três meses inteiros, seis dias e treze horas, três quartos e dois minutos, e lá engendrou o rio Ródano e mais de quinhentos navios e barcos para o povoar e lá mijou tão forte que

François Rabelais

nunca mais o Ródano cessou de correr como uma seta de balestra. Dali Merlim transportou Gargântua ao país das fadas, onde já estava o rei Artur, onde ainda vivem e fazem um grande banquete no castelo de Avalon. E neste ponto eu desperto para beber.

Segue-se a tábua
da presente história e crônica de Gargântua

No primeiro capítulo, fala-se dos doutores do livro de Gargântua. Depois, da arte e ciência de Merlim, da geração daquele e de seus poderes.

Como ele advertiu ao rei Artur sobre coisas por vir e como remediou o tal rei.

Dos ossos de duas baleias com que foram criados o pai e a mãe de Gargântua.

Como ele fez uma égua.

Como Gargântua foi engendrado.

Como fizeram suas provisões e das lágrimas deles.

Da fonte, das aves, do nascimento e batismo de Gargântua.

Como procuraram Merlim e depois a destruição das florestas de Champagne. E de Beauce e dos rochedos do monte Saint-Michel e de Tombelaine.

Do horológio de Rennes e dos olhos de Beus.

Da morte de grão Gorja e de Galamela, dos sinos de Paris e outras coisas singulares dos gigantes de Anjou.

Como Gargântua veio à Grã-Bretanha, de sua maça, dos gogues e magogues, da amabilidade, da refeição.

Como ele se investiu da libré do rei Artur.

Do bornal de Gargântua e por que não tem lobo na Inglaterra.

Dos preparativos para a guerra, irlandeses e holandeses.

Do presente dos londrinos.

Como Gargântua dourou as muralhas de Londres.

Quatro capítulos das guerras da Holanda e da Irlanda.

A licença que Merlim pediu ao rei e o conselho que deu.

A licença de Gargântua e de sua viagem e como a caminho quis pegar um campanário para fazer a bainha de sua maça.

Da montanha negra e dos gigantes e outras coisas.

François Rabelais

PROGNOSTICAÇÕES
E ALMANAQUES

Nota introdutória

Dos almanaques e prognosticações, a Pantagruelina prognosticação, *originalmente publicada em 1533, é a única que segue de perto a veia do riso que encontramos em germe em* Pantagruel *e que continuará ampliada em* Gargântua, *numa clara sátira antiastrológica (ou, mais precisamente, antidivinatória), de modo que não é fácil traçar o limite entre informações precisas e pura invencionice, já que muitos dados oferecidos batem com as cartas astronômicas da época, uma vez que esse tipo de obra que misturava astrologia e astronomia (as duas ciências ainda eram uma só no século XVI), dicas de higiene, previsões meteorológicas e adivinhações, eram de fato bastante comuns no período. A edição que sigo é a última em vida de Rabelais, de 1542, que retoma, expande e altera a edição original de 1533, reeditada com sucesso em 1535, 1537 e 1538. Como observa Screech, a primeira edição ainda dialogava plenamente com o seu ano, inclusive marcando o estado celeste, que depois vai sendo cada vez mais atenuado, para criar um efeito atemporal. Na verdade, Rabelais o escreve dentro de uma tradição do gênero "almanaque cômico", provavelmente muito embasado em* Ridicula sed iucunda quaedam uaticinia *(Alguns vaticínios ridículos, porém agradáveis) de Joachim Sterck van Ringelbergh (1499-1536), publicado em 1531 como apêndice a* Opera *(Obras) por Sébastien Gryphe.*

Alcofribas é o mesmo nome que assina o Pantagruel, *e o adjetivo "pantagruelina" nos mostra como o livro em questão fez sucesso imediato a ponto de já ser retomado na Prognosticação. Non dicitur vem do latim e significa "não se fala"; e verte folium, "vire a página". Rabelais toma ao pé da letra a expressão "número áureo", que designa o número de ordem de um determinado ano no ciclo lunar de dezenove anos. Segundo Huchon, essa ideia foi introduzida no calendário por Meton de Atenas.*

Como já foi dito, Rabelais escreveu almanaques a sério, e aqui apresento, junto com a Pantagruelina prognosticação, *três que têm autoria rabelaisiana indiscutível e que nos chegaram em partes, além de outras prognosticações de autoria em debate. Aqui podemos ter um relance, mesmo que de modo fragmentário, de um mundo partilhado por Rabelais em seu trabalho de médico e astrólogo/astrônomo segundo a ciência da época, além de sua fé evangelista, que aparece, por exemplo, na ideia de um conselho divino que permanece secreto aos homens. Como obras científicas, é importante notar que Rabelais não assina aqui com o anagrama de Alcofribas, pois precisa indicar seu próprio nome. Com isso, podemos ter uma ideia de como a Pan-*

tagruelina prognosticação, *se faz uma sátira das crendices astrológicas da época, não é de modo algum uma proposta de erradicação da astrologia, e sim uma crítica específica dentro do debate de seu tempo.*

Na época dos dois primeiros Almanaques, *Rabelais ainda não era realmente doutor em medicina, embora exercesse a profissão no Hospital de Lyon desde 1532; no entanto ele cumpre a expectativa do período, mostrando um conhecimento astrológico e astronômico esperado nos médicos.*

No terceiro Almanaque, *uma série de imagens usam duas cores na folha original, variando as fases da Lua entre vermelho e negro. O texto nos chegou em dois exemplares de origem diversa, que geram especulação se seriam duas edições diferentes, ou variantes da mesma época. Há algumas lacunas causadas por um corte da primeira edição.*

Na Grande prognosticação, *Seraphino Calba[r]sy é anagrama de Phransoy Rabelais. A tese de Michael Screech, seguida por Mireille Huchon, é de que este texto seria espúrio, feito por algum imitador de Rabelais, até o ponto de imitar passagens inteiras de uma prognosticação para a outra, mesmo sendo anos diferentes. Com isso, pode ser que Rabelais tenha retirado o nome "Seraphino Calbarsy" de seu Gargântua para evitar que os leitores confundissem essa prognosticação com sua própria obra. Seja como for, é interessante editar e traduzir essas obras, que fazem parte de uma cultura rabelaisiana, mesmo que para desagrado do próprio Rabelais. Na tradução do texto, optei por manter as lacunas, que em diversas partes são preenchidas por Screech em sua edição.*

François Rabelais

PANTAGRUELINA PROGNOSTICAÇÃO
CERTEIRA, VERDADEIRA E INFALÍVEL.
PARA O ANO PERPÉTUO, RECENTEMENTE COMPOSTA
PARA PROVEITO E CONSELHO DE PESSOAS
TONTAS E BESTAS POR NATUREZA
PELO MESTRE ALCOFRIBAS,
ARQUITRICLINO DO TAL PANTAGRUEL

Sobre número áureo *non dicitur.*
Neste ano eu não achei nada,
apesar de todos os cálculos feitos.
Vamos em frente. *Verte folium.*

Ao leitor benevolente

Saúde e paz em Jesus Cristo

De fato, inúmeros almanaques foram publicados em Louvain ao longo do século XVI. As referências no primeiro parágrafo são a Salmos, 5:7; e Júlio César, Co-mentários da Guerra da Gália, 4.5; Jean de Gravot e sua obra são, muito provavelmente, burla rabelaisiana.

Rabelais faz uma série de cunhagens eruditas a partir do grego: astrófilos (amantes dos astros ἄστερες + φιλος)*, hipernefelistas (os acima das nuvens,* ὑπερνέφελος)*, anemofílaces (guardiões de ventos,* φύλαξ + ἄνεμος)*, uranópetes (caídos do céu,* οὐρανοπετής) *e ombróforos (portadores de chuvas,* ὀμβροφόρος)*.*

Tu autem designa o essencial, por ser o fim da leitura litúrgica salmodiada.

———

Depois de considerar os infinitos abusos perpetrados por causa de um monte de Prognosticações de Louvain, feitas à sombra de uma taça de vinho, agora calculei uma para vocês, a mais segura e verdadeira que jamais se viu, como a experiência há de comprovar. Pois, sem dúvida, como disse o profeta real, *Salmos 5*, a Deus, "destruirás aqueles que falam a mentira", não é pecado leve mentir deliberadamente ou lograr o pobre povo curioso de saber novidades. Tal como em todos os tempos foram os franceses, segundo escreve César em seus *Comentários* e Jean de Gravot nas *Mitologias gálicas*.

É isso que vemos ainda hoje em toda a França, onde as primeiras palavras endereçadas àqueles que acabam de chegar são "Conte-me as novidades, o senhor sabe algo de novo? Quem falou? Quais são os rumores pelo mundo?". E são tão afobados nesse quesito, que com frequência se irritam contra aqueles que vêm de países estrangeiros sem sacolas cheias de novidades e então os chamam de bezerros e idiotas.

Como estão sempre prontos para perguntar por novidades e são igualmente ou até mais crédulos no que for anunciado, não seria então necessário postar pessoas dignas de fé nos portões de entrada do reino, que serviriam apenas para examinar as novidades que vão chegando e saber se são verdadeiras? Com certeza.

Assim fez meu bom mestre Pantagruel por todo o país de Utopia e Dipsódia. Isso deu tão certo e seu território ficou tão próspero, que agora nem dão conta de beber tudo e precisariam jogar vinho por terra, se não viessem de alhures um bom reforço de manguaceiros e festeiros.

Querendo então satisfazer a curiosidade de todos os bons companheiros, compulsei todos os arquivos do céu, calculei as quadraturas da Lua, abordei tudo que já pensaram os astrófilos, hipernefelistas, anemofílaces, uranópetes e ombróforos e debati sobretudo com Empédocles, que se recomenda à boa graça de vocês. E todo o *tu autem* eu redigi em uns poucos capítulos: asseguro que apresentei somente aquilo que penso e penso somente o que é, e é isso, a bem da verdade, que vocês irão ler agora. Tudo que for dito, ademais, deve passar por um grande tamis, por um e outro lado, e pode ser que aconteça, pode ser que não aconteça.

Num ponto os aviso. Que se não acreditarem em tudo, vão me dar uma virada negativa, pela qual, aqui ou acolá, serão aflitissimamente punidos. As chibatadinhas temperadas com correias bovinas não serão poupadas nos ombros de vocês e vão aspirar o ar que nem ostras, tanto quanto quiserem; pois é certo que alguns vão se queimar, se o padeiro não dormir.

Então assoem os narizes, criancinhas; e vocês, velhos sonhadores, ajustem os quevedos e pesem suas palavras com os pesos do santuário.

François Rabelais

Cap. 1

Do governo e senhor deste ano

Rabelais cita precisamente um pensador árabe, Avicena, para desmerecer o imaginário de obscurantismo ligado à astrologia árabe no período.

———

Seja lá o que disserem aqueles doidos astrólogos de Louvain, de Nuremberg, de Tübingen e de Lyon, não acreditem que haja outro governante do universal mundo além de Deus, o Criador, que com seu verbo divino a tudo rege e modera, por cuja graça há todas as coisas em sua natureza e propriedade e condição, e sem cuja manutenção e governo todas as coisas seriam num instante reduzidas a nada, tal como do nada foram por ele produzidas em seu ser. Pois dele vem, nele está e por ele se aperfeiçoa todo ser e todo bem, toda vida e movimento, como bem diz a Trombeta Evangélica, o senhor São Paulo, *Romanos* 11. Então o governante deste ano e de todos os outros, segundo nossa verídica resolução, será Deus Todo-Poderoso. E nem Saturno, nem Marte, nem Júpiter, nem qualquer outro planeta, por certo, nem os anjos, nem os santos, nem os homens, nem os diabos terão nenhuma força, eficácia, poder ou influência, se Deus a seu bel-prazer não lhes der. Como diz Avicena, que as causas segundas não têm influência nem ação alguma, se a causa primeira não influir. E não é mesmo verdade o que diz o nosso camaradinha?

Cap. 2

Dos eclipses deste ano

Por correspondência, o Sol era ligado ao ouro e a Lua à prata, daí a piada do primeiro parágrafo. "Encontrar a fava no bolo de Reis" é uma expressão que significaria "tirar a sorte grande", ao mesmo tempo que remete ao tradicional bolo de Reis. Quaresmeiro é personagem importante do Quarto livro; *a imagem aqui sugere o período do Carnaval. Prisciano foi um gramático romano da virada dos séculos V-VI d.C.*

A referência a Romanos 7 *é, na verdade,* Romanos 8:31, *"Se Deus é por nós, quem será contra nós?". Na expressão "nemo, domine" ("ninguém, senhor"), o nome "ninguém" era usado como brincadeira como se fosse nome pessoal, tal como usado por Odisseu para enganar o ciclope Polifemo na* Odisseia.

———

Neste ano teremos tantos eclipses solares e lunares que tenho até medo (não sem motivo) de que os nossos bolsos sofrerão de inanição e nossos sensos de perturbação.

Saturno será retrógrado. Vênus direta. Mercúrio inconstante. E uma penca de outros planetas não vão seguir as ordens de vocês.

Por isso, este ano os caranguejos devem andar de lado e os cordeiros de ré, os escabelos vão subir em bancos, os espetos nas grelhas e os bonés nos chapéus. Os bagos de muitos ficarão pendurados por falta de bornal, as pulgas serão pretas na maioria. O toucinho fugirá das ervilhas na Quaresma, a pança irá na frente, o cu se sentará primeiro, ninguém vai encontrar a fava no bolo de Reis, ninguém vai achar o ás no flush, os dados não vão responder às lisonjas, nem vão cair no jeito que se peça, os bichos falarão por toda parte. Quaresmeiro ganhará o seu processo, uma parte do mundo vai se disfarçar para enganar a outra, e vão correr pelas ruas que nem doidos varridos, nunca se viu uma tamanha barafunda na natureza. E surgirão neste ano mais de 27 verbos irregulares, se Prisciano não os mantiver em rédea curta. Se Deus não nos ajudar, teremos um bocado de pepinos; por outro lado, se

François Rabelais

estiver do nosso lado, nada vai nos aborrecer, como diz o celeste astrólogo que foi arrebatado aos céus, *Romanos 7, Si Deus pro nobis quis contra nos?* Juro que *nemo, domine*. Porque ele é deveras bom e deveras poderoso. Vamos abençoar seu santo nome, para que retribua.

Cap. 3

Das doenças deste ano

Rabelais faz piada com os gascões, que tinham fama de ladrões, e a punição era o desorelhamento, tema que aparece também no Tratado do bom uso de vinho, *"Ao leitor de boa vontade". O rei Midas ganhou de Apolo, segundo o mito, orelhas de asno e o dom de transformar tudo que tocasse em ouro (cf. Ovídio,* Metamorfoses, *V, vv. 102-5). A referência a Averróis e à obra* Colliget *é fantasiosa, embora os nomes sejam verdadeiros.*

A falta de prata era um tema popular, já musicado por Josquin de Prez (1440-1521), no original: Faute d'argent, c'est douleur non pareille. *Metaforicamente, a doença da falta de prata poderia ser a sífilis ou a varíola/bexiga, já que seu tratamento era feito com prata ou mercúrio; a expressão aparece em* Pantagruel, cap. 16. *O último parágrafo traz um trecho tirado de Joachim Sterck van Ringelbergh,* Ridicula sed iucunda quaedam uaticinia *(Alguns vaticínios ridículos, porém agradáveis).*

———

Neste ano o cegos verão bem pouco, os surdos ouvirão bem mal; os mudos não dirão nadinha; os ricos vão se dar um pouco melhor que os pobres, e os sadios melhor que os doentes. Muitos cordeiros, bois, porcos, gansos, frangos e patos morrerão, e não será tão cruel a mortalidade entre macacos e dromedários. A velhice será incurável neste ano, por causa dos anos passados. Os que ficarem pleuríticos sofrerão bastante nos lombos, os que tiverem diarreia irão amiúde à privada, os catarros descerão neste ano do cérebro até os membros inferiores, o mal dos olhos será mui contrário à vista, as orelhas serão curtas e raras na Gasconha, mais que de costume. E reinará quase universalmente uma doença horrível e temível, maligna, perversa, assustadora e desagradável que deixará todos confusos, com isso muitos não saberão com que madeira fazer flechas e com frequência vão compor divagações, silogizando sobre a pedra filosofal e as orelhas de Midas. Tremo de pavor só de pensar, porque, assim lhes digo, ela será epidêmica, e Averróis, *Colliget 7*, a chama de falta de prata.

François Rabelais

E por conta do cometa do ano passado e da retrogradação de Saturno, morrerá no hospital um grande mendigo catarrento e caracachento. Depois de sua morte, haverá sedição horrível entre gatos e ratos, entre cães e lebres, entre falcões e patos, entre monges e ovos.

Cap. 4

Dos frutos e bens que vêm da terra

Albumasar, ou Abu Ma'shar al-Balkhi (787-886) foi um filósofo, matemático, astrônomo e astrólogo persa.

A pera da angústia foi um instrumento metálico de tortura usado pela Inquisição, era inserido na boca, vagina ou ânus, para depois se abrir por dentro, também conhecida como pera de papa ou pera da confissão. Huchon sugere que pode fazer referência também a um fruto ácido, o que me parece bem menos provável.

Agoniada e ancolia são dois nomes de plantas que usei para verter soucil *e an-*cholie, *que dialogam sonoramente com o sofrimento de agonia e melancolia.*

————

Encontrei nos cálculos de Albumasar, no livro *Das grandes conjunções* e em outros, que este ano será fertilíssimo com fartura de todos os bens para quem os tiver. Porém o lúpulo da Picardia receará um pouco a geada, a aveia fará muito bem aos cavalos; não haverá mais toucinhos que suínos por causa de Peixes ascendente, será um grande ano de caracóis. Mercúrio ameaça levemente a salsa, não obstante estará num preço razoável. A agoniada e a ancolia vão crescer mais que de média, com abundância de peras de angústia. Quanto a trigo, vinhos, frutas e legumes, nunca se viu tanto, se os desejos dos pobres forem atendidos.

François Rabelais

Cap. 5

Do estado de algumas pessoas

Rômulo foi o primeiro rei mítico e fundador de Roma. Faramundo (c. 370-c. 431) seria o primeiro rei dos francos. Triboullet e Cailhette eram dois bobos da corte de Luís XII. Abenragel, ou Abu Ali ibn ar-Rigal, conhecido como Ali Abenragel (c. 965-depois de 1037), foi astrólogo árabe, autor de De iudiciis seu fatis stellarum *(Dos juízos ou fados das estrelas).*

Invenção de Santa Cruz, na primeira acepção, é a festa em que se celebrava a descoberta da Santa Cruz: "invenção" tem também o sentido de "achar"; no entanto, a Santa Cruz estava inscrita nos versos de muitas moedas, o que gera o equívoco cômico. Dar a bênção com os pés é ser enforcado; a imagem é anterior a Rabelais. Napolitanos são os que têm a "doença de Nápoles"; ou seja, sífilis, essa doença sempre originária de outro povo. Os escumadores do mar são os piratas. Lifrelofes era um apelido pejorativo dado aos alemães e suíços de língua alemã. Reputanação é tradução para o neologismo rabelaisiano que junta reputation *(reputação) e* putain *(puta).*

O ano de 1524 foi de jubileu; mas Michael Screech, em sua edição da Pantagrueline prognosticacion, *argumenta que as prognosticações para 1524 apontavam várias conjunções astrológicas nefastas. Bexiga, que sempre uso para traduzir* vérole, *em Rabelais tende a designar a sífilis, cujos sintomas eram comumente confundidos com os da varíola.*

A maior loucura do mundo é pensar que existam astros para os reis, papas e grandes senhores mais do que para os pobres e indigentes, como se novas estrelas tivessem sido criadas depois do dilúvio, ou de Rômulo, ou de Faramundo, para a nova criação dos reis; coisa que nem Triboullet nem Cailhette diriam, muito embora fossem pessoas de alto saber e grande renome. E talvez, na arca de Noé, o tal Triboullet fosse da linhagem dos reis de Castela, e Cailhette viesse do sangue de Príamo; mas isso é um erro e só procede por falha da verdadeira fé católica. Considerando então que os astros pouco se importam com reis ou esfarrapados, com ricos ou mendigos, deixarei os outros doidos prognosticadores falarem dos reis e ricos e falarei das pessoas de baixa condição.

E em primeiro lugar das pessoas sob Saturno, tais como os desprovidos de dinheiro, ciumentos, sonhadores, mentecaptos, cismados, caçadores de toupeiras, usurários, receptores de rendas, sapateiros, curtidores de couro, telheiros, fundidores de campanas, negociantes de empréstimo, cerzidores de botas, melancólicos, não terão neste ano tudo que desejarem, eles se dedicarão à invenção da Santa Cruz, não jogarão pérolas aos porcos e com frequência vão procurar sarna para se coçar.

Sob Júpiter, tais como os puxa-sacos, traíras, dedos-duros, indulgentes, breviadores, escritores, copistas, bulistas, datários, chicaneiros, capuchinhos, monges, eremitas, hipócritas, bajuladores, sorrelfas, tartufos, torcicolantes, borradores de papel, almofadinhas, metidos, registrários, estatuários, desenhotários, painossoários, garatujadores de pergaminho, notários, poetastros, conselheiros, promotores, viverão conforme sua grana. E morrerá tanta gente da Igreja, que não será fácil encontrar a quem conceder os benefícios, de tal forma que muitos terão duas, três, quatro ou até mais. A trairice sofrerá grande jactura de seu vetusto renome, já que o mundo virou um mau rapaz e já não é vaidoso, como diz Abenragel.

Sob Marte, tais como os algozes, assassinos, aventureiros, bandidos, sargentos, meirinhos de testemunho, vigias, veteranos, tira-dentes, capadores, barbeiros, magarefes, falsificadores de moedas, médicos de meia tigela, almanaqueiros e marranos, negadores de Deus, fosforeiros, bota-fogos, varredores de chaminé, franco-arqueiros, carvoeiros, alquimistas, galinheiros, churrasqueiros, charcuteiros, brinquedeiros, mordomos, facheiros, caldeireiros, neste ano darão alguns golpes de sorte, mas alguns deles estarão mais propensos a receber um golpe de bastão logo de cara. Um dos supracitados será neste ano nomeado a bispo dos campos, dando bênção com os pés para os passantes.

Sob Sol, tais como os manguaceiros, lumieiros de focinhos, panças de polaina, cervejeiros, enfeixadores de feno, carregadores, foiceiros, telhadores, soldadores, empacotadores, pastores, boieiros, vaqueiros, porqueiros, oveiros, jardineiros, arrendatários, fazendeiros, pedintes de hospício, mal-pagos, desengorduradores de chapéu, estofadores de sacos, maltrapilhos, bate-dentes, lombrigas, todos aqueles que em geral levam a camisa manchada nas costas, serão sadios e alegres e não terão a gota na gengiva quando forem a um casamento.

Sob Vênus, tais como as putas, cafetinas, os safados, maricas, playboys, napolitanos, cancrudos, devassos, rufiões, proxenetas, camareiras de hotel.

François Rabelais

Nomina mulierum desinentia [nomes femininos terminados] em -eira, *ut* [tais como] linheira, mandadeira, taberneira, lavadeira, adeleira, terão maior reputanação neste ano, mas, com o Sol entrando em Câncer e outros signos, devem se proteger da bexiga, do cancro, do esquentamento, pústulas na virilha etc. Dificilmente as freiras conceberão sem operação viril, poucas virgens terão nas mamas leite.

Sob Mercúrio, tais como os flautistas, trompistas, trompetistas, triagueiros, ladrões, moleiros, vagabundos, mestres de artes, decretistas, malandros, canalhas, versejadores de domingo, malabaristas, prestidigitadores, encantadores, rabequeiros, poetas, toscos do latim, criadores de rebu, papeleiros, baralheiros, pelintras, escumadores do mar, farão pose de estarem mais alegres do que de fato estão, por vezes rirão mesmo que falte vontade, estarão muito sujeitos à bancarrota, se não encontrarem mais bufunfa na bolsa que na dívida.

Sob Lua, tais como os colportores, venadores, caçadores, perseguidores, falcoeiros, correios, salineiros, lunáticos, doidos, desmiolados, birutas, abestados, escroques, mensageiros, lacaios, valetes, vidraceiros, cavaleiros leves, barqueiros, marinheiros, palafreneiros, respigadores, não terão descanso neste ano. No entanto não irão tantos lifrelofres até Santiago como no ano de 1524. Descerá uma grande abundância de peregrinos das montanhas de Savoia e de Auvergne, porém Sagitário os ameaça com bolhas nos calcanhares.

Cap. 6

Do estado de alguns países

A "areia em Olonne" é alusão ao porto de Sables d'Olonne, porque sable significa "areia". Brouage era um porto famoso pelo comércio de sal. La Devinière é propriedade e local de nascença de Rabelais; nela se passa uma série de acontecimentos no Gargântua.

A referência à falta de aniversários é alusão à Reforma nesses países, que denunciava a prática católica de vender serviços de aniversário. A resina do guáiaco era utilizada no tratamento de doenças venéreas. São Niniano, ou Saint Ringan, era patrono dos escoceses. Os trogloditas eram originalmente um povo da Etiópia que vivia em cavernas. Os sarabovinos fazem referência aos monges sarabaítas, que levavam uma vida desregrada, porém aqui comicamente misturados com "bovinos". O rei das borboletas pode designar um rei menor qualquer, mas o leitor de Rabelais pode lembrar que o pai de Gargamela, avô de Gargântua, é descrito como rei das borboletas. O "Coxo" é o Tempo personificado.

Adeo nihil est ex omni parte beatum ("Nada é feliz por inteiro") é citação de Horácio, Odes, 2.16.27, presente também nos Adágios de Erasmo (III, 1, 87).

––––––

O nobre reino da França prosperará e triunfará neste ano sobre todos os prazeres e delícias, de tal modo que as nações estrangeiras rumarão com gosto para lá. Banquetezinhos, festins, mil divertimentos ali acontecerão, onde cada um terá prazer, onde nunca se viu tantos vinhos, nem melhores, nem nabos em Limousin, castanhas de Périgord e Dauphiné, azeitonas em Languedoc, areia em Olonne, peixes no mar, estrelas no céu, sal em Brouage, fartura de trigo, legumes, frutos, jardinagens, manteigas, lácteos; nenhuma peste, nenhuma guerra, nenhum enfado, merda de pobreza, merda de aflição, merda de melancolia, e aqueles velhos ducados duplos, escudos com rosas, angelados, larápios, régios e carneiros com muita lã voltarão a circular, com fartura de serafins e escudos de sol. No entanto, no meio do verão haverá uma temível chegada de pulgas negras e mosquitos de La Devinière.

François Rabelais

Adeo nihil est ex omni parte beatum. Mas será necessário refreá-los a força de colações vespertinas.

Itália, Romênia, Nápoles e Sicília permanecerão onde estavam no ano passado. Sonharão profundamente no fim da Quaresma e delirarão algumas vezes ao meio-dia.

Alemanha, Suíça, Saxônia, Estrasburgo, Antuérpia etc. terão proveito se não falharem, os carregadores de indulgências devem ter medo deles, e neste ano não haverá muitos aniversários por aquelas bandas.

Espanha, Castela, Portugal e Aragão estarão muito sujeitos a alterações súbitas, e terão forte medo de morrer tanto jovens como velhos; por isso vão se manter aquecidos e contarão seus escudos, se tiverem.

Inglaterra, Escócia e a Liga Hanseática serão péssimos pantagruelistas. Ser-lhes-ia muito são o vinho ou a cerveja, desde que fossem bons e finos. Em todas as mesas sua esperança estará no fim do jogo. São Niniano da Escócia fará ainda mais milagres. Mas, por causa das tantas velas que trarão para ele, não verá nem um tequinho mais claro, a não ser que Áries tropique no pique e se veja escornado o corno.

Moscovitas, indianos, persas e trogloditas sofrerão de muito caga-sangue, por não quererem ser ludibriados pelos romanistas, graças ao curso de Sagitário ascendente. Boêmios, judeus e egípcios não terão a plenitude de seus desejos. Vênus os ameaça amargamente com escrófulas, mas eles condescenderão à vontade do rei das borboletas.

Traíras, sarabovinos, íncubos e canibais serão muito molestados por moscas bovinas e pouco roçarão os címbalos e os manequins, se o guáiaco não for necessário.

Áustria, Hungria e Turquia, dou minha fé, meus bons jovens, que não sei como vão se dar, e pouco me importa mesmo, dada a brava entrada do Sol em Capricórnio, e se vocês descobrirem, não digam uma palavra, mas aguardem a vinda do Coxo.

Cap. 7

Das quatro estações do ano.
Primeiro a primavera

Para entender o comentário, convém lembrar que o ano começava na Páscoa até 1564, quando Carlos IX mudou para 1º de janeiro. Má Dia é expressão do grego, Mὰ Δία, "por Zeus". Os hiperbóreos são montes ao norte da Europa.

———

Durante todo este ano teremos apenas uma Lua, e ela nem sequer será nova, estão bem aflitos, sim, vocês que não creem em Deus, que perseguem sua santa e divina palavra junto com aqueles que a sustentam. Vão à forca. Não haverá outra Lua, além daquela que Deus criou no começo do mundo e aquela que por efeito de sua sagrada palavra se estabeleceu no firmamento para luzir e guiar os humanos à noite. *Má Dia*, não quero com isso sugerir que ela não vai mostrar à Terra e aos povos sua diminuição ou crescimento e seu brilho, à medida que se aproxima ou se afasta do Sol. Pois, por quê? Porque etc. E podem deixar de lhe rogar que Deus a proteja dos lobos, pois eles não a tocarão neste ano, eu garanto. A propósito, vocês verão que esta estação terá pelo menos cinquenta por cento a mais de flores que todas as três outras. E não será tachado de louco quem nessa época fizer sua provisão de dinheiro melhor que as aranhas o ano inteiro. Os campesinos e sertanejos das montanhas de Savoia, Dauphiné e Hiperbóreos, que têm neves sempiternas, serão frustrados nesta estação, e não terão nem uminha, segundo a opinião de Avicena, que diz que a primavera começa quando a neve cai dos montes. Creiam neste pescador. Na minha época, a gente contava a *Ver* [primavera] quando o Sol entrava no primeiro grau de Áries. Se agora contamos de outro modo, deixo a crítica de lado. Não digo uma palavra.

Cap. 8

Do verão

Ali é Ali Abenragel, já citado no cap. 5. Contraria contrariis curantur *("com contrários os contrários se curam") era um axioma escolástico muito utilizado na medicina.*

———

No verão não sei que vento correrá, mas sei bem que deve fazer calor repleto de ventos marinhos. Se por acaso for diferente, não devemos negar Deus. Porque ele é mais sábio que nós. E sabe muito melhor o que nos é necessário do que nós mesmos, eu garanto por minha honra, seja lá o que disserem Ali e seus seguidores. É melhor ficar alegre e beber a fresco, mesmo que alguns tenham dito que não existe coisa mais contrária à sede, e assim o creio. Também *contraria contrariis curantur*.

Cap. 9

Do outono

A noção de crer/cagar é explicada em chiste de Gargântua, *cap. 25. Na última frase no original, há um trocadilho entre* poisson *("peixe"), e* poison, *("veneno"), que recriei como "peixe" e "piche do veneno".*

———

No outono faremos a vindima, ou antes ou depois; por mim dá no mesmo, desde que tenhamos mosto suficiente. Crentes estarão na temporada. Pois crê peidar quem alegremente cagar. Aqueles e aquelas que prometeram jejuar jejuns enquanto as estrelas estejam no céu, podem agora comer por minha conta e despesa. Estão bem atrasados, de fato, pois elas já estão lá há dezesseis mil e não sei quantos dias. E bem pregadas, com certeza. Não esperem pegar cotovias na queda do céu, porque ele não vai cair no tempo de vocês, juro por minha honra. Traíras, dedos-duros e indulgentes, missas perpétuas e outros balangandãs sairão dos seus covis. Quem quiser que se cuide. Cuidem-se vocês também com as espinhas quando comerem peixe, que contra o piche do veneno só Deus cuida.

François Rabelais

Cap. 10

Do inverno

Avenzoar, ou Abu Merwan Abdal-Malik ibn Zuhr, ou simplesmente Ibn Zurh (1091-1161), foi médico árabe, professor de Averróis.
Não há interpretação consensual para a frase final; pode ser que evoque uma canção, mas certamente pode ressoar as fezes de pássaros sobre as pessoas.

———

No inverno, segundo meu parco entendimento, não serão sábios aqueles que venderem suas peles e couros para comprar lenha. Assim não faziam os antigos, tal como testemunha Avenzoar. Se chover, não fiquem melancólicos, ao menos terão poeira pelo caminho. Mantenham-se quentes. Receiem os catarros. Bebam do melhor, esperando o outro melhorar. E de agora em diante parem de cagar na cama. Ah, ah, passarinhos, vocês fazem os ninhos tão altos?

FINIS

ALMANAQUE PARA O ANO DE 1533
CALCULADO SOBRE O MERIDIANO
DA NOBRE CIDADE DE LYON,
E NO CLIMA
DO REINO DE FRANÇA.
COMPOSTO POR MIM, FRANÇOIS RABELAIS,
DOUTOR EM MEDICINA
E PROFESSOR DE ASTROLOGIA ETC.

A disposição do presente ano de 1533

A astrologia, em sua vertente mais próxima da astronomia, era parte das artes liberais da época; no entanto a astrologia judiciária, de origem árabe e mais voltada para a previsão de acontecimentos humanos, era censurada pela Igreja Católica. O acordo de Mercúrio com Saturno, segundo Huchon, de fato levou muitos astrólogos do período a fazerem previsões funestas.

Cláudio Ptolomeu foi astrônomo grego do século I a.C. ainda muito respeitado no século XVI.

Na citação do Salmo 64, também editado como 65, Rabelais segue uma interpretação diversa da mais difundida, por isso sigo o texto francês. O Salmo 17 é mais comumente editado como Salmos, 18:11. *A passagem de* Provérbios, 25:27 *é bem diversa das traduções modernas, por isso sigo também aqui o texto francês.*

Sobre a indicação de que somos ensinados "para que seja feita não a nossa vontade e desejo, mas a Sua vontade", cf. Mateus, 6:10.

———

Como vejo entre todos os sábios a parte prognóstica e judiciária da astrologia ser condenada, tanto pela vaidade daqueles que dela trataram quanto pela frustração anual de suas promessas, vou me abster no momento e lhes narrar o que encontrei pelos cálculos de Cláudio Ptolomeu e de outros etc. Ouso porém dizer que, consideradas as frequentes conjunções da Lua com Marte e Saturno etc., que o tal ano no mês de maio só pode ter nobre mutação tanto de reinos como de religiões, que está maquinada pelo acordo de Mercúrio com Saturno etc. Porém são segredos do conselho do Rei eterno, que a tudo que existe e que se faz modera com seu franco arbítrio e bel-prazer. Melhor é calar-se e adorá-los em silêncio, como diz *Tobias* 12: "é bom conservar escondido o segredo do rei". E o profeta Davi, *Salmos* 64, segundo a letra caldaica: "Senhor Deus, o silêncio te aguarda em Sião"; e tem razão quando diz, *Salmos* 17, "e fez das trevas o seu lugar oculto". Em todo caso, convém que nos humilhemos e oremos, tal como nos ensinou Jesus Cristo, nosso Senhor, para que seja feita não a nossa vontade e desejo, mas a sua vontade, que ele estabeleceu antes que os céus fossem formados. Desde que em tudo e por tudo seu glorioso nome seja santificado. Remetendo ademais ao que está escrito nas efemérides eternas, que não é lícito a nenhum mortal abordar ou conhecer, tal como afirmou *Atos* 1: "Não vos pertence saber os tempos ou as estações que o Pai estabeleceu pelo seu próprio poder". E para tal temeridade existe a pena fixada pelo sábio Salomão, *Provérbios* 25: "Quem é perscrutador de sua majestade será oprimido pela glória etc.".

François Rabelais

ALMANAQUE PARA O ANO DE 1535
CALCULADO SOBRE A NOBRE CIDADE DE LYON,
NA ELEVAÇÃO DO POLO
POR 45 GRAUS E 15 MINUTOS DE LATITUDE
E 26 DE LONGITUDE.
PELO MESTRE FRANÇOIS RABELAIS,
DOUTOR EM MEDICINA
E MÉDICO DO GRANDE HOSPITAL DE LYON.

Da disposição deste ano de 1535

A referência a Salmos 16 em latim é diferente das traduções modernas, por isso sigo o texto latino da Vulgata para o Salmos, 17:15, que pode ser traduzido como: "Então me saciarei quando tiver aparecido a tua glória". Vita breuis, Ars longa ("A vida é breve, a arte é longa") é o início dos Aforismos de Hipócrates na tradução latina, que o próprio Rabelais havia editado e publicado em 1532. Quae supra nos nihil ad nos ("O que está acima de nós não cabe a nós") é frase tirada de Erasmo, Adágios, I, 6, 69.

Para compreender a última frase, é preciso saber que, nos calendários, os dias da semana eram representados pelas letras de A a G, começando com A a partir do primeiro dia do ano. A letra dominical indicava que dia seria o domingo. Sobre o número áureo, cf. nota introdutória. Indicção indica a posição do ano num período de quinze anos; era a cronologia usada pelas bulas da Santa Sé. O ciclo do Sol correspondia ao ciclo de 24 anos para que as letras do alfabeto retornassem à sua ordem com os dias da semana.

Os antigos filósofos, que concluíram pela imortalidade de nossas almas, não tiveram um argumento mais válido para provar e persuadir, exceto o aviso de uma afecção que existe em nós, descrita por Aristóteles, Livro 1 da *Metafísica*, dizendo que todos os humanos naturalmente desejam saber. Ou seja, que a natureza produziu no homem um anseio, apetite e desejo de saber e aprender, não apenas as coisas presentes, mas singularmente as coisas por vir, porque o conhecimento delas é mais elevado e admirável. Pois que nesta vida transitória não é possível alcançar a perfeição de tal saber (já que o entendimento nunca está satisfeito de entender assim como "os olhos não se fartam de ver, nem os ouvidos se enchem de ouvir", *Eclesiastes* 1) e a natureza não fez nada sem motivo, nem deu apetite ou desejo de coisa que não se possa vez por outra obter, doutro modo seria esse apetite frustrante ou depravado, segue-se então uma outra vida depois desta, na qual esse desejo será suprido. Digo isso porque os vejo perplexos, atentos e ansiosos para entender o que da minha parte apresento como o estado e a disposição deste ano de 1535. E considerariam um ganho mirífico, se lhes predissessem com precisão a verdade. Mas se a tal desejo ardente vocês querem satisfazer de todo, convém desejar (como São Paulo dizia, *Filipenses* 1, *Cupio dissolui et esse cum Christo* [tenho desejo de partir e estar com Cristo]) que suas almas sejam libertas dessa prisão tenebrosa do corpo terreno e de ajuntem a Jesus Cristo. Então cessarão todas as paixões, afecções e imperfeições humanas, pois no regozijo dele teremos plenitude de todo bem, todo saber e perfeição, tal como cantava outrora o rei Davi, *Salmos* 16, *Tunc satiabor, cum apparuerit gloria tua.* De outra forma, predizer seria leviandade da minha parte, tal como seria ingenuidade de vocês dar fé no que digo. E ainda não nasceu desde a criação de Adão um homem que tenha tratado ou apresentado uma coisa à qual se deva aquiescer e permanecer seguro. Verdade que alguns estudiosos reduziram por escrito certas observações passadas de mão em mão. E foi precisamente isso que sempre afirmei, sem desejar que por meus prognósticos se tirasse qualquer conclusão sobre o porvir, mas entender que aqueles que nesta arte redigiram as longas experiências dos astros decretaram tal como eu agora descrevo. E a que serve isto? Menos que nada, com certeza. Pois Hipócrates disse, *Aforismos* 1, *Vita breuis, Ars longa.* Do homem, a vida é demasiado breve, o sentido muito frágil e o entendimento muito distraído para compreender coisas tão distantes de nós. É o que dizia Sócrates em seus adágios comuns, *Quae supra nos nihil ad nos.* Resta então que seguindo o conselho de Platão no *Górgias,* ou melhor, a doutrina evangélica, em *Mateus* 6, nós nos refreamos dessa curiosa perquirição do governo e decreto invariável de Deus todo-poderoso, que tudo criou e dispôs segundo seu sagrado arbítrio, suplicamos e imploramos que sua santa vontade seja continuamente perfeita assim no céu como na terra. Sumariamente expondo sobre este ano o que pude extrair dos autores da arte, gregos, árabes e latinos, começaremos neste ano a sentir parte da infelicidade da conjunção entre Saturno e Marte, que se deu no ano passado e tornará a se dar no ano seguinte, em 25 de maio. De sorte que neste ano serão apenas as maquinações, tramas, fundamentos e sementes do mal seguinte; se bom tempo nós temos, é contra a promessa dos astros; se paz, será não por falha da inclinação e do ímpeto da guerra, mas por falta de ocasião. Isso é o que eles dizem. Eu digo, quanto a mim, que se os reis, príncipes e comunidades cristãs tiverem reverência pela divina palavra de Deus, se segundo ela governarem a si e aos seus súditos, não veremos em nossa era um ano mais salutar para o corpo, mais pacífico para as almas, mais fértil em bens, do que este agora, e veremos a face do céu, as vestes da terra e a atitude do povo, alegre, feliz, aprazível e benigno, mais que nos últimos cinquenta anos. A letra dominical será C. Número áureo 16. Indicção para os romanistas 8. Ciclo do Sol 4.

ALMANAQUE PARA O ANO DE MDXLI
CALCULADO SOBRE O MERIDIANO
DA NOBRE CIDADE DE LYON,
NA ELEVAÇÃO DO POLO
DE 45 GRAUS E 15 MINUTOS DE LATITUDE
E 26 DE LONGITUDE,
PELO MESTRE FRANÇOIS RABELAIS,
DOUTOR EM MEDICINA

Sobre São Sabino, Huchon observa que é mais provável que se trate de São Gabino, que era festejado em 19 de fevereiro.

Não são quarenta mil, mas quarenta os mártires de Sebaste, que se recusaram a prestar juramento aos deuses romanos em torno de 320 d.C. Quatro tempos é o primeiro de mais três dias de jejum, entre quarta e sábado, no começo de cada estação. Reminescere é a primeira palavra cantada na missa de domingo. "17 5" designa o domingo a partir do cálculo da Trindade. São Pedro de Grilhões era uma festa na antiga Catedral de Genebra, conhecida como Saint-Pierre-ès-Liens, quando eram venerados os grilhões do santo. Os Quatro Condados foram quatro subsoldados romanos martirizados por recusarem os deuses pagãos.

A primavera começava em 10 de março, o que só mudou a partir da reforma gregoriana de 1582.

———

No ano seguinte à natividade do nosso salvador Jesus Cristo, mil quinhentos XLI, teremos:

Letra dominical B.
Número áureo 3.
Ciclo do Sol 10.
Indicção 14.
Entre Natal e Domingo Gordo
são nove semanas.
Septuagésima em 13 de fevereiro.
Páscoa em 17 de abril.
Rogações em 22 de abril.
Ascensão em 26 de maio.
Pentecostes em 5 de junho.
Advento em 27 de novembro.

Conjunção da Lua em Marte ♂
oposição a Saturno ♄
Na cauda do Dragão ☋
Os caracteres dos 12 signos:
Aries ♈ Taurus ♉ Gemi. ♊
Cancer ♋ Leo ♌ Virgo ♍
Libra ♎ Scorp. ♏ Sagi. ♐
Capr. ♑ Aquar. ♒ Pisc. ♓
Para a Lua *h* signo hora de meio *m*.
minuto.
Os domingos, depois da Trindade
até o Advento, são se [...]

Fevereiro		Signos		Graus	
16 e	Santa Juliana Virgem	♒	23.		□
17 f	São Donácio	♒	6.	☾ 7.h. p.m. tempestade	□
18 g	São Simão	♒	19.	∼	◉
19 a	São Sabino	♓	1.		□
20 B	l. Santo Apolíneo	♓	13.		♈
21 c	São Teopompo	♓	25.		□
22 d	Cátedra de São Pedro	♈	7.	↝ ◉	♦
23 e	Vigílias	♈	18.	↝ ◉	♦
24 f	São Matias	♉	0.		□
25 g	Santa Constância Virgem	♉	12.	● 10.h. m. neve	□
26 a	São Juliano	♉	24.		□
27 B	l. Domingo Gordo	♊	6.	♂ ?.	□
28 c	São Protério	♊	19.		□

Março		Signos		Graus	
1 d	Quaresma entrando	♊	1.		✚
2 e	São Protério	♊	14.		✚
3 f	São Maximiano 12	♊	27.		✚
4 g	Santo Adriano	♋	10.		
5 a	São Vítor	♋	24.	☾ 2.h. p.m. ventoso	
6 B	Domingo dos Archotes	♌	8.		
7 c	São Tomás de Aquino	♌	22.		
8 d	40 Mil Mártires	♍	7.	◉	
9 e	Quatro Tempos	♍	22.	◉	
10 f	Primavera[1]	♎	7.	♈	
11 g	Sol em ♈	♎	22.	● 4.h. 34.m. a.m.	
12 a	Eclipse lunar	♏	6.	longa chuva	
13 B	*Reminescere*	♏	20.	♄ forte tempestade	
14 c	Santo Eufrásio	♐	4.	?. ♂ oposição	
15 d	São Gabriel	♐	17.	◉	

Equinocium vernale

---

[1] A primavera começava neste dias, o que só mudou a partir da reforma gregoriana de 1582.

Julho			Signos		Graus	
16	a	São Nicácio	🐏	6.	☾ 6. h. a.m. temperado	☐
17	5	B Santo Aleixo	🐏	19.		♛
18	c	São Sinforiano	♊	2.		☐
19	d	Santo Edmundo	♊	16.		☐
20	e	Santa Margarida	♊	0.		☐
21	f	São Praxedes	♊	14.	♂ ?	☐
22	g	Santa Madalena	♊	29.	☽	
23	a	Santo Apolinário	♋	13.	● 5.h. 14.m. p.m. trov.	☐
24	6	B Vigílias	♋	28.		☐
25	c	São Tiago	♌	13.		✚
26	d	Santa Ana	♌	28.	♉	✚
27	e	Santa Marta	♍	12.		☐
28	f	São Pantaleão	♍	27.		☐
29	g	São Lupo	♏	11.	☽ 8.h. p.m. chuva	☐
30	a	Santo Abdão	♏	24.		☐
31	7	B São Germano		7.	☌ ☕	

Agosto			Signos		Graus	
1	c	São Pedro de Grilhões	♒	20.	☌	☕
2	d	Santo Estêvão, 1º Mártir	♐	3.		♛
3	e	Invenção de Santo Estêvão	♐	15.		☐
4	f	✳ São Justino	♐	27.	♂ oposição	☐
5	g	São Domênico	♑	8.	☌ ☕	♜
6	a	Transfiguração	♑	20.	● 6.h. p.m. tormenta	☐
7	B	São Donato	♒	2.		☐
8	c	São Ciríaco 13	♒	14.	☌ ☕	♜
9	d	Vigílias	♒	16.	ventoso	
10	e	São Lourenço	♐	7.	☌	☕
11	f	Santa Susana	♐	19.	♄ oposição	☐
12	g	São Hipólito	♐	1.		☐
13	a	Sol em ♍	♐	14.		♛
14	B	Vigílias	♐	27.	☾ 7.h. p.m. úmido	☐
15	c	Assunção	♑	10.		☐

Outubro

	Signos	Graus	
16 18 B São Galo	♋ 25.	✠ ◔	✠
17 c São Florentino	♌ 10.	☌ ✦	☿
18 d São Lucas Evangelista	♌ 24.	♄ ☍	☐
19 e São Saviniano	♍ 8.	● 7.h. 49.m. a.m. chuv.	☐
20 f São Caprásio	♍ 22.		☐
21 g 11 Mil Virgens	♎ 6.		☐
22 a São Macário	♎ 19.	☌	◔
23 19 B São Teodoro	♏ 2.	✠	☿
24 c São Maglório	♏ 15.	✠	☿
25 d São Crispim	♏ 27.		☐
26 e Santo Amando 11	♎ 10.	☽ 7.h. p.m. úmido	☐
27 f Vigílias	♎ 22.	☌ ◔ ✠ ◔	☿
28 g São Simeão São Judas	♒ 5.	☌ ✠	☿
29 a São Mederico	♒ 17.	♂ oposição	☐
30 20 B São Luciano	♒ 29.	☌ ◔ ◔ ✦	☐
31 c Vigílias	♓ 10.	☌ ♌	☐

Novembro

	Signos	Graus	
1 d Todos os Santos	♓ 22.	☌	✠
2 e Finados	♓ 5.		✠
3 ✳ f São Marcelo	♓ 17.	● 5.h. 46.m. p.m. ♄ oposição vento frio	☐
4 g São Vital	♈ 0.		☐
5 a São Zacarias	♈ 13.		☐
6 21 B Santo Hilário	♈ 26.		☐
7 c São Lourenço	♉ 10.	☌ ◔	♣
8 d Os Quatro Coroados	♉ 24.		☐
9 e São Teodoro	♊ 8.		☐
10 f São Martim Papa	♊ 22.	☾ ao meio-dia instável	☐
11 g São Martinho de Tours	♋ 6.		☐
12 a Sol em ♒	♋ 20.	♉	☐
13 22 B São Brício	♌ 4.	♂ ☍	☐
14 c São Rufo Confessor	♌ 19.		☐
15 d Santo Eugênio	♍ 3.	♄ ☍	☐

A GRANDE PROGNOSTICAÇÃO PARA O ANO
DE MIL QUINHENTOS E QUARENTA E UM
COMPOSTA PARA UTILIDADE
DE TODOS OS VEROS CRISTÃOS
ESTUDIOSOS DE HONESTAS DISCIPLINAS.
PELO MESTRE SERAPHINO CALBARSY,
DOUTOR NA NOBILÍSSIMA CIÊNCIA
DA ASTROLOGIA, MEDICINA E TODA ENCICLOPÉDIA.

Almanaque para o ano de mil CCCCCXLI

Seraphino Calbarsy é anagrama de Phransoy Rabelais, que aparece na primeira edição do Gargântua, cap. 23, como um médico que traz heléboro; nas edições subsequentes, seu nome muda para Teodoro (Theodore). Os comentadores tendem a crer que esta prognosticação é de autoria rabelaisiana.

———

Letra dominical	B.	Páscoa em 17 de abril.
Número áureo	3.	Rogações em 22 de abril.
Ciclo do Sol	10.	Ascensão em 26 de maio.
Indicção	14.	Pentecostes em 5 de junho.
Septuagésima em 13 de fevereiro.		Advento em 27 de novembro.

Entre Natal e Domingo Gordo são nove semanas.

Aos leitores benévolos

Saúde e paz em Jesus Cristo

Quod oportet mendacem esse memorem *("Um mentiroso deve ter memória")* *é citação de Quintiliano*, Instituição oratória, *4.11.91. Foi Galeno quem editou e comentou as* Epidemias *de Hipócrates, com muitas considerações sobre Tucídides.*

––––––

Neste parco papel que restava branco, responderia de bom grado à calúnia de certos ociosos. Pois é comum dizerem, *Quod oportet mendacem esse memorem.* Além disso, vocês sabem que todo homem é mentiroso. Porque é necessário que aquele que queira mentir pense bem no que disser, a fim de que não se percebam as contradições. Deixando então essas loucuras de lado, decidi expor brevemente para vocês o que acho do presente ano. Quando Hipócrates descreveu as *Epidemias* e outras comuns doenças advindas em seu tempo, sempre atribuiu suas causas não ao estado presente, mas aos anos precedentes. O mesmo fez Tucídides, como bem notou o douto Cláudio Galeno. Do mesmo modo, considero tanto o estado do ano presente como dos passados e do subsequente 1542. Nele haverá conjunção de Saturno e Marte, a mais horrível já vista desde o tempo de Albumasar. Assim fundamento meu argumento, receio muito neste ano uma ofensiva de pestilências e doenças contagiosas. E o começo de alguma insigne comoção entre reis e grandes príncipes, e também o apetite por novas empreitadas da parte do povo comum. Nada, no entanto, posso garantir. Mas, em todo caso, o santo nome de Deus seja abençoado.

François Rabelais

Da disposição dos bens e frutos da terra

Segundo as influências dos corpos celestes, vejo que temos um bom ano de todos os bens e frutos provenientes da terra, principalmente dos grãos, do feno, legumes e hortaliças. Que correm grande risco de serem estragadas por causa da grande bicharada que surgirá da terra este ano.

Das Luas novas, cheias e quartãs nos dozes meses do ano. Em primeiro lugar

A primeira quartã corresponde à Lua crescente, e a última quartã correspon-de à Lua minguante.

———

[   ] o quinto dia do mesmo mês, bem ao meio-dia, e fará [   ] frio por causa de uma oposição de Saturno que se encontra no 10° <di>a do mesmo mês no signo de *Aries* no 20° grau. A <lu>a cheia acontecerá no dia 12 do mesmo mês, às 8 horas e 57 minutos e será [   ] instável.

<A> última quartã será no dia 19 do mesmo mês, às três horas antes do <meio-> dia e fará neve por causa de uma conjunção de Marte, que se encon<tra> no dia 14 do mesmo mês no signo de *Virgo* no quarto gr<au>, e da cauda do Dragão, que entra em Sol no dia 16 do mesmo <m>ês no signo de *Libra* no terceiro grau, e de um conjunção de Saturno, que se encontra no dia 18 do mesmo mês no signo de *Scorpius* <no> primeiro grau.

A Lua de fevereiro será nova em 27 de janeiro às qua<tr>o horas e 16 minutos antes do meio-dia e será úmido por causa de uma <co>njunção de Marte, que se encontra no dia 19 do mesmo mês no signo de *Pisces* no ter-ceiro grau.

Em fevereiro será a primeira quartã da Lua no dia 4 do mesmo mês às três horas a.m. E será úmido e ventoso por causa de uma oposição de Satur-no que se encontra o primeiro dia do mesmo mês <no> signo de *Aries* no 21° grau.

O plenilúnio será às seis horas e quarenta e cinco minutos depois do meio-dia e fará frio por causa de uma oposição de Marte, e a cauda do Dra-gão entrando em Sol, que se encontra no dia 12 do mesmo mês no signo de *Virgo* no 27° grau por causa de uma conjunção de Saturno, que se encontra no dia treze do mesmo mês no digno de *Libra* <no 1>6° grau.

François Rabelais

A última quartã será no dia 17 do mesmo mês às sete horas depois o meio-dia e haverá tempestade.

A Lua de Março será nova em 25 <de> fevereiro às dez horas e 25 minutos e haverá neve por causa de um conjunção de Marte, que se encontra no dia 27 do mesmo mês no signo de *Aries* no 6º grau.

Em março a primeira quartã será no dia 5 [   ] mês às duas horas depois do meio-dia. O plenilúnio será no dia 4 às [   ] horas e vinte minutos antes do meio-dia e haverá longa chuva e [   ] Sol no signo de *Virgo* no 7º grau e do eclipse da [   ] se encontra no signo de *Virgo* no 22º grau, e de uma conjunção de Saturno e de uma oposição de Marte, que se encontra [   ] do mesmo mês. No dia 19 será a última quartã ao meio-dia e será [   ], por causa de uma oposição de Saturno e de Marte, que se encontra no dia 22 do mesmo mês no signo de *Aquarius* no 16º grau.

A Lua de abril entra em 27 de março às duas horas e 21 minutos depois do meio-dia e haverá vento por causa de uma oposição de Saturno e de uma conjunção de Marte, que se encontra no dia 28 do mesmo mês no signo de *Aries* no 28º grau. A primeira quartã entra no terceiro dia de abril às 10 horas depois do meio-dia e haverá chuva doce. O plenilúnio será no dia 10 do mesmo mês às duas horas de 44 minutos depois do meio-dia e haverá trovoadas por causa de uma conjunção de Saturno, que se encontra no dia dez no signo de *Libra* no 20º grau, e de uma oposição de Marte, que se encontra no dia 11 do mesmo mês no signo de *Scorpius* no 12º grau. A última quartã será no dia 17 do mesmo mês às cinco horas antes do meio-dia e fará um tempo instável.

A Lua de maio entrará em 16 de abril às 3 horas e 19 minutos antes do meio-dia e haverá um clima ameno por causa de uma oposição de Saturno, que se encontra no dia vinte e quatro do mesmo mês no signo de *Aries* no vigésimo quarto grau, e de uma conjunção de Marte, que se encontra na renovação da mesma Lua no signo de *Taurus* no 20º grau. A primeira quartã será no segundo dia do mesmo mês de maio às três horas antes do meio-dia e será um dia bonito. O plenilúnio será no dia dez à uma hora e trinta e quatro minutos antes do meio-dia e haverá tempo fechado por causa de uma conjunção de Saturno, que se encontra no signo de *Libra,* 24º grau, e da cauda do Dragão, que entra em Sol, e de uma oposição de Marte, que se encontra no dia 4 do mesmo mês às 11 horas depois do meio-dia, e haverá chuva por causa de uma oposição de Saturno que se encontra no dia vinte e um do mesmo mês no signo de *Aries* no vigésimo terceiro gr<au>.

A Lua de junho entrará em vinte e cinco de maio à uma ho<ra> [   ] *meiro* dia do mesmo mês às sete horas antes do meio-dia e haverá tro<voa-

das por> causa da cauda do Dragão, que entra em Sol no mesmo [   ] signo de *Virgo* no vigésimo terceiro grau, e de uma conjunção <de> Saturno, que se encontra no dia três do mesmo mês no sig<no de> *Libra* no vigésimo primeiro grau. O plenilúnio será no dia 8 [   ] mês à uma hora e trinta minutos depois do meio-dia e haverá [   ] por causa de uma oposição de Marte, que se encontra no dia seis d<o mesmo> mês no signo de *Sagitarius* no primeiro grau. A última quartã entrará no dia seis do mesmo mês às 3 horas depois do meio-dia 3 [   ] dia bonito.

A Lua de julho entrará em vinte e três de junho [   ] horas e quinze minutos depois do meio-dia e haverá chuva por causa de [uma con]junção de Marte, que se encontra no mesmo dia no signo de [   ] no 5° grau. A primeira quartã será no dia 30 do mesmo mês [ao meio] dia e fará muito calor. O plenilúnio será em 8 de julho às [   ] horas antes do meio-dia e fará calor seco por causa de uma opp. de [   ], que se encontra no dia 6 do mesmo mês no signo de Capricórnio no 5° [   ]. A última quartã será no [   ] do mesmo mês às 6 horas a<ntes> do meio-dia e haverá um clima ameno por causa de uma opp. de Saturno que se enc<ontra no> dia 15 do mesmo mês no signo de *Aries* no 23° grau.

[   ] agosto será em 23 de julho às cinco horas e 34 m<inutos> antes do meio-dia e haverá trovoadas por causa de uma conjunção de [   ] se encontra no dia 21 do mesmo mês no signo de Câncer no 14° [grau]. A primeira quartã será no dia 29 do mesmo mês às 8 horas [   ] meio-dia e haverá chuva por causa da cauda do Dragão, entrando em Sol no dia 27 do mesmo mês no signo de *Libra* no 12° [   ] de uma conjunção de Saturno no dia 27 do mesmo mês no s<igno> de *Libra* no 27° grau. O plenilúnio será em 6 de agosto [   ] horas e 45 minutos depois do meio-dia: tempo escuro às [   ] opp. de Marte, que se encontra no dia 3 do mesmo mês no signo d<e Capri>córnio no 27° grau. A última quartã será no dia 14 do mesmo [   ].

A Lua de setembro será nova em 21 de agosto [   ] hora depois do meio-dia: virada de tempo por causa de uma con<junçã>o de Marte, que se encontra no dia 19 do mesmo mês no signo de *Leo* [   ] grau. E o eclipse do Sol, que se encontra no dia 21 na renovação da Lua no signo de *Virgo* no 7° grau, e da cauda <do D>ragão, que entra em Sol no dia 22 do mesmo mês no signo <de *Vi*>rgo no 22° grau, e de uma conjunção de Saturno, que se encon<tra no> dia 14 do mesmo mês no signo de *Libra* no 21° grau. A primeira <quart>ã entrará no dia 28 do mesmo mês às oito horas antes [   ]. O plenilúnio entrará em 5 de setembro às 10 horas e vinte <minu>tos antes do meio-dia e haverá chuva por causa de uma opp. de Marte, que [   ] no dia 2 do mesmo mês no signo de *Aquarius* no vigésimo sétimo g<rau, e de> uma

François Rabelais

opp. de Saturno, que se encontra no dia 8 do mesmo mês no [ ] *Aries* no 29º grau. A última quartã será no dia treze [ ] horas antes do meio-dia. Instável.

<A> Lua de outubro será nova em dezenove de setembro <às n>ove horas e 32 minutos depois do meio-dia e haverá uma grande tempestade [ ] de uma conj. de Marte e da cauda do Dragão, entrando em [ ] no dia dezoito do mesmo mês no signo de *Virgo* no sétimo [ ] de uma conjunção de Saturno no dia 19 do mesmo mês no signo de [ ] no 29º grau. A primeira quartã será no dia 26 do mesmo <mês q>ue será úmido. O plenilúnio será em 5 de outubro às três <horas> e 18 min antes do meio-dia: será um dia ameno por causa de uma opp. de [ ], que se encontra no dia 10 no signo de *Aries* no 26º grau. [ ] quartã será no dia 12 do mesmo mês às quatro horas depois do <meio-dia: bom > tempo.

[ ] de novembro será nova em 19 de outubro às sete horas [ ] antes do meio-dia e haverá chuva por causa de uma conj. de Saturno, <que se> encontra no dia 18 do mesmo mês no signo de *Libra* no 24º g<rau. A> primeira quartã será no dia 26 do mesmo mês às 7 horas [ ] meio-dia e será um tempo úmido. O plenilúnio será em 3 de novembro às [ ] e 46 minutos depois do meio-dia: haverá vento frio por causa de uma opp. de Saturno, que se encontra no mesmo dia no signo de [ ] 7º grau. A última quartã será no dia 10 do mesmo mês às [ ]: fará um tempo bom.

A Lua de dezembro será nova [ ] sete do novembro às oito horas e vinte e quatro minutos: grande tempestade por causa de uma conjunção de Marte, que se [ ] treze do mesmo mês no signo de *Libra* no quarto [ ] uma conjunção de Saturno, que se encontra no dia 15 do mesmo <mês no> signo de *Scorpius* no 3º grau. A primeira quartã será no dia [ ] cinco do mesmo mês às três horas depois do meio-dia e haverá chuva [ ] de uma oposição de Marte, que se encontra no dia 27 do mesmo <mês no> signo de *Aries* no 7º grau. A cheia será em 3 de dezembro [ ] horas antes do meio-dia: bom. A última quartã será no [ ] mês às sete horas antes do meio-dia: tempo fechado [ ] causa de uma conjunção de Marte, que se encontra no dia 11 <do mesmo> mês no signo de *Libra* no 15º grau.

A Lua de janeiro <para o ano de> mil 542 será nova no dia 17 do mesmo mês de [ ] às 11 horas e 20 minutos antes do meio-dia: fará frio seco. [ ] quartã será no dia 25 do mesmo mês ao meio-dia e haverá uma grande [ ] no signo de *Aries* no vigésimo sétimo grau e uma oposição de Saturno, que se encontra no dia vinte sete no signo de *Taurus* <no no>no grau.

O eclipse lunar será, neste ano, em profundas trevas [ ] Marte na cauda do Dragão às quatro horas e vinte <min> da manhã.

O eclipse solar, súbito e de pouca duração, será neste [   ] 21 de agosto, pouco depois do meio-dia, no signo de *Virgo*.

FIM DA DITA PROGNOSTICAÇÃO

A GRANDE E VERA
PROGNOSTICAÇÃO NOVA
PARA O ANO DE MIL CCCCCXLIIII
COMPOSTA PARA O USO DE TODOS OS VEROS CRISTÃOS
ESTUDIOSOS DE HONESTAS DISCIPLINAS
PELO MESTRE SERAPHINO CALBARSY,
DOUTOR NA NOBILÍSSIMA CIÊNCIA
DA ASTROLOGIA E MEDICINA E DE TODA ENCICLOPÉDIA,
COM AS FEIRAS DA FRANÇA
E TAMBÉM OS DIAS CANICULARES

Este ano temos
três eclipses lunares e um solar.

Aos leitores benévolos
Saúde e paz em Jesus Cristo

Esta prognosticação é quase recorte da de 1541, por isso anoto apenas as diferenças. Ao tratar do ano subsequente de 1544, há um equívoco, pois deveria ser 1545.

Neste parco papel que restava branco, responderia de bom grado à calúnia de certos ociosos. Pois é comum dizerem, *Quod oportet mendacem esse memorem*. Além disso, vocês sabem que todo homem é mentiroso. Porque é necessário que aquele que queira mentir pense bem no que disser, a fim de que não se percebam as contradições. Deixando então essas loucuras de lado, decidi expor brevemente para vocês o que acho do presente ano. Quando Hipócrates descreveu as *Epidemias* e outras comuns doenças advindas em seu tempo, sempre atribuiu suas causas não ao estado presente, mas aos anos precedentes. O mesmo fez Tucídides, como bem notou o douto Cláudio Galeno. Do mesmo modo, considero tanto o estado do ano presente como dos passados e do subsequente 1544. Nele, Saturno, de 1º de março até 20 de julho, perfará sua retrogradação; Júpiter, de 7 de março até 6 de julho, será molesto de retrogradação, Marte, de 22 de maio até 26 de julho, retrogradará. Vênus, do começo do ano até 14 de janeiro será retrógrado. Mercúrio, de 26 de março até 17 de abril e de 20 de julho até 12 de agosto, além de de 14 de novembro até 4 de dezembro, retrocederá. Assim fundamento meu argumento, receio muito neste ano uma ofensiva de pestilências e doenças perniciosas. E o começo de alguma insigne comoção entre reis e grandes príncipes, e também o apetite por novas empreitadas da parte do povo comum. Nada, no entanto, posso garantir. Mas, em todo caso, o santo nome de Deus seja abençoado.

Da disposição dos bens e frutos da terra

Segundo as influências dos corpos celestes, vejo que temos um bom ano de todos os bens e frutos provenientes da terra, principalmente dos grãos, do feno, legumes e hortaliças, que correm grande risco de serem estragadas por causa dos planetas supracitados, que reinarão este ano.

François Rabelais

Dos eclipses do ano presente

O eclipse lunar será no dia 10 de janeiro às 6 horas e 14 minutos antes do meio-dia no signo de Câncer no 29° grau, e será muito escuro e durará uma hora e 44 minutos.

O eclipse solar será no dia 24 de janeiro às 9 horas e 17 minutos antes do meio-dia no signo de *Aquarius* no 14° grau e não será escuro e durará 1 hora.

O eclipse lunar será no dia 4 de julho às 8 horas e 32 minutos depois do meio-dia no signo de Capricórnio e será muito escuro e durará uma hora e 51 minutos.

O eclipse lunar será no dia 29 de dezembro às 6 horas e 28 minutos antes do meio-dia no signo de Câncer no 18° grau e será muito escuro e durará 1 h e 48 min.

Das Luas novas, cheias e quartãs
nos doze meses do ano.
Em primeiro lugar

No dia dois de janeiro será a primeira quartã da Lua de dezembro às duas horas antes do meio-dia e fará um dia bonito. O plenilúnio será no dia 10 às seis horas e doze minutos antes do meio-dia e haverá virada de tempo. A última quartã será no dia dezessete do mesmo mês às seis horas depois do meio-dia e fará um dia bonito.

A Lua de janeiro será nova em vinte e quatro do mesmo mês às nove horas e trinta e dois minutos antes do meio-dia e haverá vento, frio, neve. A primeira quartã será no último dia do mesmo mês de maio às dez horas depois do meio-dia e será um dia bonito. O plenilúnio será no dia oito de fevereiro às dez horas e trinta e cinco minutos depois do meio-dia e haverá vento, chuva, neve. A última quartã será no dia dezesseis do mesmo mês à uma hora antes do meio-dia e fará um dia bonito.

A Lua de fevereiro será nova no dia vinte e dois do mesmo mês às dez horas e dezesseis minutos e será um dia úmido. A primeira quartã será no dia primeiro de março às seis horas depois do meio-dia e fará um dia bonito. O plenilúnio será no dia 9 do mesmo mês ao meio-dia em ponto e haverá um pouco de vento. A última quartã será no dia dezesseis do mesmo mês às sete horas antes do meio-dia e fará um dia bonito.

A Lua de março será nova no dia vinte e três do mesmo mês ao meio-dia em ponto e haverá chuva, vento, neve e granizo. A primeira quartã será no último dia do mesmo mês à 1 hora antes do meio-dia e será um dia bonito. O plenilúnio será no dia sete de abril às 10 horas e trinta e nove minutos depois do meio-dia e será um dia bonito. A última quartã será no dia catorze do mesmo mês à 1 hora depois do meio-dia e fará um dia bonito.

A Lua de abril será nova no dia vinte e dois do mesmo mês às duas horas e vinte e oito minutos antes do meio-dia e haverá um vento chuvoso. A primeira quartã será no último dia do mesmo mês às cinco horas antes do meio-dia. O plenilúnio será no dia sete do mês de maio às seis horas e cinquenta e seis minutos e haverá um vento chuvoso. A última quartã será no

François Rabelais

dia 13 do mesmo mês às nove horas depois do meio-dia e haverá uma chuva suave.

A Lua nova de maio será no dia 21 do mesmo mês às cinco horas e quinze minutos depois do meio-dia e fará um dia bonito. A primeira quartã será no dia 29 do mesmo mês às sete horas após o meio-dia e fará um dia bonito.

O plenilúnio será no dia cinco do mês de junho à uma hora e cinquenta e três minutos depois do meio-dia e haverá uma chuva suave. A última quartã será no dia 12 do mesmo mês às 7 horas antes do meio-dia e haverá relâmpagos.

A Lua de junho será nova no dia 20 do mesmo mês às oito horas e seis minutos antes do meio-dia e haverá um forte vento. A primeira quartã será no dia 28 do mesmo mês às seis horas antes do meio-dia e fará um dia bonito.

O plenilúnio será no dia quatro de julho às oito horas e trinta minutos depois do meio-dia e haverá virada de tempo, trovoadas, chuva, vento. A última quartã será no dia 11 do mesmo mês às oito horas depois do meio--dia e fará um dia bonito.

A Lua de julho será nova no dia 19 do mesmo mês às dez horas e quarenta e três minutos depois do meio-dia e será um dia bonito. A primeira quartã será no dia 27 do mesmo mês às duas horas depois do meio-dia e haverá virada de tempo com vento. O plenilúnio será no dia 3 de agosto às quatro horas e oito minutos antes do meio-dia e haverá perturbação por um forte vento, escuro. A última quartã será no dia 10 do mesmo mês às onze horas antes do meio-dia e haverá um pouco de vento.

A Lua de agosto será nova no dia dezoito do mesmo mês à uma hora e cinco minutos depois do meio-dia e haverá um vento chuvoso. A primeira quartã será no dia vinte e cinco do mesmo mês às oito horas depois do meio--dia e haverá um tempo nublado com chuva. O plenilúnio será no dia primeiro de setembro à uma hora e 46 minutos depois do meio-dia e fará um dia bonito. A última quartã será no dia 9 do mesmo mês às cinco horas antes do meio-dia e fará um tempo perigoso.

A Lua de setembro será nova no dia dezessete do mesmo mês às duas horas e cinquenta minutos antes do meio-dia e haverá trovoadas: chuva, granizo e tempestade. A primeira quartã será no dia 24 do mesmo mês às duas horas antes do meio-dia e haverá um tempo nublado, frio. O plenilúnio será no dia primeiro de outubro às duas horas antes do meio-dia e fará um dia bonito. A última quartã será no dia 9 do mesmo mês à uma hora antes do meio-dia e fará um dia bonito.

A Lua de outubro será nova no dia 16 do mesmo mês às três horas e 39 minutos depois do meio-dia e fará um dia bonito. A primeira quartã será no dia 23 do mesmo mês às nove horas antes do meio-dia e haverá chuva e vento. O plenilúnio será no dia 30 do mesmo mês às cinco horas e 20 minutos depois do meio-dia e fará um dia bonito. A última quartã será no diz sete do mês de novembro às 8 horas depois do meio-dia e haverá um pouco de vento.

A Lua de novembro será nova no dia 15 do mesmo mês às três horas e 24 minutos antes do meio-dia e haverá um vento chuvoso. A primeira quartã será no dia 21 do mesmo mês às seis horas depois do meio-dia e haverá chuva, vento, neve. O plenilúnio será no dia 29 do mesmo mês às onze horas e 12 minutos depois do meio-dia e fará um dia bonito. A última quartã será no dia sete de dezembro às três horas depois do meio-dia e haverá um vento frio.

A Lua de dezembro será no dia 14 do mesmo mês às 2 horas e dez minutos depois do meio-dia e fará um dia bonito. A primeira quartã será no dia 21 do mesmo mês às seis horas antes do meio-dia e haverá um pouco de vento. O plenilúnio será no dia 20 e nove do mesmo mês às seis horas e 28 minutos antes do meio-dia e haverá vento, chuva e neve.

Das quatro partes do presente ano

Triplicidade indica a relação de um signo com outros dois. Dignidade indica o ponto em que o astro tem mais influência, sendo o dominador. A época de São Clemente é 23 de novembro.

———

A primavera terá o Sol entrando em *Aries* em dez de março às 9 horas e cerca de 36 min, ascendendo a segunda triplicidade de *Gemini* em nosso hemisfério, cujo dominador, por múltiplas dignidades, é Saturno. Então, depois de passar fevereiro, que será péssimo, ventoso, chuvoso e multiplicando nas montanhas grandes neves, seguir-se-á a dita primavera tão mais graciosa quanto inconstante, como de costume, principalmente no mês de maio, muito ventosa e bastante fria, mais do que o necessário. Reinarão doenças longuíssimas e amiúde mortais. Os ganhos serão pequenos, a não ser no que concerne à guerra que arruína inúmeros lugares e fortes locais e será um tempo bem propício às mulheres para terem e renderem concepção.

Em onze de junho às cerca de oito horas da noite, entrará o Sol em Câncer, subindo em nosso hemisfério no 3º de Capricórnio, que será o começo da quartel do verão menos quente que de costume e bastante ventoso. O populacho e o comum de todas os povos sofrerão muito por causa dos exércitos. Algum grande príncipe, por doença, terá medo de morrer e para ele será a primavera fatal. As mulheres estarão bem e dispostas à concepção e haverá grandes empreitadas de navegações pelo mar, porém perigosíssimas.

O outono, com o Sol entrando em *Libra*, começará em 13 de setembro às dez horas da manhã e cerca de 22 minutos, subindo em nosso hemisfério no 23º grau de Escorpião, no começo um quartel umidíssimo, depois frio e seco e bastante ventoso na época de São Clemente, ou um pouco antes, permanecendo bem propícia.

Em onze de dezembro às três horas e cerca de vinte e nove minutos, começará o quartel do inverno subindo em nosso Oriente no 24º de *Gemini* com frio sem excesso. Muitas doenças, tanto nos populares como nos avantajados, para além da propensão comum do inverno, reinarão e muitas mortais. Mulheres se darão mal e estarão sujeitas, muitas, ao aborto, até com risco de vida. Deus com sua benigna graça queira mudar o mal em bem.

François Rabelais

As feiras de Lyon e da França

A Segunda de Quasímodo é a primeira após o Domingo de Páscoa e tinha esse nome a partir do introito da missa, que se iniciava em latim com Quasi modo. O dia de São Romão é 23 de outubro; o de São Barnabé é 11 de junho.

———

As feiras dos reis começando	em 11 de janeiro.
Terminam no dia	trinta do mesmo mês.
As de Páscoa entram na	Segunda de Quasímodo.
As de agosto entram no dia	4 do mesmo mês.
Terminam no dia	23 do mesmo mês.
As de Todos os Santos entram em	3 de novembro.
Terminam no dia	20 do mesmo mês.

A feira de Lyon começa sempre na segunda seguinte ao primeiro dia do ano.

A feira de Saint-Germain-des-Prés no dia 3 de fevereiro.

A feira de Rouen no mesmo dia, a segunda no dia de São Romão.

A feira de Cours em Gien, na segunda seguinte à Quaresma.

A feira de Crepi em Valois, no mesmo dia, e a segunda em dois de novembro.

A feira de Sens no dia 18 de março e a segunda em 18 de outubro.

A feira de Compiègne começa na segunda no meio da Quaresma e dura quinze dias.

A feira de Reins chamada Cousture começa na terça seguinte à Páscoa, a segunda no dia de São Remígio.

As feiras de Troyes em 8 de maio. A segunda em Todos os Santos.

A feira de Meaux no meio de maio. A segunda no dia de São Martim D'Hiver.

A feira de Château-Thierry na Ascensão.

A feira de Antuérpia na quarta seguinte a Pentecostes.
A de Lendit começa na quarta seguinte a São Barnabé.
A de Guibray na segunda quarta de agosto.
A de Saint-Denis em 9 de outubro.

Os dias caniculares

Notem que nos dias caniculares, que começam em 10 de julho e termi-nam em 20 de agosto, não se deve sangrar nem tomar remédio laxante. No entanto, há dois dias marcados a fim de que, em caso de necessidade, sejam eleitos os menos prejudiciais.

Almanaque para o ano de mil quinhentos XLIIII

A presença de duas letras dominicais indica que 1544 foi um ano bissexto. A primeira letra servia até a Vigília de São Matias, em 24 de fevereiro, e a segunda até o fim do ano.

———

Letra dominical	F. E.	Páscoa em 13 de abril.
Número áureo	6.	Rogações em 18 de maio.
Círculo do Sol	12.	Ascensão em 22 de maio.
Indicção	2.	Pentecostes em 1 de junho.
Septuagésima em 10 de fevereiro.		Advento em 30 de novembro.

Entre o Natal e o Domingo Gordo são 8 semanas e 4 dias.

FINIS

François Rabelais

CARTAS-DEDICATÓRIAS, CARTAS E SÚPLICA

Cartas-dedicatórias e cartas em latim

Guilherme Gontijo Flores

Rabelais compôs quatro cartas-dedicatórias de obras que editou, todas em latim, endereçadas a amigos (André Tiraqueau e Amaury Bouchard) e a patronos (Geoffroy d'Estissac e Jean du Bellay), além de termos duas cartas dirigidas a duas influências luminares de Rabelais como humanista (Guillaume Budé e Erasmo de Roterdã). As dedicatórias estão entre suas primeiras obras impressas e revelam parte do seu pensamento e de seu engajamento no humanismo crescente, bem como seu domínio gramatical e estético do grego e do latim, num estilo por vezes empolado, de sintaxe complexa e truncada. Busquei sempre recriar esse efeito, que se distancia de muitos dos efeitos das obras cômicas em francês.

Carta-dedicatória
do tomo segundo
das *Cartas medicinais* de Manardi

Esta é o primeiro texto impresso que temos de Rabelais, datado de 1532, em Lyon, pela edição de Sébastien Gryphe do segundo tomo das Epistolae medicinales *(Cartas medicinais) de Giovanni Manardi (1462-1536), ou Manardo, publicadas na França um ano depois do primeiro tomo. Como Rabelais, Manardi foi um humanista de peso, que criticou os monges de seu tempo enquanto, contra preceitos da Igreja, se dedicava ao grego e tinha interesse pelo árabe. É possível que Rabelais o tenha conhecido pessoalmente dois anos depois, quando esteve na Itália em 1534. A dedicatória vai a André Tiraqueau (1488-1558), jurista e político poitevino, que havia acolhido Rabelais quando este ainda era monge em Fontenay-le-Comte num grupo de grande interesse pelo helenismo, sobretudo obras de direito e filosofia; como o próprio Rabelais nos conta na carta, foi Tiraqueau quem lhe apresentou as primeiras cartas de Manardi, sendo por isso o dedicatário aqui; ele também será mencionado no prólogo do* Quarto livro*. A obra que Rabelais refere como* Hipomnemas *é na verdade* De legibus connubialibus *(Das leis conubiais), de 1514; o outro nome deriva do fato de que o livro começava por comentários às leis de Poitou.*

A Ciméria fica ao norte do Cáucaso, considerada miticamente pelos antigos como próxima à entrada para o mundo dos mortos, por isso aqui representa a mais negra caligem que Rabelais sugere ter sido o período gótico, ou seja, medieval. Ter nariz de rinoceronte é metáfora para a zombaria, pela ponta afiada (cf. Marcial, Epigramas, 1.3.5-6). Peão é o médico dos deuses na Ilíada *e também epíteto de Apolo como Peã. Esculápio, ou Asclépio, é filho de Apolo e deus da medicina.*

Como em toda a sua obra, aqui também pululam referências técnicas da época. A referência ao Eutidemo *de Platão é 307a; às* Categorias *de Aristóteles é 10.13a. A citação grega sobre a pele do leão remete a Esopo,* Fábulas*, 279, que conta sobre o asno que tentou se passar por um leão. Critolau (séc. II a.C.), filósofo peripatético grego, supõe colocar numa balança os bens espirituais de um lado e os físicos do outro; segundo ele, o prato dos bens espirituais pesaria mais do que toda terra e os mares. A referência a Plínio é* História natural*, 29.8. O bispo de Maillezais é Geoffroy d'Estissac (cf. nota à próxima carta-dedicatória). Hilaire Coguet ou Goguet era advogado de Fontenay e amigo de Rabelais; de resto, é desconhecido. A carta, além das citações gregas, também apresenta algumas palavras de origem grega que busquei manter: "pseudologia" designa o costume de mentir sistematicamente; "hipomnema" foi um gênero literário antigo, espécie de comentário memorial.*

François Rabelais

FRANÇOIS RABELAIS, MÉDICO,
A ANDRÉ TIRAQUEAU,
JUIZ JUSTÍSSIMO EM POITOU,
RESPEITOSAMENTE SAÚDA.

Como pode, meu cultíssimo Tiraqueau, mesmo nessa imensa luz do nosso século, em que vemos como, por um dom singular dos deuses, todas as melhores disciplinas voltam a ser acolhidas, que ainda se encontrem por toda parte pessoas de tal modo arrebatadas, que não querem ou não conseguem afastar os olhos daquela densa caligem mais que ciméria da era gótica, rumo ao claro facho do Sol? Será que (como no *Eutidemo* de Platão) ἐν παντὶ ἐπιτηδεύματι οἱ μὲν φαῦλοι, πολλοὶ, καὶ οὐδενός ἄξιοι, οἱ δὲ σπουδαῖοι, ὀλίγοι καὶ τοῦ παντὸς ἄξιοι [em todo ofício, são muitos os medíocres e sem valor, enquanto são poucos os sérios e valorosos]? Ou será, na verdade, que a força das trevas é tamanha, que ao invadirem os olhos de alguém, numa infinita infusão irremediável, este necessariamente alucina enceguecido, de modo que nenhum colírio, nenhuma lente o possa ajudar? É assim que lemos o que está escrito nas *Categorias* de Aristóteles: ἀπὸ μὲν τῆς ἕξεως ἐπὶ τὴν στέρησιν γίνεται μεταβολὴ, ἀπὸ δὲ τῆς στερήσεως ἐπὶ τὴν ἕξιν ἀδύνατον [da posse à privação acontece a mudança, mas da privação à posse é impossível]. Se julgo a coisa toda com atenção e a peso (como dizem) na balança de Critolau, essa Odisseia de erros não parece nascer de outra coisa, senão daquela infame filáucia tantas vezes condenada pelos filósofos; pois se ela toca uma só vez os homens mal instruídos sobre o que procurar e evitar, costuma comprimir os sentidos e os ânimos deles e fasciná-los a ponto de verem sem ver e compreenderem sem compreender. E se você arranca a máscara καὶ λεόντην [e a pele de leão] daqueles que uma plebe inculta exaltou por afetarem uma perícia exterior e insigne das coisas, se consegue que o vulgo perceba que os artifícios que lhes concedem uma fatura geral são meras prestidigitações e tolíssimas tolices, não pareceria furar olhos de gralha? Então aqueles que antes se sentavam na orquestra mal encontrarão lugar entre banquetas, quando acontecer de provocarem não só riso no povo e nos escravos, que vez por outra têm um nariz de rinoceronte, mas também o estômago e a bile dos que não suportam mais tudo aquilo que seus enganos e trapaças por tanto tempo impuseram. Além disso, aprendemos por experiência que quem vai morrer num naufrágio logo pega uma trave, ou uma vela, ou uma palha, enquanto o navio despedaçado afunda, e a segura com mãos firmes, sem lembrar que é hora de nadar, e todo confiante, desde que aquilo não escape das mãos, acaba engolido pelas profundezas do vasto abismo. Acontece quase o mesmo com os nossos caros homens: mesmo se virem a barca da pseudologia rota e vazando por todos os lados, eles retêm os livros com que estavam acostumados desde a infância com uma força que beira a ofensa, de modo que, se lhes forem tomados, pensam que lhes tomam a própria alma. Assim também a sua perícia no direito já atingiu tal grau, que nada mais é desejável para sua instauração; no entanto ainda existem pessoas de cujas mãos não se pode arrebatar aqueles obsoletos glossemas dos bárbaros. E mesmo neste nosso ofício da medicina, que a cada dia se desenvolve mais e mais, quantos são os que mostram brio de obter melhores frutos? Pelo menos uma coisa é positiva: em todas as ordens já se sente pelo cheiro os médicos ou os que se dizem médicos que, se você examinar a fundo, são vazios de conhecimento, boa-fé e prudência; na verdade, fartos de arrogância, inveja e imundície. Fazem seus experimentos à custa de mortes (como na antiga querela de Plínio), de modo que deles decorre mais perigo do que das próprias doenças. Hoje só é considerado grande perante os optimates quem for louvado pela opinião daquela medicina antiga e depurada. Pois se tal convicção ganhar força mais ampla, não é de espantar que em breve voltem para o saco esses muambeiros e malabaristas que se dedicaram a produzir ampla e larga pobreza nos corpos humanos. Ademais, entre os homens que em nossa época se empenharam com o âmago para restituir a antiga medicina germana ao seu esplendor, você costumava (quando passei um tempo aí) louvar com entusiasmo Manardi, aquele habilíssimo e cultíssimo médico ferrarense, cujas primeiras cartas você apreciava como se fossem selecionadas por ditados de Peão ou do próprio Esculápio. Assim, na minha imensa consideração por você, mandei imprimir e publicar sob o auspício do seu nome as últimas cartas dele, que acabei de receber da Itália. Porque lembro e sei o quanto a própria arte médica, que nos incumbimos de promover com mais felicidade, deve a você, que com tanto cuidado a celebra nos famosos *Hipomnemas às leis municipais de Poitou*. Não atormente por muito tempo os ânimos dos estudiosos que tanto os desejam, é isso que lhe peço de novo e de novo. Adeus. Saúde por mim ao ilustríssimo senhor bispo de Maillezais, meu bondosíssimo mecenas, se por acaso o visitar, e ao caro Hilaire Coguet, se estiver por aí.

Lyon, 3 de junho de 1532.

François Rabelais

Carta-dedicatória
dos *Aforismos* de Hipócrates

Esta dedicatória foi publicada numa edição de Hippocratis et Galeni libri aliquot *(Alguns livros de Hipócrates e Galeno) em tradução latina com notas de Rabelais, em 1532, num livrinho pequeno, típico para divulgação do saber; a essas versões latinas, Rabelais acrescentou uma edição grega dos Aforismos a partir do manuscrito que detinha. Sabemos que, seguindo a praxe dos estudos para se tornar bacharel em medicina em Montpellier, Rabelais fez leituras públicas em 1º de novembro de 1530. Como ele mesmo anuncia no começo desta carta-dedicatória, escolheu apresentar duas obras clássicas: os* Aforismos *do grego Hipócrates (sécs. V-IV a.C.) e a* Arte médica *do romano Galeno (sécs. II-III d.C.), dois pilares da medicina humanista. O retorno ao texto grego é marca da erudição rabelaisiana e de sua desconfiança quanto à tradição interpretativa dos textos, por vezes acomodada em leituras apressadas e manuscritos pouco confiáveis. A obra viria a ser reimpressa duas vezes pelo próprio Sébastien Gryphe, ainda em vida de Rabelais, em 1543 e 1545.*

Geoffroy d'Estissac (?-1542) foi um dignatário eclesiástico francês, bispo de Maillezais a partir de 1518; quando Rabelais e Pierre Lamy deixaram o mosteiro de Fontenay-le-Comte e sofriam para continuar seus estudos de grego (que aparentemente Lamy apresentou a Rabelais), d'Estissac os acolheu na abadia beneditina de Saint-Pierre-de-Maillezais (quando ainda era abade) e fez de Rabelais seu secretário. Sabemos que, quando confiscaram os livros dos dois jovens, Lamy se refugiu primeiro em Orléans e só depois em Lyon.

οὐδὲν ἢ οὐρανὸς ἠδὲ θάλασσα *("nada além do céu e do mar") ecoa Homero,* Odisseia, *14.302. Policleto foi um dos escultores mais importantes da Grécia no período clássico (fl. 460-420 a.C.);* Cânone *era um tratado sobre as proporções do corpo humano, símbolo de perfeição harmônica. "Ideia" é aqui usado no sentido platônico de tipo perfeito e ideal. Pérsio (34-62 d.C.) foi poeta satírico romano, a referência é a* Sátiras *3.38.*

AO ILUSTRÍSSIMO E CULTÍSSIMO SENHOR
GEOFFROY D'ESTISSAC,
BISPO DE MAILLEZAIS,
FRANÇOIS RABELAIS, MÉDICO,
RESPEITOSAMENTE SAÚDA.

Quando no ano passado, em Montpellier, eu expunha a um auditório lotado os *Aforismos* de Hipócrates e em seguida a *Arte médica* de Galeno, ó bispo ilustríssimo, anotei certas passagens em que os intérpretes não me satisfizeram. Ao comparar as traduções deles com o exemplar grego, pois, para além do que o vulgo carrega, eu tinha comigo um manuscrito antiquíssimo, elegantíssima e minuciosissimamente elaborado com letras jônicas, percebi que tinham omitido inúmeras coisas, acrescentado passagens alheias e interpoladas, que tinham se expressado de modo fraco e que, na verdade, mais perverteram do que verteram. Se isso é vício tradutório difundido, nos livros de medicina é verdadeiro sacrilégio. Neles, uma única palavrinha adicionada ou retirada, um mero ponto invertido ou deslocado não raro levou muitos milhares de pessoas à morte. Nem vá você pensar que digo isso para denegrir homens meritosos nas belas letras, εὐφήμει γάρ [pois façamos silêncio sagrado]. Porque penso que devemos muito aos trabalhos deles e reconheço que não foi pouco que avancei com eles. Porém se cometem um erro, julgo que toda a culpa deva ser lançada nos códices por eles seguidos, estragados pelas mesmas máculas. Quando, há pouco, Sébastien Gryphe, calcógrafo consumado até a unha e polidíssimo, viu essas notinhas entre meus papéis (como já tinha há muito o desejo de imprimir livros dos médicos antigos com sua típica dedicação, que dificilmente encontraria um igual), instou com muitas palavras que eu permitisse publicá-las para o bom uso comum dos estudiosos. Não foi difícil conseguir aquilo que eu já queria mesmo conceder-lhe. O único trabalho foi que me atormentou para que reescrevesse as notas que eu tinha redigido para uso próprio, sem planos de publicação, a fim de que pudessem ser acrescentadas ao livro, reformulado como um manual. Foi menor o trabalho, e talvez quase nenhum negócio, traduzir tudo integralmente ao latim. Então, como as notas eram duas vezes mais prolixas que o livro, para que o volume não crescesse exageradamente, pareceu melhor indicar apenas as passagens — como numa treliça — em que os códices gregos mereciam ser consultados. Aqui não direi o motivo que me levou a dedicar a você este trabalho, seja qual for o seu valor. É a você por direito que pertencem todos os resultados das minhas obras, já que me favoreceu com sua bondade, de modo que, para onde quer que eu volte meus olhos, οὐδὲν ἢ οὑρανὸς ἠδὲ θάλασσα da sua generosidade se apresenta aos meus sentidos; você cumpre o dever pontificial recebido por sufrágio de todo o senado e povo de Poitou, a ponto de em você, tal como no célebre *Cânone* de Policleto, os nossos bispos encontrarem um exemplo de probidade, modéstia, humanidade, uma verdadeira *ideia* da virtude; ao contemplá-la, terminam ou por moldarem seus costumes diante do espelho, ou (como disse Pérsio) por verem a virtude e se consumirem por tê-la abandonado. Aceite tudo de bom grado e bem me queira, como de costume. ἔρρωσο, ἀνὲρ εὐδοκιμώτατε, καὶ εὐτυχῶν διατέλει [Adeus, homem estimadíssimo, e siga próspero].

Lyon, 15 de julho de 1532.

Carta-dedicatória
do *Testamento de Cuspídio*

Esta dedicatória foi publicada num livrinho, no fim de 1532, em que Rabelais editou duas pequenas obras na época consideradas peças autênticas da Antiguidade, com importância jurídica: o Testamento de Lúcio Cuspídio *e o* Contrato de venda de Culita; *porém não passavam de contrafações renascentistas dos italianos Pomponio Leto e Giovanni Pontano, respectivamente.*

Na famosa Querelle des femmes *(Querela das mulheres), em 1522 Amaury Bouchard (1490-?) as defendeu com o livro* Τῆς γυναικείας φύτλης, aduersus Andream Tiraquellum *(Da natureza feminina, contra André Tiraqueau), contra os ataques de Tiraqueau em* De legibus connubialibus *(Das leis conubiais), de 1514, num embate muito importante para a construção do Terceiro livro.*

O cônsul Lúcio Cássio Longino Ravilla, aqui citado como Cassiano, era proverbial por sua severidade (cf. Valério Máximo, Feitos e ditos memoráveis, *3.7.9). A citação de Platão está no epigrama 22. A expressão "livrinho leve e novo", no original latino* lepidum nouuum libellum, *é citação de Catulo 1.1; a obra que Rabelais atribuiu a Bouchard,* De architectura orbis *(Da arquitetura do mundo) não é conhecida, mas talvez seja* Da excelência e imortalidade da alma, *manuscrito que desenvolve seu pensamento a partir do* Timeu *de Platão. A frase de Heráclito é, na verdade, atribuída a Demócrito, e também aparece em* Pantagruel, cap. 18.

––––––

FRANÇOIS RABELAIS
AO SENHOR AMAURY BOUCHARD,
CONSELHEIRO DO REI
E MESTRE DE PETIÇÕES NO PALÁCIO,
RESPEITOSAMENTE SAÚDA.

O presente que lhe concedo, ilustríssimo Amaury, é bem miúdo quanto ao peso, que mal enche a mão, no entanto (a menos na minha opinião) não é indigno de estar diante dos seus olhos e dos de qualquer homem cultíssimo como o senhor. Trata-se do testamento do famoso Lúcio Cuspídio, que por feliz destino se conservou de incêndio, naufrágio e ruína do tempo, e, ao partir daqui, você considerava digno de abandonar qualquer documento, até o comparecimento ao tribunal do juiz Cassiano. Julguei que a obra não deveria servir apenas ao seu uso privado (embora você parecesse preferir essa opção), mas na primeira oportunidade mandei imprimir dois mil exemplares. Pois assim, enquanto satisfaço ao seu desejo, também sob seus auspícios será possível que todos os estudiosos deixem de ignorar por mais tempo a fórmula que aqueles antigos romanos usavam na elaboração de testamentos, quando as disciplinas floresciam em seu auge. ὄργανον ἐκεῖνο αὐτόματον, καί, ὡς ἀληθῶς, δαιδάλεον [este documento original e verdadeiramente dedáleo] — pois uso com prazer o termo platônico — οὗ πέρι σύ μοι ἀπελθὼν ἔφησθα [sobre o qual você me falou na hora de partir], eu descobri um homem que dizia tê-lo em casa, mas ainda não me deixou vê-lo. Περὶ τῶν κατὰ τὸν Γρύφιον τυπόγραφον εὐδοκιμώτατον [No que diz respeito ao estimadíssimo tipógrafo Gryphe], peço a você que não se esqueça. Todos os dias aguardo o seu livrinho leve e novo *De architectura orbis*, que deve ter sido tirado dos mais santos baús da filosofia. Pois até agora você não publicou ou escreveu nada que não exale uma doutrina recôndita e mimética, que não pareça saída daquele antro horrível, onde Heráclito diz que se esconde a verdade. ἔρρωσο, ἀνὲρ σπουδαιότατε, καὶ ὄναιο τοῦ ἀξιώματος τοῦδε τοῦ πάνυ [Adeus, homem gravíssimo, e goze de toda honra recebida].

Lyon, 4 de setembro de 1532.

Carta-dedicatória
da *Topografia da antiga Roma* de Marliani

Foi em abril de 1534 que François Rabelais pisou pela primeira vez em Roma, quando acompanhou a comitiva do bispo de Paris, Jean du Bellay (1492-1560), numa delegação enviada até o papa Clemente VII por Francisco I para evitar a excomunhão de Henrique VIII da Inglaterra, depois que este repudiou sua esposa Catarina de Aragão para se casar com Ana Bolena (o tema reaparece numa carta a d'Estissac). Du Bellay viria a se tornar cardeal no ano seguinte. Como vemos na dedicatória, Rabelais quis aproveitar a viagem para fazer uma topografia de Roma, porém havia sido adiantado pelo italiano Bartolomeu Marliani (1488-1566), que publicou sua obra sobre o assunto, Antiquae Romae topographia *(*Topografia da antiga Roma*)* em 1534 em Roma; Rabelais então abandona seu projeto e se dedica a publicar por Sébastien Gryphe o livro de Marliani, em agosto do mesmo ano. É possível perceber na edição que Rabelais também realizou alterações textuais menores (correções ortográficas e gramaticais, citações clássicas e de inscrições), em vez de apenas repetir o texto original. É interessante notar como Rabelais tem um método diferente de topografia: ele primeiro parece buscar o centro da cidade antiga, para em seguida reparti-la em quadrantes; Huchon argumenta que essa prática teria sido derivada de Vitrúvio.

O louvor que Rabelais faz ao latim de du Bellay é confirmado pela sua produção poética latina e por uma arenga famosa que fez diante do papa em 1533. A menção ao poeta arcaico romano Quinto Ênio (239-169 a.C.) está no fragmento de Anais, 10.305, flos delibatus populi *("fina flor do povo")*. Em latim há um trocadilho que também aparece no francês de Gargântua, cap. 17, entre o conceito de parrésia e a designação dos parisienses. A expressão "massa rude e congesta" *(*rudem et congestitiam molem*)* é eco de Ovídio, Metamorfoses, 1.7, rudis indigestaque moles, "massa rude e indigesta", para descrever o caos primordial.

O lago de Diana Aricina é o lago Nemi, na Aricia, onde havia um importante templo arcaico. Nicolas Le Roy era professor de direito em Bourges. Claude Chappuys (c. 1500-1575) era poeta e bibliotecário de Francisco I, também mencionado no cap. 8 de Gargântua. Jean Sevin era secretário de Charles Hémard de Denonville, bispo de Mâcon e embaixador da França em Roma; a designação de Sevin como πολυτρόπου *("versátil")* ecoa Homero, Odisseia, onde o termo se refere sempre a Odisseu.

FRANÇOIS RABELAIS, MÉDICO, AO ILUSTRÍSSIMO E CULTÍSSIMO SR. JEAN DU BELLAY, BISPO DE PARIS E CONSELHEIRO PRIVADO DO REI RESPEITOSAMENTE SAÚDA.

O imenso acúmulo de benefícios com que o senhor há pouco buscou me formar e ornar, ilustríssimo bispo, cala tão fundo em minha memória, que nada o pode arrancar ou levar ao fido esquecimento dos dias. E oxalá eu pudesse satisfazer à imortalidade da sua glória quanto é certo para retribuir com graça merecida e lhe remunerar, se não com ofícios equivalentes (pois quem o poderia?), ao menos com justas honras e com uma mente plena de memória. Pois o que mais desejei, desde que tomei algum conhecimento das letras mais polidas, era percorrer a Itália e visitar Roma, capital do mundo; e você com admirável bondade me permitiu e possibilitou não apenas visitar a Itália (o que por si só já seria um deleite), como também visitar junto com você, o homem mais culto de todos sob o céu e o mais humano (que ainda nem sou capaz de estimar). Para mim foi melhor vê-lo em Roma do que ver a própria Roma. Ter estado em Roma é uma sorte ao alcance de todos, desde que não seja manco ou paralítico; mas ver você em Roma, na flor da idade, para a incrível gratidão dos homens, é um prazer; ter participado das ações no momento em que você conduzia aquela nobre embaixada, enviada pelo nosso invictíssimo rei Francisco até Roma, é uma glória; estar ao seu lado, quando você discursava περὶ τῶν κατὰ τὸν τῆς Βριταννίας Βασιλέα [sobre o rei da Inglaterra] no conselho mais santo e sério do orbe terrestre, foi uma felicidade. Que alegria então não me invadiu, que gozo não me tomou, que júbilo não me arrebatou ao vê-lo falando para espanto do próprio papa Clemente, para admiração dos juízes em púrpura daquela altíssima ordem, para o aplauso de todos? Que aguilhões você fincou nos espíritos deles ao ser ouvido com deleite! Quanta argúcia nas ideias, quanta sutileza nas palavras, quanta majestade nas respostas, quanta acrimônia nas refutações, quanta liberdade não brilhava ao falar? A sua dicção era tão pura que até parecia ser o único a falar latim no Lácio, com uma tal gravidade que em sua singular dignidade ainda continha humanidade e charme. Reparei no imenso número de homens refinados que o chamaram de fina flor da França (como vemos em Ênio) e proclamaram que na memória humana só havia um bispo parisiense capaz de realmente παρρησιάζειν [falar com parrésia], e que o rei Francisco cumpria uma ação belíssima ao ter os du Bellay em seu conselho, pois a França jamais gerou alguém mais ilustre na glória, mais grave na autoridade, mais polido na humanidade. Muito antes de estarmos em Roma, eu tinha formado certa ideia na mente e no pensamento sobre as coisas pelas quais o desejo ali me levava. Primeiro decidi encontrar homens cultos que tivessem prestígio nos lugares por onde passaríamos, conversar familiarmente com eles e escutar sobre alguns problemas ambíguos que me perturbavam há muito tempo. Depois (já que era o assunto da minha arte) observar plantas, animais e fármacos de que a França carece, mas que dizem abundar naquelas plagas. Por fim, desenhar a fisionomia da Urbe com meu cálamo ou pincel, para que não houvesse nada, ao retornar da viagem, que eu não pudesse mostrar nos livros aos meus concidadãos. Sobre esse assunto levei uma pilha de anotações, que havia selecionado de vários autores das duas línguas e trazia comigo. Meu primeiro plano não saiu conforme o esperado, mas também não foi mal. A Itália não tem nenhuma planta e nenhum animal que já não tivesse sido visto e anotado por nós. Vi um único plátano no lago de Diana Aricina. Quanto ao último, realizei com tanto empenho, que acho que ninguém conhece melhor sua própria casa do que eu conheço Roma e todas as ruelas romanas. Nem você deixou de aproveitar o tempo livre daquela célebre delegação de negócios para de bom grado visitar os monumentos da Urbe. E não julgou suficiente ver o que estava exposto, mas procurou exumar, depois de comprar para isso um vinhedo nada desprezível. Como tivemos de permanecer mais tempo do que você esperava, e para que surgisse algum fruto dos meus estudos, avancei à topografia da Urbe, junto com Nicolas Le Roy e Claude Chappuys, jovens honestíssimos da sua casa e estudiosíssimos da Antiguidade; foi assim que graças a você começou a ser impresso o livro de Marliani, cuja preparação me deu tamanho alívio, como aquele que concede Juno Lucina às que sofrem no parto. Pois eu concebi a mesma criança, porém no meu espírito e nos meus sensos mais profundos me angustiava com dar à luz. Pois se o próprio argumento não era de difícil compreensão, por outro lado não parecia fácil digerir aquela massa rude e congesta de modo claro, apto e coeso. Apoiado no invento de Tales de Mileto, com um relógio solar eu dividi a cidade, rua a rua, com uma linha que a atravessa do Oriente ao Ocidente do Sol, do Austro ao Aquilão, para designá-la ao olho; enquanto ele preferiu organizar o gráfico a partir das colinas. Estou tão longe de repreender essa lógica de descrição, que o congratulo vivamente por antecipar aquilo que eu viria a tentar empreender. Ele sozinho ofereceu mais do que se poderia esperar de todos os eruditos desta nossa época. Resolveu a tese de tal modo, tratou o assunto de forma tão próxima à minha opinião, que não posso negar a dívida que tenho com ele, que é igual à de todos os estudiosos das disciplinas mais honestas. O úni-

François Rabelais

co importuno foi você ser chamado de volta pela ilustre voz do príncipe e da pátria, assim deixando a Urbe antes que o livro chegasse ao umbigo. Então eu tomei conta para que, tão logo publicado, fosse enviado a Lyon (onde fica a sede dos meus estudos). Assim foi feito por obra e dedicação de Jean Sevin, um homem realmente πολυτρόπου, porém não sei como foi enviado sem a carta-dedicatória. Para que não viesse à luz deforme como estava, feito ἀκέφαλος [acéfalo], me pareceu bom publicar sob os auspícios do seu ilustríssimo nome. Que você, conforme sua singular humanidade, considere todas as coisas boas e bem me queira (como de costume). Adeus.

Lyon, 31 de agosto de 1534.

Carta a Guillaume Budé

Esta carta, a obra escrita mais antiga de Rabelais que nos chegou, só veio a ser publicada pela primeira vez três séculos após a sua morte, em 1860, no Bulletin du Bibliophile Belge, *por Auguste Scheler, a partir do manuscrito autógrafo de Rabelais. No verso da carta, lê-se:* Domino Guilelmo Budaeo Regio Secretario Parisii Rabelaesus *("Ao senhor Guillaume Budé, secretário do rei em Paris, de Rabelais"); ou seja, endereçada diretamente a Guillaume Budé (1468-1540), que era parte da corte francesa e vivia sob as graças do rei Francisco I, para quem servia como mestre da biblioteca, ao mesmo tempo que mantinha contato com as maiores cabeças do humanismo europeu, como Erasmo; Budé publicou em 1515 a obra* De Asse *(Do Asse) sobre economia política, entre outros assuntos. A primeira carta, escrita cinco meses antes e aqui mencionada, está perdida; nem temos a data exata de seu envio, no entanto é consenso entre os editores que o ano de sua escrita foi 1521 (pela resposta de Budé, de 12 de abril de 1521), uma data importante para cogitar o nascimento de Rabelais, já que aqui ele se descreve como um jovem,* adulescens, *que costumava designar a idade de 17 a 30 anos (embora haja casos de homens mais velhos designados como* adulescentes); *nesse período ele era frade menor franciscano em Puy-Saint-Martin, em Fontenay-le-Comte. Huchon comenta que a humildade excessiva de Rabelais, bem como os louvores e forçosa tomada de atenção eram, na verdade, tópicas de cartas do tipo escritas na época.*

O longo trecho grego é um delírio autoirônico de Rabelais, em que se imagina acusando o amigo Lamy num tribunal, por fazê-lo passar vergonha (sobre Lamy, cf. nota introdutória à "Carta-dedicatória dos Aforismos de Hipócrates").

Pluto é o deus grego da riqueza, tipicamente representado como cego; na comédia homônima de Aristófanes, o deus recupera a visão e passa a distribuir com justiça as riquezas, tema que Rabelais recupera. A menção a Homero remete a Ilíada, 18.104.

O epigrama grego ao fim da carta segue o mesmo metro dos epigramas gregos e latinos dos "Poemas esparsos".

François Rabelais

FRANÇOIS RABELAIS, FRANCISCANO,
AO SR. GUILLAUME BUDÉ RESPEITOSAMENTE SAÚDA.

Quando meu caro Pierre Lamy, ἀνήρ νὴ τὰς χάριτας ἀξιέρατος, εἴπερ τις πώποτε καὶ ἄλλος [pelas Graças, o homem mais valoroso, se é que há algum outro] sugeriu-me escrever para você, e, convencido pelos argumentos densos e frequentes que ele me inculcava, revelei-me um ouvinte atento ao que dizia e em primeiro lugar decidi orar e suplicar aos deuses todos, para que esse lance de dados tivesse um resultado feliz. Pois embora em muito desejasse (por que não confessar?) me insinuar como avançado em sua amizade, καὶ τόδε περὶ πλείονος ἂν ἐποιούμην πρὸ τοῦ ἀπάσης τῆς Ἀσίας βασιλεύειν [e isso eu preferia muito mais que reinar por toda a Ásia], ainda assim receava merecidamente falhar com meus anseios, se decidisse ganhar a sua benevolência, que eu já observara por meio de um favor como este. Pois qual seria a esperança de um homem obscuro e desconhecido numa carta inculta, bruta, bárbara? O que poderia prometer de si mesmo um jovem ἀμουσός τε καὶ σκοτεινός, καὶ ἀτέχνος μάλα δὴ ξένως ἔχων τῆσδε τῆς καλλιλογίας, πρὸς ἄνδρος ἐν λόγοις εὐδοκιμωτάτου καὶ πάντας ἀνθρώπους ὑπερβεβηκότος ἀρετῇ τε καὶ εὐφυΐα [amuso e obscuro e imperito e completamente alheio às belas letras, diante de um homem estimadíssimo nos discursos, superior a todos os outros em virtude e gênio]? Por isso pensei em adiar esse abuso, enquanto afinava meu estilo. Porém, como Lamy me instava com mais veemência, mesmo arriscando minha reputação, optei por entrar no grupo daqueles que preferem confiar mais nos outros do que em si mesmos. Escrevi então há menos de cinco meses. Porém assim canhestramente, quase sinto vergonha e me arrependi por ter escrito, por não saber o resultado deste percurso, nem pressentido que não terminaria bem, que, por um lado, Budé desdenharia a humildade e o ânimo de um só homem em meio à multidão, e que depois de mal ler a carta, a rejeitaria como das mais ineptas; no entanto não me deixava acreditar nisso o rumor unânime de todos aqueles a quem se deu a chance de fruir do convívio com Budé e que garantiam que, dentre as várias virtudes de Budé, havia ainda uma enorme generosidade inata, ao menos com os expertos ou estudiosos das letras, mesmo tenha um pouco autoridade καὶ τῆς σπάνης [e de frieza] contra aqueles que ele visualmente apresentara vestidos com suas verdadeiras cores em *De Asse*, para apresentá-los aos olhos dos mais eruditos enquanto os acusava perante a corte. Persistia o encorajamento de Lamy, a quem eu não cessava de lastimar como quem não sabia em que parte foram cair seus dados, enquanto ele próprio me inspirava o ânimo a ganhar força, mas até ser temerário.

Dali, γραφή τις νὴ τὸν Δία δεινὴ, ἥν ἔγωγε τὸν ἄνδρα γράψασθαι ἐν νῷ εἶ-
χον, ἧς δὲ οὐκ ἂν ῥᾳδίως φθάνοι ἀπαλλάξαι, μὴ οὐχὶ δίκην, ἥν τιν᾿ ἂν τάτ-
τω, ἐκτετικῶς· ἴσως μὲν οὖν πάντων τῶν αὐτοῦ κτημάτων τὸ ὀλίγιστον
ἀποστερηθείς. Οὐδὲ γὰρ πολλοστημόριον τοῦτο, ὧν χρῆναι αὐτὸν παθεῖν
ἡγούμενος τις ἐν μέλει κρίνοι ἄν. Καὶ δὴ καὶ ἔγωγε ἄν ποτε ἐνθυμησαίμην
ἄν ἔρχεσθαι εἰς τὸ τῶν ὑμῶν τῶν σεμνῶν δικαιοδότων δικαστήριον τὴνδε
δίκην διωξὼν, οὐκ ἂν ἐξαρνῶς ἕξετε (ὡς ἐγῷμαι) ἄνδρα ὀρθῶς ἔχειν πα-
ντελῶς ἐμμένειν ταῖς δίκαις ἅσγε δεδωκότες κατάδηλοι γίγνονται οἱ τῶν
ἀνθρώπων ἄπλους ἐξαπατοῦντες καὶ μηδὲν διημαρτηκότας παραδειγμα-
τιξόμενοι καθ᾿ ὅσον μὲν δὴ ἦν δυναμέως παρ᾿ αὐτοῖς [uma imagem terrível,
por Zeus, que eu pensava em delinear para ele e da qual não poderia escapar
facilmente, sem pagar a pena que determinei, cuja menor marca seria a tomada de todos os seus bens. E isso não seria uma parte ínfima daquilo que
se poderia julgar necessário que ele sofresse. Além disso, se eu tivesse em
mente perseguir a justiça no júri de vocês, augustos juízes, vocês não poderiam negar (assim penso) como é certo esse homem sofrer a justiça que no-
toriamente recebem aqueles que enganam os mais simples e os expõem ao
ridículo, sempre que podem]. E se eu dissesse e provasse que estamos de
acordo nesse assunto? Tenho em mãos o nosso acordo, como você mesmo
leu. E creio que ainda não esqueceu o que lhe escrevi. Em suma, se quisesse
aplicar a esse homem a mais alta lei, não vejo refúgio nem esconderijo em
que poderia se ocultar. Nem cito aqui as muitas testemunhas que eu faria
apresentar, nem os ἀξιοπίστους [confiáveis] acima de qualquer contestação,
que informariam como fui avisado por ele que, se as coisas corressem mal,
eu poderia mover uma ação por dolo. Porém me alonguei demais, quando a
verdade se mostra livremente para ser vista e tocada. Na verdade, quando
soube que a minha carta tinha chegado até você, não é fácil dizer com que
tamanha expectativa de punição se atormenta o meu amigo dia e noite, como posso atestar. Pois eu decidi difundir o litígio ao escrever novamente para você. Por isso tem em mão agora nova carta minha, em que venho pedir
desculpa por bater à sua porta com tão pouco escrúpulo e por não recear
incomodá-lo com estes lamentos, sabendo que você é sobrecarregado de todos os lados pelos tumultos da corte, enquanto busca polir aquele ilustre
Pluto. Ele tem vergonha (e por isso dou parabéns para você), e digo que tem
vergonha de parecer o único ridículo e disforme, ao passo que todas as coisas dos antigos homens retomam seu brilho. Nisso costumo ter um prazer
imenso e me gabo com meus amigos porque um deus tão benigno favoreceu
meus votos. Você já sabe a prece em versos gregos com que terminava minha carta. Nem deixo agora de deprecar, interpelo amiúde àquele Pluto sem-

François Rabelais

pre que me acontece (e vez por outra acontece) de cair sobre aqueles que, ao fim de um ano e meio, nos deixam tão bem formados, aqueles preguiçosos, imperitos, ignorantes, incultos, dissolutos, τὸ τοῦ Ὁμήρου ἐτώσιον ἄχθος ἀρούρης [fardo infértil do campo, segundo Homero]. Mas ele costuma atender a essa gente, a eles entrega a si mesmo e a soma de bens e renomes para ofensa pública. Assim, enquanto sou forçado a engolir com os olhos tal indignidade, costumo atacar esse Pluto e lançar-lhe maldições violentíssimas, além de imprecações nefastas contra ele, que, por ser cego confesso e não menos obtuso na mente que nos olhos, quase louco e demente, incapaz de manter um cuidado econômico prudente, aceita receber tutores que melhor deveriam ser levados perante a família. Pois como fazer com que os bens de um pupilo ou fideicomissos sejam conservados religiosamente, se não dilapidaram até o fim os bens dos avós que legalmente receberam por herança? Pois se Pluto voltar a si e se mostrar aplacado, se eu perceber que se arrepende dos erros, que aspira aos deveres da luz, então hei de aplaudir, hei de insistir, hei de repetir que Budé é o defensor do fulgor e da luz e hei de instilar nos ouvidos algumas palavrinhas gregas que eu poderia aqui acrescentar, mas não são dignas dos olhos de Budé; porém vou escrevê-las assim mesmo, para você não suspeitar que sejam do gênero que aquele impostor usou para se curar da gota:

Καὶ σὺ, τι φῂς, ὦ Πλοῦτε θεῶν μιαρώτατε πάντων;
Σοὶ μῶν νῦν φροντὶς καλλεός ἐστι πέρι;
Τὸν Βουδαῖον ἴοις ἐπ’ ἔκεινονγ’ ὦκα θ’ἤξεις;
Ἄμμι φάους κεν ἔχων εὖχος ἀπειρεσίου.

[Pluto, e tu, o mais impuro dos deuses, que dizes?
Queres agora pensar sobre a beleza talvez?
Vai frequentar o famoso Budé e retorna depressa
para junto de nós com essa luz imortal.]

Mas basta. Adeus e bem me queira. Fontenay, 4 de março [de 1521].
Tanto seu quanto de si próprio,

FRANÇOIS RABELAIS.

Carta a Erasmo

Esta carta, cujo manuscrito se perdeu, só viria a ser publicada postumamente em 1702 em Clarorum virorum epistolae centum ineditae *(Cem cartas inéditas de homens ilustres) de Johannes Brandt, em Amsterdã, e era dirigida a Bernard Salignac, porém é certo que se dirigia a Erasmo de Roterdã (1466-1536), de modo que Salignac devia ser um intermediário, talvez aquele "confiável" que aparece na carta. Felizmente, ainda existe um fac-símile da carta, e a comparação da caligrafia com a daquela endereçada a Budé nos leva a crer que foi escrita também pelo punho de Rabelais. Erasmo, uma das maiores figuras do humanismo, é também uma das maiores influências de toda a obra rabelaisiana.*

O contexto da carta é o seguinte: Erasmo pedira a Georges d'Armagnac que rogasse a Jean de Pins, bispo de Rieux, que emprestasse um manuscrito grego da História dos hebreus *de Flávio Josefo, para que ele traduzisse ao latim. De Pins respondeu que, por ter um negócio com Sébastien Gryphe, não poderia no momento enviar o livro. No mesmo ano, d'Armagnac entregou a Rabelais um manuscrito de Josefo, para que o enviasse a Erasmo. Como resultado, a edição planejada por Erasmo viria à luz em 1534.*

Georges d'Armagnac (c. 1501-1585) era bispo de Rodes e prelado do rei para delegações mais delicadas, e ainda viria a ser cardeal; teve importante trabalho de humanista e foi amigo de Margarida de Navarra. O belga Hilaire Bertolphe era secretário de Erasmo, quando este residia na Basileia, entre 1522 e 1524; em 1532 veio morar em Lyon, depois de ter sido professor também em Toulouse.

Girolamo Aleandro (1480-1542) era arcebispo italiano, também conhecido com Jerônimo Alexandro, e viria a se tornar cardeal em 1536; ele ensinava grego em Orléans entre 1510 e 1511 e depois foi designado pelo papa como núncio adversário de Lutero para sua excomunhão; Erasmo ganhou a inimizade de Aleandro depois de publicar seu diálogo Ciceroniano, *em 1528, numa sátira aos latinistas que só escreviam segundo o cânone das obras do orador romano Cícero.*

O Escalígero em questão é Júlio César Escalígero, nome de Giulio Bordone (1484-1558), filósofo e médico italiano e pai de José Justo Escalígero (1540-1609); ele foi o autor de Oratio pro M. Tullio Cicerone contra Des. Erasmum Roterodamum *(Oração por Marco Túlio Cícero contra Erasmo de Roterdã), publicada em 1531; porém, como vemos, Erasmo pensou primeiro que o autor seria Aleandro, pe-*

François Rabelais

la animosidade já levantada; de fato, os amigos de Erasmo compraram e destruíram os exemplares que foram publicados em Paris.

ἀλεξίκακος ("protetor") é o epíteto tradicional de Héracles.

No começo de 1532 Rabelais havia recebido o título de médico do Hôtel-Dieu de Nôtre-Dame-de-Pitié, em Lyon. Daí a marca em sua assinatura.

RESPEITOSA SAUDAÇÃO,
POR JESUS CRISTO SALVADOR.

Georges d'Armagnac, o ilustríssimo bispo de Rodes, me enviou Φλαυ-ίου Ἰοσήπου ἱστορίαν Ἰουδαικὴν περὶ ἁλώσεως [História dos hebreus, sobre a tomada de Jerusalém, de Flávio Josefo] e pediu, em nome de nossa antiga amizade, que, se por acaso eu encontrasse um homem ἀξιόπιστον [confiável] que partisse na direção do senhor, deveria remetê-la na primeira oportunidade. Foi por isso que aproveitei de bom grado a ocasião e oportunidade, meu pai humaníssimo, de neste alegre ofício demonstrar todo o respeito e piedade que sinto por você. Chamei-o pai, e chamaria também mãe, se sua indulgência assim me concedesse. Pois o que a experiência diária nos ensina sobre as mulheres grávidas, que nutrem seus fetos sem vê-los e os protegem dos ares e ambientes infectos, αὐτ᾽π τοῦτο σύγ᾽ ἔπαθες [você também experimentou], pois me educou, apesar do meu rosto desconhecido e do nome ignóbil, pois me nutriu nos úberes castíssimos da sua divina doutrina, de modo que tudo que sou e valho, se não reconhecer que devo apenas a você, seria o mais ingrato de todos os homens que vivem ou hão de viver. Saúdo você de novo e de novo, pai amorosíssimo, pai e glória da pátria, defensor, ἀλεξίκακος das letras, propugnador invictíssimo da verdade.

Há pouco soube por meio de Hilaire Bertolphe, com quem tenho profunda familiaridade, que você medita sobre como responder às calúnias de Girolamo Aleandro, por suspeita ter escrito contra sua pessoa sob a máscara de um certo Escalígero. Não posso permitir que você permaneça mais tempo nessa tensão, nem que seja enganado por tal suspeita. Escalígero é natural de Verona, daquela família de Escalígeros exilados, ele próprio um exilado. É um médico que trabalha em Agen, homem que conheço bem, οὐ μὰ τὸν Δί᾽ εὐδοκιμασθείς· ἔστι τοίνυν διάβολος ἐκεῖνος, ὡς συνελόντι φάναι, τὰ μὲν ἰατρικὰ οὐκ ἀνεπιστήμων, τἆλλα δὲ πάντῃ πάντως ἄθεος, ὡς οὐκ ἄλλος πώποτ᾽ οὐδείς [mas não estimado, por Zeus! Ele é decerto um diabo; em suma, se não é inexperiente na medicina, por outro lado é de todo ateu, como nunca houve outro igual]. Ainda não pude ver o livro dele, e depois de tantos meses ainda não chegou nenhum exemplar aqui; penso que tenha sido suprimido por gente que lhe quer bem em Paris. Adeus, καὶ εὐτυ- χῶν διατέλει [e siga próspero].

Lyon, 30 de novembro de 1532.

Tanto seu quanto de si próprio,

FRANÇOIS RABELAIS, MÉDICO.

Cartas em francês

Além das cartas e dedicatórias em latim, temos também algumas cartas escritas em francês — num registro erudito, ainda que familiar, e bastante simples em comparação com a potência literária das outras obras — escritas para homens de poder da época. São três cartas escritas de Roma, aqui nomeadas "Cartas da Itália", para Geoffroy d'Estissac, além de mais duas cartas esparsas (a Hullot e du Bellay). Nessas cartas, vemos a importância de François Rabelais na política internacional renascentista e podemos entrever melhor suas posições e alianças, ainda que Rabelais não seja a única fonte, nem a melhor, para termos conhecimento dos acontecimentos em questão.

Cartas da Itália

Rabelais teve uma segunda estada importante em Roma, entre agosto de 1535 e abril de 1536, acompanhando Jean du Bellay, recém-tornado cardeal. Nessa mesma viagem Rabelais buscará ser absolvido pelo papa da apostasia de ter abandonado o hábito beneditino para se tornar um secular, como vemos na "Súplica de Rabelais". Desse período sobreviveram apenas três cartas endereçadas ao seu protetor Geoffroy d'Estissac, bispo de Maillezais (sobre d'Estissac, cf. nota introdutória à "Carta-dedicatória dos Aforismos de Hipócrates*").*

Listo aqui a série de acontecimentos importantes que estão em jogo nestas cartas, a partir de François Moreau (as citações internas são todas de Cooper, Rabelais et l'Italie*): "dissensões em Florença entre os Médici (Alexandre de Médici fora nomeado duque de Florença graças à proteção de Carlos V) e os partidários do restabelecimento das instituições republicanas: 'refugiados em Roma, os adversários dos Médici constituíam um grupo de pressão influente que reclamava a restauração da república e das liberdades florentinas e que ganhou suporte da França, que via em Alexandre um fantoche imperial'; diferendo entre o duque de Ferrara e o papa ('o papa contestava ao duque de Ferrara a posse de seus bens'); a espera da chegada do imperador Carlos V a Roma e narrativa dos preparativos feitos para a sua entrada; derrota dos turcos diante dos persas (derrota que os diplomatas em Roma 'exageraram, persuadidos que ela transformaria o equilíbrio das forças no Oriente Próximo e na Europa Oriental'); ameaça de excomunhão do rei Henrique VIII, com todas as consequências políticas e econômicas que ela poderia criar; riscos de guerra entre Francisco I e Carlos V: 'Francisco I alimentava sempre o projeto de reconquistar Milão e de restabelecer a ascendência francesa na Gália Cisalpina'".*

Apesar de termos manuscritos de algumas cartas, nenhuma delas é com certeza autógrafa, e permanece o dissenso entre os estudiosos.

François Rabelais

Ao senhor de Maillezais (1)

A carta mencionada logo no início foi perdida. Toda referência a cifras diz respeito ao costume de escrever de modo cifrado para esconder dados de possíveis inimigos políticos; como a carta não faz uso dessa prática, Rabelais deixa de dar algumas informações.

O "ofício" de Rabelais era o pedido de absolvição de apostasia (cf. nota introdutória às "Cartas da Itália" e à "Súplica de Rabelais"); esperava há três semanas a chance de marcar as cartas com bulas (selos) de chumbo. Rabelais nos apresenta a petição per Cameram ("por meio da Câmara Apostólica"), em vez de passar, como de praxe, pela Chancelaria; a Corte dos Contraditórios era o tribunal da Cúria vinculado à Chancelaria.

Nestas cartas há uma pletora de figuras históricas que causa vertigem em praticamente qualquer leitor contemporâneo, por isso listo aqui ao menos algum dado sobre as figuras mais importantes do relato. Dom Philippe é provavelmente um clérigo de Maillezais, de resto desconhecido. A senhora d'Estissac era esposa de Louis d'Estissac, sobrinho de Geoffroy d'Estissac. Hieronimo Ghinucci (1480-1541), de Siena, era um homem de confiança do papa Paulo III. Giacomo Simonetta (1475-1539) era um novo cardeal, nomeado junto com du Bellay e Ghinucci em 1535. O senhor de Mâcon é Charles de Hémard de Denonville (1493-1540), bispo e embaixador da França em Roma. O imperador é Carlos V. O "embaixador extraordinário" foi Fernando de Selva, conde de Cifuentes. O cardeal de Siena é Giovanni Piccolomini (1475-1537), arcebispo de Siena. Alessandro Cesarini (?-1542) foi cardeal nomeado por Leão X. Giovanni Salviati (1490-1553) era delegado do papa na França. Niccolò Ridolfi (1501-1550) era um defensor dos interesses franceses e amigo de du Bellay. Giuliano Sorderini (?-1544) era bispo de Saintes desde 1524, também ligado aos franceses. Alexandre de Médici (1510-1537), duque de Florença, viria a ser assassinado por seu primo Lourenço dois anos depois. Filippo Strozzi, o Jovem (1489-1538), tio por aliança de Alexandre e de Catarina de Médici, era um banqueiro de Veneza. Os Fugger eram banqueiros de Habsburgo, mencionados em Gargântua, cap. 8. Innocenzo Cybo (1491-1550) foi cardeal e arcebispo italiano, primo de Alexandre. O sufi é Tamaspe I (1514-1576), rei da Pérsia. O primo de Claude Dodieu, senhor de Vély, o senhor d'Espercieux. O duque de Albany era João Stuart (1481?-1536), que tinha sido enviado a Nápoles em 1525. Barba Ruiva era o apelido de Khair ed-Din (1470-1546), famoso corsário de Francisco I que atacava Car-

los V. O Senhor de Saint-Cerdos não é conhecido. Jeans de Basillac era conselheiro no parlamento de Toulouse. O duque de Ferrara é Hércules II d'Este (1508-1559). O senhor de Limoges é Jean de Langeac (14?-1541), magistrado e diplomata. Renata de França (1510-1575), filha de Luís XII e duquesa de Ferrara, era a protetora de Marot. A Madame de Soubise era Michelle de Saubonne, humanista protestante e protetora de muitas figuras importantes da época. O senhor de Crissé é Jacques Turpin de Crissé (1491-1551), aliado familiar de du Bellay. Lorenzo Orsini (1475/76-1536), também conhecido como Renzo da Ceri, era condottiere do rei da França. Andrea Doria (1466-1560) foi almirante genovês que passou do lado de Francisco I para o de Carlos V; os dados que recebemos nessa passagem já não eram novidade no momento da carta. O Judeu é Sinan Reis (?1533-?), um judeu renegado de Esmirna, Cacciadiavolo foi Audin Reis (?-1535), almirante otomano, ambos corsários a serviço de Barba Ruiva, notáveis na batalha de La Goleta (ou La Goulette), porto de Túnis. O grande mestre de Rodes, piemontês, é Pierre du Pont (c. 1465-1535), grão-mestre da ordem de São João de Jerusalém. O comendador de Fronton era Didier de Saint-Jaille (?-1536), também grão-mestre da ordem de São João, sucedendo Pierre du Pont, e pregador em Toulouse. O duque de Milão era Francesco II Sforza (1495-1535).

A menção aos lansquenetes nos recorda do Saque de Roma em 1527, sob ordens do condestável de Bourbon, quando o condestável acabou morto.

Lermenaud era uma residência de lazer dos bispos de Maillezais. Ripa era um porto de Roma, nas margens do Tibre. Khoi fica no atual Azerbaijão. Bitlis está na atual Turquia. A cidade de Virton sofreu um cerco em 1521, dando início às guerras entre Francisco I e Carlos V.

A expressão latina non solet esse incruenta victoria ("a vitória não costuma vir sem sangue") ecoa Erasmo, Adágios, 3.9.2. Prognosticon de eversione Europae (Prognóstico sobre a transformação da Europa) é atribuída ao astrólogo de Ferrara Antonio Torquato (mais corretamente Arquato). A frase latina mobile mutatur semper cum principe vulgus ("o vulgo sempre muda junto com o príncipe") é distorção de Ovídio, Tristes, 1.9.13.

———

Senhor, eu lhe escrevi no dia 29 de novembro alongadamente e enviei grãos de Nápoles para as suas saladas, de todos os tipos que aqui se come, fora a pimpinela, que não consegui encontrar. Envio-lhe agora, não em grande quantidade, porque não posso carregar o correio demais, mas se o senhor quiser mais, seja para os seus jardins ou para outros fins, basta me escrever, que enviarei. Antes eu havia escrito e enviado as quatro assinaturas concernentes à herança do falecido Dom Philippe, impetradas em nome daqueles que partilham de sua lembrança. Desde então, não recebi uma carta sua que mencionasse haver recebido as tais assinaturas. Recebi, de fato, uma de Lermenaud, quando a senhora d'Estissac por ali passou, na qual o senhor me escrevia sobre como recebeu dois pacotes que eu havia enviado, um de Ferrara, outro da cidade com a cifra que escrevi. Mas, pelo que entendi, o senhor ainda não recebeu o pacote onde estavam as tais assinaturas. Por ora, posso advertir que meu ofício foi concedido e expedido de modo muito melhor e mais seguro do que eu poderia desejar, e tive ajuda e conselho de pessoas de bem, sobretudo do cardeal Ghinnucci, que é juiz do palácio, e do cardeal Simonetta, que era auditor da câmara, muito sábio e erudito em tais assuntos. O papa era da opinião de que eu deveria passar meu ofício *per Cameram* [pela Câmara Apostólica]. Os supracitados eram da opinião de que fosse pela Corte dos Contraditórios, porque *in foro contentioso* [em foro contencioso] ela é irrefragável na França *et quae per contradictoria transiguntur transeunt in rem iudicatam, quae autem per Cameram et impugnari possunt et in iudicium ueniunt* [e o que é regulado pela Corte dos Contraditórios torna-se ponto julgado, enquanto o que passa pela Câmara Apostólica pode ser impugnado e vir a sofrer processo]. Em todo caso, só me resta colocar as bulas *sub plumbo* [sob chumbo]. O senhor cardeal du Bellay junto com o senhor de Mâcon me asseguraram que a composição me seria concedida *gratis*, embora o papa de praxe só conceda *gratis* o que for expedido *per Cameram*. Só restará pagar por referendário, procuradores e outros untadores de pergaminho. Se meu dinheiro é curto, hei de me encomendar à esmola do senhor, pois creio que não partirei daqui antes que parta o imperador. No momento, ele está em Nápoles e deve partir, segundo escreveu ao papa, no dia 6 de janeiro. Toda esta cidade está cheia de espanhóis, e enviaram ao papa expressamente um embaixador extraordinário para avisar-lhe de sua vinda. O papa concede-lhe metade do palácio e todo o burgo de São Pedro para os seus e manda preparar três mil leitos à moda romana, ou seja, com colchões, pois a cidade está desprovida desde o saque dos lansquenetes; e mandou uma provisão de feno, de palha, de aveia, espelta e cevada, tanto quanto se possa achar, e de todo o vinho que chega de Ripa. Penso que vai custar bastante, pela pobreza que agora passa, que é grande e visível, maior do que a de qualquer papa nos últimos trezentos anos. Os romanos ainda não concluíram como devem se governar e amiúde fazem assembleia do senado com os conservadores e o governador, mas não chegam a nenhum consenso. O imperador, por meio do mesmo embaixador, anunciou-lhes que não entende como os seus vivem em discrição, ou seja, sem pagar, mas em discrição do papa; e foi o que mais contrariou o papa, pois este compreende bem que com essa fala o imperador quer ver como e de que maneira ele vai tratar a si e aos seus. O santo pai, por eleição do consistório, enviou até ele dois delegados, a saber, o cardeal de Siena e o cardeal Cesarini. Depois foram também os cardeais Salviati e Ridolfi e o senhor de Soderini junto com eles. Entendo que se deva ao caso de Florença e ao diferendo entre o duque Alexandre de Médici e Filippo Strozzi, no qual o dito duque buscava confiscar bens nada pequenos, pois, segundo os Fugger de Habsburgo na Alemanha, ele seria o mercador mais rico da cristandade e teria enviado pessoas a essa cidade para aprisioná-lo ou dar cabo do problema. Advertido sobre tal empreitada, impetrou ao papa que levasse armas para que seguisse sempre acompanhado de trinta soldados bem armados e a postos. O duque de Florença, segundo entendo, advertido que Strozzi com os supracitados cardeais havia se dirigido até o imperador e que oferecia ao mesmo imperador quatrocentos mil ducados para apenas convocar pessoas que informassem sobre a tirania e maldade do duque, partiu de Florença, nomeou o cardeal Cybo como governador, chegou à cidade no dia seguinte ao Natal, às vinte e três horas, entrou pela porta São Pedro acompanhado de cinquenta cavaleiros ligeiros encouraçados e com lança em riste e cerca de cem arcabuzeiros. O resto do séquito era pequeno e desordenado, e não se fez qualquer acolhida, a não ser pelo embaixador do imperador, que chegou até aquela porta. Uma vez entrado, foi alojado no palácio de São Jorge. Na manhã seguinte partiu, acompanhado como dantes.

Oito dias depois, chegaram as novas nesta cidade, e o santo pai recebeu cartas de diversos lugares sobre como o sufi, rei dos persas, desbaratou a armada do turco. Ontem à noite chegou aqui o sobrinho do senhor de Vély, embaixador da parte do rei perante o imperador, que contou ao senhor cardeal du Bellay que a situação é verdadeira e que foi a maior carnagem dos últimos quatrocentos anos. Pois da parte do turco foram mortos mais de quarenta mil cavaleiros. Considere o número na infantaria do lado do sufi. Pois entre aqueles que não podem fugir, *non solet esse incruenta victoria*. A derrota principal foi perto de uma cidadezinha chamada Khoi, um pouco distante da grande cidade de Tabriz, pela qual disputam o sufi e o turco. A outra aconteceu perto de um lugar chamado Bitlis. O turco dividiu seu exército e enviou parte dele para tomar Khoi. O sufi, ao saber disso, correu com todo seu exército sobre essa parte, sem que eles tomassem tino. Eis que ele teve uma má ideia de dividir sua armada antes da vitória. Os franceses saberiam bem o que dizer, quando antes de Pavia o senhor de Albany retirou a flor e a força do acampamento. Ao saber dessa derrota e desbaratamento, Barba Ruiva partiu para Constantinopla a fim de proteger o país e jurou por seus bons deuses que isso nada tinha a ver com o grande poder do turco.

François Rabelais

Mas o imperador já não tem mais o medo antigo de que o turco chegasse à Sicília como deliberara na primavera. E a cristandade pode descansar por um bom tempo, e aqueles que cobram os dízimos pela Igreja *eo praetextu* [sob pretexto] de que querem se fortalecer contra a vinda do turco hoje carecem de argumentos demonstrativos.

Senhor, recebi a carta do senhor de Saint-Cerdos, escrita em Dijon, pela qual ele me informou do processo que tem ainda pendente nessa corte romana. Eu não ousaria responder-lhe sem me arriscar em incorrer em grande desavença, mas entendo que ele tem todo o direito do mundo e que contra ele se cometeu um erro manifesto, e que deveria vir em pessoa. Pois não existe um processo tão justo que não se perca quando não é solicitado, ainda mais com partes fortes com autoridade de ameaçar os solicitantes que venham a falar. Por culpa da cifra, me poupo de lhe escrever mais, mas muito me desagrada ver o que vejo, dado o bom amor que o senhor tem por ele sobretudo e também porque ele sempre me favoreceu e amou, a meu ver. O senhor de Basilac, conselheiro de Toulouse, veio neste inverno por um motivo menor, mesmo mais velho e desgastado que ele, e conseguiu uma expedição favorável.

Senhor, hoje pela manhã retornou para cá o duque de Ferrara, que tinha ido até o imperador, em Nápoles. Ainda não sei como resultou o acordo no tocante à investidura e ao reconhecimento de suas terras, mas entendo que não retornou muito contente com o imperador. Receio que ele será forçado a empregar os escudos que seu falecido pai lhe deixou, e que o papa e o imperador o depenarão a seu bel-prazer, ainda mais agora que recusou o partido do rei, depois de tardar em entrar na liga do imperador mais de seis meses, apesar dos avisos e ameaças da parte do imperador. De fato, o senhor de Limoges, que estava em Ferrara como embaixador do rei, ao ver que o duque, sem avisar de sua empreitada, partiu até o imperador, retornou à França. Há risco de que a Madame Renata fique em desavença. O mesmo duque tomou dela a governanta Madame de Soubise e mandou que fosse servida por italianos, o que não é bom sinal.

Senhor, há três dias um dos homens do senhor de Crissé chegou aqui como arauto e traz o aviso de que a tropa do senhor Renzo, que tinha ido em socorro de Genebra, foi derrotada pelos homens do duque de Savoia. Com ele vinha um correio de Savoia que traz novas ao imperador. Bem poderia ser *seminarium futuri belli* [a semente da guerra futura]. Pois de bom grado essas pequenas querelas carregam consigo grandes batalhas, como é fácil ver pelas histórias antigas, tanto gregas como romanas, e francesas, tal como é manifesto na batalha travada em Vireton.

Senhor, há quinze dias André Doria, que tinha partido para abastecer aqueles que junto ao imperador mantêm Goleta, perto de Túnis, sobretudo para lhes fornecer água, pois os árabes do país lhes movem guerra contínua e não ousam mais sair do forte, chegou a Nápoles e lá permaneceu apenas três dias com o imperador, depois partiu com 29 galeras. Dizem que para encontrar o Judeu e Cacciadiavolo, que incendiaram boa parte da Sardenha e de Minorca. O grande mestre de Rodes, piemontês, morreu há poucos dias; em seu lugar foi eleito o comandante de Fronton, entre Montauban e Toulouse.

Senhor, envio-lhe um livro de prognósticos em que se absorve toda esta cidade, intitulado *De euersione Europae*. Da minha parte, não vejo nenhum mérito, mas nunca se viu Roma tão entregue a tais vaidades e adivinhações tal como agora. Creio que a causa é que *mobile mutatur semper cum principe vulgus*. Envio-lhe também um almanaque para o ano que vem, 1536. Além disso, envio-lhe a cópia de um breviário que o santo pai decretou recentemente, quando da vinda do imperador. Envio-lhe também a entrada do imperador em Messina e Nápoles e a oração fúnebre que foi feita no enterro do falecido duque de Milão.

Senhor, com toda humildade perante a sua boa graça eu me encomendo, rogando ao nosso Senhor que lhe conceda saúde boa e longa vida. Roma, no dia 30 de dezembro [de 1535].

Do seu humílimo servo,

FRANÇOIS RABELAIS.

François Rabelais

Ao senhor de Maillezais (2)

Esta carta retoma informações da anterior, embora faça menção a outras cartas escritas nesse ínterim que foram perdidas. Anoto em seguida apenas o que ainda não apareceu.

Michel de Parmentier (c. 1481-c. 1561) era de Lyon, mas servia de intermediário para correspondências pela Europa a partir de sua livraria na Basileia, em Écu de Bâle. O governador de Lyon seria Pomponio Trivulzio, segundo François Moreau; no entanto o único senhor de Lyon com esse nome, ao que consta, teria morrido em 1529, de modo que não consegui determinar quem seria o personagem em questão com toda a certeza. Jacques Coeur foi negociante de Burges (1395-1456), tornou-se tesoureiro de Carlos V e com isso passou a ser a figura típica do homem rico. O rei de Portugal é João III (1502-1557), que ocupava o trono desde a morte do pai, Manuel I, o Afortunado (1469-1521); na sequência vemos referências aos criptojudeus e marranos, pois João III estabeleceu a Inquisição em Portugal. Sobre Georges d'Armagnac, cf. nota introdutória à "Carta a Erasmo"; ele chegou a Veneza em 1536 para ser adjunto do senhor de Lavaur.

Rabelais comete algumas confusões, por exemplo, ao afirmar que os embaixadores iam ver o imperador de Nápoles. Também parece confundir o rio Tánais com o Oronte, atual Nahr-el-Asi, na Síria.

O dia da conversão de São Paulo é 25 de janeiro. Lerici fica no golfo de La Spezia. Tauro é um maciço montanhoso no sul da Turquia.

No passeio por Roma, vemos uma série de monumentos. A porta de São Sebastião é a antiga Porta Appia. O Templum Pacis (Templo da Paz) ficava próximo à Basílica de Constantino. O Anfiteatro é o Coliseu. O arco do triunfo é o de Septímio Severo. O palácio de São Marcos, construído com pedras do Coliseu, mais tarde viria a ser o Palácio da República de Veneza.

———

Senhor, eu recebi a carta que me escreveu, datada do segundo dia de dezembro, pela qual compreendi que o senhor recebera meus dois pacotes, um do dia 18, outro do dia 22 de outubro, com as quatro assinaturas que lhe enviei. Em seguida lhe escrevi mais amplamente, no dia 29 de novembro e no dia 30 de dezembro. Creio que agora já deve ter recebido os tais pacotes. Pois o senhor Michel Parmentier, livreiro que vive em Écu de Bâle, me escreveu no dia 5 deste mês que os tinha recebido e enviado a Poitiers. O senhor pode estar certo de que os pacotes que lhe enviarei serão fielmente conduzidos daqui até Lyon. Porque eu os pus no grande pacote encerado, destinado aos ofícios do rei, e quando o correio chega a Lyon, é aberto pelo senhor governador. E assim o seu secretário, que é meu bom amigo, pega o pacote que eu endereço por cima da primeira cobertura ao já dito Michel Parmentier. Então só há dificuldade entre Lyon e Poitiers. É por isso que me atentei em gravá-lo, para que venha com mais segurança até Poitiers por meio dos mensageiros, na esperança de ali ganharem algum tostão. Da minha parte, entretenho diariamente Parmentier com pequenos dons que lhe envio com novas daqui, ou a sua mulher, a fim de que ele seja mais diligente na busca por mercadores e mensageiros de Poitiers que entreguem os pacotes ao senhor. Partilho da firme opinião que o senhor escreve, de que não devem ser entregues às mãos dos banqueiros, por medo de que sejam violados e abertos. Penso que, na primeira vez que o senhor me escrever, deveria também escrever uma palavra a Parmentier e nessa carta mandar-lhe um escudo como consideração pela diligência que teve em me entregar os pacotes do senhor e de lhe entregar os meus. Uma coisa pouca pode por vezes vincular as pessoas de bem e torná-las mais zelosas no porvir, quando se tratar de um caso urgente.

Senhor, eu ainda não entreguei a sua carta ao senhor de Soderini, pois este não retornou de Nápoles, aonde tinha ido com os cardeais Salviati e Ridolfi. Em dois dias deve chegar aqui. Entregarei a carta e solicitarei por resposta, depois remeterei ao senhor no primeiro correio a ser despachado. Ouvi dizer que os assuntos deles não tiveram do imperador o apoio esperado e que o imperador lhes disse peremptoriamente diante do pedido deles e da instância do falecido papa Clemente, aliado e parente próximo deles, que havia decidido com Alexandre de Médici, duque das terras de Florença e Pisa, aquilo que nunca tinha pensado em fazer nem faria. Destituí-lo agora seria ato de malabarista, que se faz e desfaz. Que eles se resolvessem, portanto, em reconhecê-lo como duque e senhor e lhe obedecessem como vassalos e súditos, pois assim não cometeriam um erro. Quanto aos pedidos que faziam contra o duque, ele tomou conhecimento naquele momento. Pois pretende, depois de pernoitar por algum tempo em Roma, passar por Siena e de lá até Florença, Bolonha, Milão e Gênova. Assim retornam os cardeais, junto com o senhor Soderini, Strozzi e mais alguns outros, *re infecta* [nada feito]. No

François Rabelais

dia 13 deste mês, retornaram os cardeais de Siena e Cesarini, que tinham sido eleitos pelo papa, e todo o colégio para embaixadores para o imperador. Tanto fizeram que o imperador postergou sua vinda a Roma até o fim de fevereiro. Se eu tivesse tantos escudos quanto o papa pretende dar dias de perdão, *proprio motu, de plenitudine potestatis* [por desejo próprio, na plenitude de seu poder], e outras circunstâncias favoráveis a todo aquele que deseje adiar por cinco ou seis anos, eu seria mais rico do que jamais fora Jacques Coeur. Começaram nesta cidade um grande preparativo para recebê-lo. E fizeram por ordens do papa um caminho novo por onde ele deve entrar, a saber, pela porta de São Sebastião, indo ao Capitólio, *Templum Pacis* e Anfiteatro, até passar pelos antigos arcos triunfais de Constantino, de Vespasiano, de Tito, de Numeciano e de outros, depois perto do palácio de São Marcos e dali até o Campo dei Fiori, diante do palácio de Farnese, onde costumava morar o papa, depois pelos bancos e por baixo do castelo de Santo Ângelo; para aplainar e regular o caminho demoliram e derrubaram mais de duzentas casas e três ou quatro igrejas por terra. O que muitos interpretam como mau agouro. No dia da conversão de São Paulo, nosso santo pai foi ouvir a missa em São Paulo e organizou um banquete para todos os cardeais. Depois de comer, retornou passando pelo caminho supracitado e se alojou no palácio de São Jorge. Mas dá pena de ver a ruína das casas que foram demolidas sem que fosse feito qualquer pagamento ou recompensa aos seus donos. Hoje chegaram aqui os embaixadores de Veneza, quatro bons velhos, todos grisalhos, que seguem até o imperador em Nápoles. O papa enviou toda sua família à frente deles, cubiculários, camareiros, chanceleres, lansquenetes etc., e os cardeais enviaram suas mulas com arnês pontifical. No dia 7 deste mês, também foram assim recebidos os embaixadores de Siena em ordem e, depois que fizeram sua arenga em consistório aberto e que o papa lhes respondeu em bom latim, logo partiram para Nápoles. Acredito que de toda a Itália partirão embaixadores até o imperador, que sabem muito bem cumprir seu papel para ganhar dinheiro, como se descobriu dez dias atrás, mas ainda não estou muito certo da finesse que ele teria praticado em Nápoles. Sobre isso ainda escreverei. O príncipe de Piemonte, caçula do duque de Savoia, morreu em Nápoles há quinze dias. O imperador mandou fazer por ele exéquias honorabilíssimas e assistiu pessoalmente. O rei de Portugal há seis dias ordenou ao seu embaixador em Roma que, assim que recebesse a carta, deveria vir ter consigo em Portugal, o que ele cumpriu na hora, preparado e aprumado para dizer adeus ao reverendíssimo senhor cardeal du Bellay. Dois dias depois, foi morto em plena luz do dia, perto da Ponte Santo Ângelo, um cavalheiro português que solicitava naquela cidade pela comunidade de judeus que fossem batizados sob o rei Manuel e depois foram molestados pelo atual rei de Portugal para a sucessão de seus bens quando morrem, além de outras exações que ele comenta contra ele, sem falar no edito e ordenança do falecido rei Emanuel. Desconfio que em Portugal ocorra alguma sedição.

Senhor, no último pacote que lhe enviei eu informava como parte da armada do turco tinha sido derrotada pelo sufi, perto de Bitlis. O turco não tardou em ter sua revanche. Pois dois meses depois atacou o sufi na mais extrema fúria que jamais se viu e, depois de deitar em fogo e sangue um grande país da Mesopotâmia, rechaçou o sufi para além da montanha de Tauro. Agora manda fazer galeras sobre o rio Tánais, por onde poderão descer até Constantinopla. Barba Ruiva ainda não partiu de Constantinopla para manter o país em segurança e deixou algumas guarnições em Bona e Argélia, para o caso de o imperador decidir atacar. Eu envio ao senhor um retrato dele feito ao vivo e também a situação de Túnis e das cidades marítimas ao redor.

Os lansquenetes que o imperador enviou ao ducado de Milão para manter as praças fortificadas, todos se afogaram e morreram no mar, no número de mil e duzentos, num dos maiores e mais belos navios de Gênova. Isso aconteceu perto de um porto de Lucca chamado Lerici. A ocasião se deu porque se entediavam no mar e, querendo chegar a terra, porém sem conseguirem, por causa das tempestades e do mau tempo, pensaram que o piloto da nau quisesse tardá-los sem atracar. Por isso o mataram junto com outros dos principais da barca. Mortos, a barca ficou sem governante e, em vez de baixar velas, os lansquenetes as subiram, como homens sem prática na marinha, e nesse desarranjo morreram a poucos metros do porto.

Senhor, eu fiquei sabendo que o senhor de Lavaur, que era embaixador do rei em Veneza, obteve licença de retornar à França. Em seu lugar, vai o senhor de Rodes e já tem seu séquito em Lyon, pronto para quando o rei lhe enviar suas resoluções.

Senhor, tanto quanto posso, entrego-me humildemente à sua boa graça, rogando ao nosso Senhor que lhe conceda saúde boa e longa vida. Em Roma, 28 de janeiro de 1536.

Seu humílimo servo,

FRANÇOIS RABELAIS.

Ao senhor de Maillezais (3)

Esta carta também retoma informações da anterior, embora faça menção a outras cartas escritas nesse ínterim que foram perdidas. Anoto apenas o que ainda não apareceu. Os assuntos de Rabelais aqui mencionados sem explicação são sua aproximação ao papa Paulo III para pedir absolvição de sua apostasia da ordem beneditina, como podemos ver na "Súplica de Rabelais".

O senhor de Montreuil é Adrien Vernon, senhor de Montreuil-Bonnin, nobre da câmara da corte de Francisco I. Tremelière é René du Bellay (c. 1507-1551), senhor de La Turmelière, irmão do poeta Joachim du Bellay. O cardeal de Lorraine é Jean de Lorraine (1498-1550), também conhecido como João de Lorena, a quem Francisco I queria entregar uma delegação, para desgosto de Jean du Bellay. Margarida de Parma (1522-1586), filha de Carlos V, se casou com Alexandre de Médici em 1536. O príncipe de Salerno era Ferrante de Sanseverino (1507-1568). O vice-rei de Nápoles era Pedro Álvarez de Toledo (1484-1553), marquês de Villafranca. O marquês de Vasto era Alfonso II d'Avalos d'Aquino (1502-1546). O duque de Alba era Fernando Álvarez de Toledo (1507-1582). Pasquim (original Paschino) era uma estátua mutilada em frente ao palácio do cardeal Caraffa, os romanos costumavam pregar nela cartazes satíricos. Os filhos de Renata de França com Hércules II d'Este eram, até o momento, Ana d'Este, Alfonso II de Ferrara e Lucrezia Maria d'Este, a recém-nascida. Lyon Jamet era senhor de Chambrun e secretário de Renata de França e do duque de Ferrara; também foi poeta, e a ele é dedicada uma famosa epístola de Clément Marot. Pier Luigi Farnese (1503-1547), também conhecido como Pedro Luís Farnésio, foi duque de Parma, era de fato filho ilegítimo do papa Paulo III. A irmã do papa era Giulia Farnese (1474-1524), também conhecida como Júlia Farnésio; foi amante do papa Alexandre VI e esposa de Orsino Orsini (1474-1524), e teria servido de modelo para Pinturicchio pintar a Virgem numa porta do palácio do Vaticano. Por sua vez, Orsino era primo do Senhor Renzo da Ceri. Os somistas eram funcionários da Chancelaria. Rabelais, ao contar a história da irmã de Alessandro Farnese, o papa Paulo III (1468-1549), acaba confundindo a história de duas irmãs diferentes. A filha do papa, quando ainda cardeal, chamou-se Constanza Farnese; casou-se com Bosio II Sforza (c. 1505-c. 1535), conde de Santa Fiore. O cardeal de Santa Fiore era Guido Ascanio Sforza (1518-1564), "cardealzinho" por ganhar o cargo com 14 anos. A filha do conde de Cerveteri era Gerolama Orsini (1504-1570). O falecido cardeal de Médici foi Hipólito de Médici (1511-1535), que teria morri-

do de malária, embora haja rumores de que teria sido envenenado quando se preparava para denunciar os abusos de Alexandre de Médici, duque de Florença. Gian Paolo de Ceri, ou dell'Aguillara da Ceri, era filho de Renzo da Ceri. O senhor de Rambouillet é Jacques d'Angennes (?-1562), e fazia parte da casa de Jean du Bellay. O abade de Saint-Nicaise era Charles Juvénal des Ursins, também membro da casa de du Bellay. Os protonotários eram oficiais da corte romana. O cardeal de Trento era Bernhard von Cles (1485-1539), também conhecido como Bernardo Clésio; ele demandou o novo concílio. O cardeal camerlengo era Agostino Spinola (1482-1537), bispo de Savona e de Perugia. A rainha da Inglaterra era Catarina de Aragão, esposa de Henrique VIII, morta em 7 de janeiro de 1536; sua filha é Maria Tudor (1516-1558), que aparentemente não estava tão doente, já que veio a ser rainha em 1553 (é importante notar que Franciso I não era favorável à excomunhão de Henrique VIII, porque geraria problemas comerciais; graças a sua pressão, Henrique VIII só viria a ser excomungado em junho de 1538).

Ligugé era a residência favorita de Geoffroy d'Estissac. Belvedere era a residência de verão dos papas, e seu jardim secreto ligava o pavilhão ao Vaticano. O Ducado de Cândia é o antigo nome de Creta sob reinado italiano. La Rocca era uma fortificação para reinar sobre Florença. O Castel Capuano é hoje o Palácio da Justiça. Recanati fica na província de Macerata. Pontoise era uma castelania a cargo de Renzo da Ceri, depois passada a seu filho Gian Paolo. Cerveteri é o nome atual da antiga Ceri.

Real, angelot e salut são moedas de ouro francesas e inglesas, assim como os escudos de sol. O chantonnet é um dístico satírico.

Fiat é uma palavra de conformidade.

———

Senhor, eu lhe escrevi no dia 28 do mês de janeiro passado detalhadamente sobre tudo que soube de novo por meio de um nobre servidor do senhor de Montreuil chamado Tremelière, que retornava de Nápoles, onde tinha comprado alguns corcéis do reino para seu mestre, que retornava a Lyon com urgência ao seu senhor. No mesmo dia recebi o pacote que o senhor decidiu me mandar de Ligugé, datado do dia 10 do mesmo mês. Nele você pode tomar conhecimento da ordem que dei em Lyon, no que toca a paga pela sua carta, por me ser aqui entregue com segurança e rapidez. Sua carta e o pacote foram passados a Écu de Bâle no dia 21 do mesmo mês, no dia 28 me foram entregues. E para manter em Lyon (já que é o lugar e local principal) a diligência que realiza o livreiro de Écu de Bâle neste ofício, reitero o que escrevi no meu pacote que, se porventura sobreviessem casos de maior importância de agora em diante, penso que já na primeira vez que o senhor

François Rabelais

me escrever convém escrever a ele alguma palavrinha numa carta e nela in-
serir algum escudo de sol, ou alguma outra peça d'antanho, tal como real,
angelot, ou salut etc., em consideração pelo trabalho e pelo empenho que ele
demonstra. Com tão pouca coisa, nele há de crescer mais e mais a afeição de
lhe servir. Para responder à sua carta ponto por ponto mandei buscar dedi-
cadamente os registros do palácio a partir do momento em que o senhor me
enviou, a saber, no ano de 1529, 30 e 31, para descobrir se era possível encontrar a ata de resignação do falecido Dom Philippe ao seu sobrinho, e entreguei aos clérigos do registro dois escudos de sol, que é bem pouco dado o
grande e fastidioso labor que tiveram. Em suma, não encontraram nada, nem
fiquei sabendo de qualquer nova de suas procurações. Por isso duvido que
haja trapaça em seu caso, ou as memórias que o senhor me escreveu não
eram suficientes para encontrá-la. Ademais será necessário, para ter garan-
tia, que o senhor me mande *cuius diocesis* [de que diocese] era o finado Dom
Philippe e qualquer outra coisa que tenha ouvido, para esclarecer o caso e a
matéria. Como se fosse *pure et simpliciter* [pura e simplesmente] ou *causa
permutationis* [por motivo de mudança] etc.

Senhor, no que toca ao artigo sobre o qual lhe escrevi a resposta do senhor cardeal du Bellay, que ele me concedeu quando apresentei as cartas do
senhor, não há por que se enfastiar. O senhor de Mâcon lhe escreveu tudo
que há a respeito. E não estamos preparados para ter um legado na França.
É bem verdade que o rei apresentou ao papa o cardeal de Lorraine, mas creio
que o cardeal du Bellay tentará de todos os modos tê-lo para si. O antigo
provérbio diz *nemo sibi secundus* [ninguém fica em segundo para si mesmo],
e vejo certos meneios serem feitos, pelos quais o cardeal du Bellay emprega-
rá o papa a seu favor e o fará convencer o rei. Portanto, não se enfastie se a
resposta foi um tanto ambígua para o senhor.

Senhor, no tocante aos grãos que lhe enviei, posso bem assegurar que
são os melhores de Nápoles e que o santo pai os manda semear em seu jardim secreto de Belvedere. Outros tipos de saladas não existem por aqui, além
de agrião e erva-armola. Mas as de Ligugé me parecem igualmente boas e
um pouco mais doces e agradáveis ao estômago, ainda mais para sua pessoa,
pois as de Nápoles me parecem muito ardidas e duras. Quanto à estação e
às semeaduras, será necessário avisar aos seus jardineiros que eles não as se-
meiem muito cedo tal como fazem por aqui, pois o clima não está tão avançado no calor como o de cá. Eles não podem deixar de semear suas saladas
duas vezes ao ano, a saber, na Quaresma e em novembro, e os cardos podem

ser semeados em agosto e setembro; os melões, abóboras e outros em março, protegidos em certos dias com junco e esterco leve, não de todo podre, quando houver risco de geada. Vendem aqui ainda outros grãos, tais como cravo de Alexandria, julianas-dos-jardins, uma erva que usam no verão para manter os cômodos frescos e que eles chamam de *belvedere*, e outros de medicina, porém isso seria mais para a senhora d'Estissac. Se quiser, enviarei todos sem falta. Mas sou constrangido a recorrer às suas esmolas, pois os trinta escudos que o senhor mandou me entregar quase chegaram ao fim, mesmo sem ter despendido nada em maus atos nem para minha boca, pois bebo e como ordinariamente na casa do senhor cardeal du Bellay, ou do senhor de Mâcon. Porém nessas ninharias com missivas e aluguel de móveis e manutenção de vestimenta lá se vai muito dinheiro, ainda que eu me regule o mais moderadamente possível. Se o senhor desejar me enviar uma carta de câmbio, espero usá-la apenas em seu serviço, e não ser ingrato. Quanto ao resto, vejo nesta cidade todo tipo de mirífico a bom preço, trazidos de Chipre, de Cândia e de Constantinopla. Se julgar interessante, enviar-lhe-ei o que vir de conveniente, tanto ao senhor quanto à senhora d'Estissac. O porto daqui até Lyon não custa nada. Graças a Deus, expedi todos os meus ofícios, e não me custou mais que a expedição das bulas. O santo pai me deu de bom grado a composição e creio que o senhor considerará esse meio muito bom. E não impetrei por meio delas nada que não fosse civil e jurídico. Mas foi necessário usar de bons conselhos para as formalidades. E ouso até dizer que em quase nada empreguei o senhor cardeal du Bellay, nem o senhor embaixador, embora por graça eles se tenham oferecido a empregar não apenas suas palavras e favor, como também o nome do rei.

Senhor, ainda não entreguei sua primeira carta ao senhor de Soderini, porque ele ainda não retornou de Nápoles, aonde tinha ido, como já escrevi. Ele deve estar aqui dentro de três dias. Então hei de entregar-lhe a primeira carta e alguns dias depois entregarei a segunda e solicitarei pela resposta. Entendo que nem ele nem os cardeais Salviati e Ridolfi, nem Filippo Strozzi com seus escudos tenham feito qualquer coisa ante o imperador, muito embora quisessem entregar em nome de todos os exilados e banidos de Florença um milhão de ouro contado, terminar La Rocca começada em Florença e manter infinitamente com guarnições suficientes em nome do imperador e a cada ano pagar-lhe cem mil ducados, na condição de que ele remitisse aos bens deles as terras e a liberdade primeira. Pelo contrário, o duque de Florença foi recebido por ele com todas as honras, na sua primeira vinda o imperador saiu perante ele e *post manus oscula* [depois do beija-mão] mandou

François Rabelais

conduzi-lo até o Castel Capuano na cidade em que se aloja sua filha bastarda e noiva do duque de Florença, pelo príncipe de Salerno, o vice-rei de Nápoles, o marquês de Vasto, o duque de Alba e outros homens de poder de sua corte; e lá parlamentou o quanto a desejava, beijou-a e ceou com ela. Depois disso os supracitados cardeais bispo de Soderini e Strozzi não cessaram de solicitá-la. O imperador o liberou por resolução final, quando da chegada à cidade. Em La Rocca, que é uma praça forte maravilhosa que o duque de Florença construiu em Florença, em cujo pórtico mandou pintar uma águia que tem asas tão grandes quanto os moinhos de vento de Mirebalais, como que afirmando e dando a entender que só atende ao imperador. E tão finamente procedeu em sua tirania, que os florentinos atestaram *nomine communitatis* [em nome da comunidade] diante do imperador que não querem outro senhor que não ele. É verdade que castigou os exilados e banidos. Pasquim fez depois disso um *chantonnet* em que diz a Strozzi: *pugna pro patria* [lute pela pátria]. A Alexandre; duque de Florença: *datum serua* [conserve o que foi dado]. Ao imperador: *quae nocitura tenes quamuis sint chara relinque* [largue aquilo que te ofende, mesmo que lhe seja caro]. Ao rei: *quod potes id tenta* [tente o que for possível]. Aos dois cardeais Salviati e Ridolfi: *hos breuitas sensus fecit coniungere binos* [e a falta de bom senso que uniu esses dois].

Senhor, quanto ao duque de Ferrara, eu lhe escrevi como ele tinha retornado de Nápoles e se retirado em Ferrara. A senhora Renata pariu uma menina, ela tinha já outra filha de seis a sete anos e um filhinho de três anos. Ele não pode concordar com o papa porque lhe demandava uma excessiva soma de dinheiro para a investidura de suas terras, não obstante tenha rebaixado cinquenta mil escudos pelo amor daquela senhora e pelos trabalhos dos senhores cardeais du Bellay e de Mâcon para sempre acrescer a afeição conjugal do duque de Ferrara por ela. E foi por essa causa que Lyon Jamet veio a essa cidade, e não restavam mais que cento e cinquenta mil escudos. Porém não se acordaram porque o papa queria que ele reconhecesse inteiramente ter e possuir todas as suas terras em feudo ou sede apostólica. Esse quis e queria reconhecer apenas aquelas que seu finado pai tinha reconhecido e que o imperador havia anexado a Bolonha por arresto, no tempo do falecido papa Clemente. Assim partiu, *re infecta* [nada feito], e foi até o imperador, que lhe prometeu que na sua vinda faria com que o papa consentisse com o ponto acordado no já mencionado arresto e que ele se retirasse em sua casa, deixando embaixada para solicitar o assunto quanto já estivesse de lá, e que não pagasse a soma acertada sem antes adverti-lo por inteiro. O detalhe está no fato de que o imperador, por falta de dinheiro, o procura por todos os lados e taxa todo mundo que pode e toma emprestado de toda parte. Quando estiver aqui, pedirá ao papa, coisa bem evidente, porque demonstrará como fez todas essas guerras contra o turco e Barba Ruiva para garantir a segurança da Itália e do papa e que forçosamente este deve contribuir. O papa responderá que não tem dinheiro e dará prova manifesta de sua pobreza. Então o imperador, sem que o outro desembolse nada, pedirá ao duque de Ferrara, que não tem para mais um *Fiat*. Eis então como as coisas se dão por mistérios. No entanto, nada está certo.

O Senhor me pergunta se o senhor Pier Luigi Farnese é filho legítimo ou bastardo do papa Paulo III. Saiba que o papa nunca foi casado, ou seja, que o tal é realmente bastardo. E tinha o papa uma irmã maravilhosamente bela. Vê-se até hoje no palácio, no corpo dessa casa onde estão os somistas que o papa Alexandre mandou fazer, uma imagem de Nossa Senhora que dizem ter sido feita segundo a imagem e semelhança dela. Ela se casou com um nobre primo do senhor Renzo, que, quando o papa esteve na guerra para a expedição de Nápoles, pôde vê-la; o senhor Renzo informou ao primo, afirmando-lhe que não devia permitir tal injúria se realizar em sua família por um papa espanhol, e que então este se controlasse, ou ele mesmo o controlaria. No fim das contas a matou. Ao saber disso, o papa Paulo III ofereceu condolências ao papa Alexandre VI. O qual, para amenizar sua dor e luto o nomeou cardeal ainda bem jovem e lhe concedeu outros bens. Naquela época, o papa mantinha uma senhora romana da casa Ruffini e dela teve uma filha que se casou com o senhor Bosio, conde de Santa Fiore, que morreu nessa cidade depois que aqui cheguei; dela ele teve um dos pequenos cardeais que chamamos de cardeal de Santa Fiore. *Item* teve um filho que é o supradito Pier Luigi de que o senhor perguntou, que desposou a filha do conde de Cerveteri, com quem encheu a lareira de filhos e, entre outros, o pequeno cardealzinho Farnese, que foi nomeado vice-chanceler com a morte do finado cardeal de Médici. Pela fala acima, o senhor pode depreender a causa pela qual o papa não amava nem um pouco o senhor Renzo e, *uice uersa*, o dito Renzo não se fiava nele; por isso há grande querela entre o senhor Gian Paolo Orsini, filho do senhor Renzo, e o supracitado Pier Luigi, porque ele quer vingar a morte de sua tia. Mas quanto ao senhor Renzo, ele está quite, pois morreu no dia 11 deste mês, quando estava numa caça em que se divertia muito, apesar de muito velho. A ocasião foi que ele tinha adquirido alguns cavalos turcos nas feiras de Recanati e levou um deles para a caça, um que tinha boca mole, de modo que se revirou em cima dele e o arção sobre a sela o asfixiou, depois desse caso não viveu mais que meia hora. Foi uma grande perda para os franceses, e o rei perdeu um bom servidor para a Itália. Com razão dizem que o senhor Gian Paolo, seu filho, não valerá menos no futuro, porém por muito tempo não terá a mesma experiência em armas, nem a mesma reputação entre capitães e soldados como tinha o finado bom homem. Eu queria de coração que o senhor d'Estissac conservasse de seus despojos o condado de Pontoise, pois dizem que dá bom lucro. Para assistir às exéquias e consolar a marquesa sua esposa, o senhor cardeal enviou até Cerveteri, que fica a vinte milhas de distância da cidade, o senhor Rambouillet e o abade de Saint-Nicaise, que era parente próximo do defunto (creio que o senhor já o viu na corte, é um homenzinho todo alerta que chamavam de arquidiácono dos Ursin) e outros de seus protonotários. O mesmo fez o senhor de Mâcon.

Senhor, deixo para outro momento escrever-lhe informando com mais detalhes sobre as novas do imperador, pois sua empreitada ainda não foi bem revelada. Ele ainda está em Nápoles, esperam-no aqui para o fim deste mês e preparam grandes aparatos para sua chegada e vários arcos triunfais. Os quatro marechais de seus alojamentos estão já há muito tempo na cidade: dois espanhóis, um borgonhês e um flamengo. Dá pena ver as ruínas das igrejas, palácios e casas que o papa manda demolir e arrasar para retificar e aplainar o caminho. Para os gastos com o resto, taxou e tomou dinheiro do Colégio de Senhores e Cardeais, dos oficiais cortesãos, dos artesãos da cidade e até dos agueiros. A cidade inteira está cheia de estrangeiros. No dia 5 deste mês, chegou aqui por ordens do imperador o cardeal de Trento, *Tridentinus* na Alemanha, com grande séquito mais suntuoso que o do papa. Em sua companhia havia mais de cem alemães vestidos com uma tal pompa, a saber, com mantos vermelhos e fita amarela, e tinha na manga direita em bordadura figurado um feixe de trigo ligado, em cuja volta estava escrito *unitas* [unidade]. Compreendo que ele busca com tudo a paz e a conciliação por toda a cristandade, e o concílio em todos os casos. Eu estava presente quando ele disse ao senhor cardeal du Bellay: "O santo pai, os cardeais, bispos e prelados da Igreja recusam o concílio e não querem nem ouvir falar dele, mesmo que sejam convidados pelo braço secular; porém vejo um tempo próximo em que os prelados da Igreja serão constrangidos a demandá-lo, e os seculares não vão querer compreender. Isso acontecerá quando tiverem tomado da Igreja todo bem e patrimônio que antes tinham dado na época em que com frequentes concílios os eclesiásticos mantinham a paz e a união entre os seculares". Andrea Doria chegou à cidade no dia 3 deste mês em má situação. Não lhe fizeram honras na chegada, a não ser pelo fato de o senhor Pier Luigi tê-lo conduzido até o palácio do cardeal camerlengo, que é genovês da família e casa de Spinola. No dia seguinte saudou o papa e partiu no dia posterior seguinte até Gênova por ordem do imperador para sentir no vento que corre pela França o que se faz da guerra. Tivemos aqui também o informe da morte da velha rainha da Inglaterra e dizem ainda por cima que sua filha está muito adoentada. Seja como for, a bula que se forjou contra o rei da Inglaterra para excomungá-lo, interditar e proscrever seu reino, como já lhe escrevi, não passou pelo consistório por causa dos artigos *de commeatibus externorum et commerciis mutuis* [sobre importações e comércio mútuo]. A eles se opuseram o senhor cardeal du Bellay e o senhor de Mâcon, por interesse do rei. Postergaram para a vinda do imperador.

Senhor, humilissimamente me entrego a sua boa graça, rogando ao nosso Senhor que lhe conceda saúde boa e longa vida. Em Roma, no dia 15 de fevereiro de 1536.

Seu humílimo servo,

FRANÇOIS RABELAIS.

Carta a Antoine Hullot

Antoine Hullot era senhor de Cour-Compin e trabalhava como advogado em Orléans, onde representou os interesses dos mercadores e barqueiros do Loire contra Gaucher de Saint-Marthe, senhor de Lerné, no litígio que deu origem à guerra picrocolina em Gargântua, cap. 25 *(cf. nota introdutória). Sabemos que Rabelais escreveu esta carta enquanto acompanhava Guillaume du Bellay, senhor de Langey, numa viagem a Piémont em 1542. Como ele mesmo afirma, estava em Saint-Ay, entre Orléans e Meung-sur-Loire, na casa de Étienne Lorenz, onde viria a ficar novamente nos anos de 1543 e 1544 e escreveria o* Terceiro livro. *Existe uma cópia do séc. XVI desta carta na Biblioteca Nacional em Paris e uma transcrição dela feita por Dupuy, em 1609. Os tratamentos de reverendo e paternidade eram típicos para altos postos eclesiásticos.*

A abertura da carta é citação de um trecho da Farce de maistre Pathelin, *vv. 959-61, em latim macarrônico, que assim traduzo: "Ei, Pai Reverendíssimo, como anda essa brasa? O que há de novo? E Paris não tem ovo?". O peixe ciprinida que se pega pelo cabelo é o barbo.*

A expressão de ueteri iure enucleando *("sobre como desentranhar o antigo jus") faz trocadilho com o som francês de* jus, *que pode ser a lei ou o sumo do vinho.* Sangreal *(grafa-se idêntico em francês) une numa só palavra um pastiche com o Santo Graal e com o sangue real; aparece também no* Quarto livro, cap. 42. Ergo ueni Domine, et noli tardare *("Venha portanto, senhor, e não tarde") é frase latina tirada do* Alleluia *no quarto domingo do Advento.*

Pailleron foi o encarregado da administração e dos impostos na eleição de Orléans. François Daniel era meirinho de Saint-Laurent-des-Orgerils-lez-Orléans, foi amigo de Calvino na faculdade de direito de Orléans. O selador é Claude Framberge, que cuidava do selo episcopal, também foi colega de Daniel e de Calvino.

He Pater Reverendissime, quomodo bruslis, quae noua? Parisius non sunt oua? Essas palavras apresentadas para o senhor reverendo, transladadas do pathelinês ao nosso vulgar orléanês querem dizer o mesmo que se eu dissesse:

— Senhor, seja muitíssimo bem-vindo das núpcias, da festa, de Paris! Se a virtude de Deus lhe inspirou a transportar a própria paternidade até esta eremitagem, deve ter belas coisas para nos contar: assim o senhor concederia ao dono do lugar certas espécies de peixes ciprinidas que se pegam pelos cabelos. Fará isso não quando o senhor queira, mas quando o trouxer a vontade daquele grande, bom, piedoso Deus, que jamais criou a Quaresma, mas sim as saladas, arenques, merluzes, carpas, lúcios, alburnetes, percas, brecas, espinhelas etc. *Item* os bons vinhos, principalmente aquele *de ueteri iure enucleando*, que aqui guardamos para sua vinda que nem um sangreal e uma segunda, ou seja, quinta essência. *Ergo ueni Domine, et noli tardare*, escuto *saluis saluandis id est, hoc est* [salvando o que deve ser salvo, ou seja], sem se incomodar, nem se distrair do seus deveres mais urgentes.

Senhor, depois de me entregar de todo o coração à sua boa graça, rogarei ao Nosso Senhor que o conserve em perfeita saúde. De Saint-Ay, no primeiro dia de março [de 1542].

Seu humilde arquitriclino, servidor e amigo

FRANÇOIS RABELAIS, médico.

Senhor, o recém-eleito Pailleron encontrará aqui minhas humildes recomendações a sua boa graça, bem como à dama do eleito e ao senhor meirinho Daniel e a todos os outros bons amigos e ao senhor mesmo. Rogarei ao senhor selador que me envie o *Platão* que tinha me emprestado. Eu devolverei sem demora.

Ao senhor meirinho do meirinho dos meirinhos.
Senhor mestre Antoine Hullot, senhor de Court-Compin, em cristandade.
Em Orléans.

Carta ao cardeal du Bellay

Sobre Jean du Bellay, cf. nota introdutória à "Carta-dedicatória da Topografia da antiga Roma de Marliani". A carta foi escrita durante sua estada de exílio em Metz, entre 1546 e 1547, depois de publicar o Terceiro livro, para se proteger dos ataques da Sorbonne, numa residência de Étienne Lorenz (cf. nota introdutória da "Carta a Antoine Hullot"), onde foi nomeado em 25 de abril de 1546 como conselheiro da cidade de Metz, com um salário de 120 libras anuais. Havia o original da carta, provavelmente autógrafa, que infelizmente foi roubado ainda no século XIX, de modo que hoje temos apenas sua cópia na Biblioteca Bouhier, na Faculdade de Medicina de Montpellier.

———

Senhor, se quando veio aqui pela última vez o senhor de Saint-Ay eu tivesse tido a comodidade de lhe saudar na partida, não sofreria agora tanta necessidade e ansiedade, como ele bem poderá lhe explicar em detalhes. Pois me afirmou que de bom grado o senhor me concederia uma esmola, ao ver que um homem de confiança viesse daí. Com certeza, meu senhor, se não tiver piedade de mim, não sei mais o que fazer, a não ser num desespero final me submeter a alguém daí, para dano e perda evidente de meus estudos. Não é possível viver mais frugalmente do que eu. E saiba que, com o pouco que o senhor me concede do tanto que Deus lhe pôs nas mãos, consigo viver e me manter honestamente, tal como sempre fiz até hoje para a honra da casa em que estive ao partir da França. Meu senhor, eu me entrego humilissimamente a sua boa graça e rogo ao Nosso Senhor que lhe conceda perfeita saúde boníssima e uma longa vida.

De Metz, 6 de fevereiro [de 1547].

Seu humílimo servidor,

FRANÇOIS RABELAIS, médico.

Súplica de Rabelais (*Supplicatio Rabelaesi*)

Chegaram até nós três súplicas latinas supostamente escritas por Rabelais ao papa Paulo III: uma de 10 de dezembro de 1535; outra de 17 de janeiro de 1536; e a terceira sem data. Nelas, Rabelais tenta obter absolvição pelo crime de apostasia por ter abandonado a ordem beneditina, bem como autorização para exercer a medicina e retornar a um monastério beneditino. Até hoje não sabemos o motivo exato, nem as circunstâncias específicas, da apostasia rabelaisiana, de modo que tudo que podemos aferir vem dessas três súplicas.

A edição da Pléiade publica apenas a última das três, por ser, nas palavras de François Moreau, "a que expõe de modo mais claro e sucinto o conjunto dos fatos que levaram Rabelais a solicitar clemência papal", além de estar escrita num latim mais claro que as outras, o que leva alguns estudiosos a pensaram que talvez o texto seja realmente da lavra de Rabelais, antes de passar por uma reescrita em estilo técnico da Cúria. Cheguei a realizar uma tradução da segunda súplica, a mais longa das três, porém concluí que a publicação neste volume não se justifica pelo grande número de redundâncias, que se resolvem de modo mais interessante e completo na última delas. Houve ainda, como vemos nesta súplica, outro texto escrito ao papa Clemente VII, que se perdeu. O texto é conhecido por uma publicação de 1604 por Antoine du Verdier, Prosopographie ou Description des hommes illustres et autres *(Prosopografia, ou descrição de homens ilustres e outros).*

Importante notar que aqui "apostasia" não designa o abandono da fé, mas somente da ordem religiosa. Sabemos que foi Clemente VII que autorizou a transformação da abadia em um decanato, em 1533; mas Moreau considera que Paulo III possa ter escrito uma nova bula entre 1535 e 1536, confirmando a decisão de Clemente VII; essa bula só foi executada em 17 de agosto de 1536. Também em 17 de janeiro de 1536 sabemos que Rabelais de fato recebeu a autorização de retornar ao monastério beneditino e de exercer a medicina.

A Igreja distinguia entre o foro interno da consciência e o foro externo da jurisdição humana.

A presença de [etc.] decorre da edição de Cooper, incorporada por Moreau, por entender que na passagem Rabelais apenas faz um esboço para ser depois reescrito ao estilo da Cúria, com mais detalhes.

Sobre Jean du Bellay, conferir nota introdutória à "Carta-dedicatória da Topografia da antiga Roma de Marliani" e a "Carta ao cardeal du Bellay".

François Rabelais

François Rabelais, presbítero da diocese de Tours, que ainda jovem entrou na religião e na ordem dos frades menores e que nessa profissão cumpriu as ordens menores e maiores e também recebeu o presbiterado para celebrá-lo diversas vezes. Depois disso, por indulto do papa Clemente VII, predecessor imediato de Sua Santidade, migrou da dita ordem dos frades menores para a ordem de São Bento na igreja catedral de Maillezais, onde permaneceu por muitos anos. Em seguida, deixando o hábito religioso, rumou para Montpellier e ali estudou na faculdade de medicina e aplicou lições públicas ao longo de muitos anos, cumprindo todos os graus até atingir o doutorado na supracitada faculdade de medicina, e exerceu sua arte ali e em muitos outros lugares durante vários anos. Por fim, de coração compungido veio ao umbral de São Pedro, em Roma, e de Sua Santidade e do falecido papa Clemente VII e impetrou vênia por apostasia e irregularidade e recebeu licença de retornar à já mencionada ordem de São Bento, onde encontraria benévolos acolhedores. Naquela época, a Cúria romana tinha o reverendo senhor cardeal Jean du Bellay, bispo de Paris e abade do monastério de Saint-Maur-des-Fossés, da já mencionada ordem de São Bento, na diocese de Paris. Ao encontrá-lo benévolo, rogou para que fosse recebido no monastério de Saint-Maur, o que de fato se deu, e depois disso aconteceu de o dito monastério ser erigido por Sua Autoridade em decanato e de os monges daquele monastério tornarem-se cônegos. Junto com eles tornou-se cônego o suplicante Rabelais. Em verdade, o suplicante em questão se atormentou por um escrúpulo de consciência, porque na época em que Sua Santidade formulou a bula, ele ainda não havia sido recebido como monge do supracitado monastério de Saint-Maur, embora assim já fosse no tempo da execução e publicação da mesma e consentisse por procuração, tanto quanto ao que se deu durante a dita edificação quanto no que viria a se dar depois, enquanto se encontrava na Cúria romana como parte do séquito do supracitado reverendo senhor cardeal du Bellay.

Ele suplica que, pelo indulto de Sua Santidade, possa estar seguro tanto no foro da consciência quanto no foro contraditório e em todo o mais já referido, tal como se já tivesse sido recebido no dito monastério de Saint-Maur antes de obtida a bula para erigi-lo num decanato, com a absolvição [etc.]

E que também valham para si os indultos que antes obteve da sede apostólica, tal como se [etc.]. E que também valham para si o grau e o doutorado de medicina, para que possa exercer a arte medicinal tal como se tivesse recebido o grau com licença da sede apostólica.

Quanto aos benefícios que tem e teve, roga que se considere como se já os obtém ou obteve, possui e possuiu, canônica e legitimamente, tal como se os tivesse obtido com licença da sede apostólica.

POEMAS ESPARSOS

Nota introdutória

Guilherme Gontijo Flores

François Rabelais publicou alguns poemas ao longo de sua vida, além dos versos inseridos nas obras narrativas; no caso dos poemas esparsos, temos basicamente obras de circunstância, em geral de tom laudatório. Traduzo e anoto aqui a reunião feita por François Moreau na edição da Pléiade, que parece ser a mais completa até o momento.

Epigrama grego para André Tiraqueau

Este poema foi publicado em 1524, no início do tratado de André Tiraqueau sobre as leis do casamento, De legibus connubialibus et jure maritali *(Sobre as leis do casamento e o jus marital). Na "Carta-dedicatória do tomo segundo das* Cartas medicinais *de Manardi", Rabelais também faz alusão à obra de Tiraqueau. A forma métrica é a do dístico elegíaco grego, organizado por sílabas longas e breves:*

$$— \underline{u\,u} — \underline{u\,u} — \underline{u\,u} — \underline{u\,u} — u\,u — x$$
$$— \underline{u\,u} — \underline{u\,u} — \| — u\,u — u\,u —$$

No quinto verso, Rabelais foge ao final regular do hexâmetro (— u u — x) e faz um final espondaico (— — — x), que, apesar de muito menos comum, é também autorizado pelos tratados de métrica.

ΦΡΑΓΚΗΣΚΟΥ ΤΟΥ ΡΑΒΕΛΑΙΣΟΥ

Βίβλον ἐν οἴκοισιν τὴνδ' ἡλυσίοισιν ἰδόντες
   Ἄμμιγα μὴν ἄνδρες θηλυτέραι τε, φάσαν·
Οἷσι νόμοις ὅδ' ἑοὺς Ἀνδρέας τήνγε διδάσκει
   Συζυγίην γαλάτας, ἠδὲ γάμοιο κλέος,
Τοὺς ἐδίδαξε Πλάτων ἄν γ' ἡμέας, εἰν ἀνθρώποις   5
   Κεδνότερος τίς κ' ἄν τοῦγε Πλάτωνος ἔη;

DE FRANÇOIS RABELAIS

Vendo o livro instalado naquelas moradas do Elísio,
   cada varão e mulher juntos disseram assim:
"Se em tais leis o célebre André hoje ensina
   para o povo francês qual é a glória em casar,
foi Platão quem nos ensinou; e dentre humanos   5
   quem tem fama maior do que o ilustre Platão?"

François Rabelais

Epístola a Jean Bouchet

Esta epístola, composta em 1524, a primeira obra escrita por Rabelais em língua francesa de que temos notícia, é dedicada a Jean Bouchet, procurador e advogado na sé de Poitiers e também poeta na tradição dos Grands Rhétoriqueurs *franceses. Na época em que era secretário de Geoffroy d'Estissac, abade de Maillezais, Rabelais conheceu Bouchet na paróquia de Ligugé, residência favorita de d'Estissac e ponto da assinatura ao fim da epístola. A obra só viria a ser publicada muito mais tarde, em 1545, numa antologia de Bouchet intitulada* Epistres morales et familieres du traverseur *(Epístolas morais e familiares do atravessador), acompanhada de uma epístola em resposta escrita por Bouchet.*

A ancolia, ou aquilégia, é uma planta floral e amarga, aqui mencionada em rima com melancolia, ao mesmo tempo que a duplica simbolicamente, tal como no original ancolie/merencolie.

A referência a Josué está em Josué 10:12-13, quando este pede para que Deus pare o curso do Sol. A cena é comparada ao mito da geração de Hércules, quando Júpiter faz com que uma noite dure o tempo de dois dias, para aproveitar o sexo com Alcmena, esposa de Anfitrião; note-se que Júpiter aparece disfarçado de Anfitrião, de modo que Alcmena não descobre no momento que está sendo infiel ao marido. As sandálias aladas de Mercúrio lhe permitiam voar; importante notar que esse é também o deus que preside a alquimia e o uso da linguagem, além de ser o inventor da lira. Éolo é o pai dos ventos. Zéfiro é o vento brando que vem do Ocidente. As castálidas águas são alusão à fonte Castália, na Beócia, que era dedicada às Musas no mundo greco-romano.

———

EPISTRE
DE MAISTRE FRANCOIS RABELLAYS
HOMME DE GRANS LETTRES
GRECQUES ET LATINES,
AUDICT BOUCHET,
TRAICTANT DES YMAGINATIONS QU'ON PEUT AVOIR
ATTENDANT LA CHOSE DESIRÉE

L'Espoir certain, et parfaicte asseurance
De ton retour, plain de resjouyssance
Que nous donnas à ton partir d'icy,
Nous a tenu jusques ore en soulcy
Assez facheulx, et tresgriefve ancolye,   5
Dont noz espritz taincts de merencolie
Par longue attente et vehement desir,
Sont de leurs lieux esquelz souloient gesir
Tant deslochez et haultement raviz
Que nous cuidons, et si nous est advis,   10
Qu'heures sont jours, et jours plaines années,
Et siecle entier ces neuf ou dix journées:
Non pas qu'au vray nous croyons que les astres
Qui sont reiglez permanans en leurs atres
Ayent devoyé de leur vray mouvement,   15
Et que les jours telz soyent asseurement
Que cil quant print Josué Gabaon,
Car ung tel jour depuis n'arriva on,
Ou que les nuyctz croyons estre semblables
À celle là que racontent les fables,   20
Quant Jupiter de la belle Alcmena
Fist Hercules, qui tant se pourmena,
Ce ne croyons, ny n'est aussy de croire,
Et toutesfoiz quant nous vient à memoire
Que tu promis retourner dans sept jours   25
Nous n'avons eu joye, repos, sejours
Depuis que fut ce temps prefix passé
Que nous n'ayons les momens compassé,
Et calcullé les heures et mynutes,
En t'attendant quasi à toutes meutes.   30

François Rabelais

Mais quant avons si long temps attendu
Et que frustrez du desir pretendu
Nous sommes veuz, lors l'ennuy tedieux
Nous a renduz si tresfastidieux
En noz espritz, que vray nous apparoist   35
Ce que vray n'est et que noz sens ne croyst,
Ny plus ne moins qu'à ceulx qui sont sur l'eau
Passans d'un lieu à l'autre par basteau,
Il semble advis à cause du rivage,
Et des grands floz, les arbres du ryvage   40
Se remuer, cheminer, et dancer,
Ce qu'on ne croyt et qu'on ne peult penser.
          De ce j'ay bien voulu ta seigneurie
Ascavanter, qu'en ceste resverie
Plus longuement ne nous veuillez laisser,   45
Mais quant pourras bonnement delaisser
Ta tant aymée et cultivée estude,
Et differer ceste solicitude
De litiger, et de patrociner,
Sans plus tarder et sans plus cachiner,   50
Apreste toy promptement, et procure
Les tallonniers de ton patron Mercure,
Et sur les vents te metz alegre et gent
Car Eolus ne sera negligent
De t'envoyer le bon et doulx zephire,   55
Pour te porter où plus on te desire
Qui est ceans, je m'en puis bien vanter.
Jà (ce croy) n'est besoing t'assavanter
De la faveur et parfaicte amitié
Que trouveras, car presque la moitié   60
Tu en congneuz quant vins dernierement
Dont peuz la reste assez entierement
Conjecturer, comme subsecutoire.
          Ung cas y a, dont te plaira me croire,
Que quant viendras tu verras les seigneurs   65
Mettre en oubly leurs estatz et honneurs
Pour te cherir, et bien entretenir,
Car je les oy tester et maintenir
Appertement quant escheoit le propos

Qu'en Poictou n'a, ny en France suppos   70
À qui plusgrant familiarité
Veullent avoir, ny plus grant charité.
      Car tes escriptz, tant doulx et melliflues
Leur sont au temps et heures superflues
À leur affaire ung joyeulx passetemps,   75
Dont deschasser les ennuytz et contemps
Peuvent des cueurs, ensemble prouffiter
En bonnes meurs pour honneur meriter.
Car quant je liz tes euvres il me semble
Que j'apperçoy ces deux poincts tous ensemble   80
Esquelz le pris est donné en doctrine,
C'est assavoir doulceur et discipline.
      Parquoy te prie et semons de rechief,
Que ne te soit de les venir veoir grief.
Si eschapper tu puis en bonne sorte,   85
Riens ne m'escrips, mais toy mesmes apporte
Ceste faconde et eloquente bouche
Par où Palas sa fontaine desbouche
Et ses liqueurs castallides distille.
      Ou si te plaist excercer ton doulx style   90
À quelque traict de lettre me rescrire
En ce faisant feras ce que desire.
      Et toutesfois aye en premier esgard
À t'appriver sans estre plus esguard,
Et venir veoir icy la compaignie   95
Qui de par moy de bon cueur t'en supplie.
      À Ligugé ce matin de septembre
Sixiesme jour, en ma petite chambre,
Que de mon lict je me renouvellais
Ton serviteur et amy Rabellays.   100

EPÍSTOLA
DO MESTRE FRANÇOIS RABELAIS,
HOMEM DE GRANDES LETRAS
GREGAS E LATINAS,
AO FAMOSO BOUCHET,
TRATANDO DAS IMAGINAÇÕES QUE PODEMOS TER
NA ESPERA PELA COISA DESEJADA

A firme esperança e justa certeza
Do teu retorno alegre com beleza,
Que prometeste a todos ao partir,
Hoje arrebatam cada um aqui
Como terrível e amarga ancolia   5
Que ataca o espírito em melancolia;
Na longa espera do cruel desejo,
Parece que sofremos um despejo
Do ponto costumeiro e em frenesi
Nós todos parecemos já sentir   10
Que horas são dias, dias viram anos,
E poucos dias, séculos romanos:
A bem dizer, não estamos dispostos
A crer que os astros firmes em seus postos
Se extraviaram de seu movimento;   15
Que os dias perdem o dom do momento,
Como nos tempos do bom Josué,
Pois dia assim ninguém mais pode ver;
Nem que essas noites agora parecem
Aquela antiga, que as fábulas tecem,   20
De quando Júpiter e a bela Alcmena
Geraram Hércules, que a dura pena
Nisso não cremos, nem preciso é crer;
Mas, se lembrarmos, no átimo sequer,
Que juras retornar em sete dias,   25
Lá se vão calma, repouso e alegrias,
Depois que o prazo agora está passado
E cada instante fora compassado,
Contando as horas e minutos, cada
Tempo de espera e cada badalada.   30

Porém depois dessa tamanha espera,
Frustrando o que o desejo pretendera,
Notamos (quando este tédio penoso
Deixara cada espírito tedioso)
Que agora já parece coisa vera 35
O que vero não é e ninguém crera:
Vai-se igualzinho àquele que atravessa
Num parco barco a água mais espessa,
Quando acredita ouvir de cada margem,
De cada fluxo, que árvores da margem 40
Começam a mexer, andar, dançar,
Coisa que ninguém pode acreditar.
    Por isso, meu senhor, eu bem queria
Rogar que nesta triste tontaria
Por mais tempo não queiras nos deixar, 45
Mas assim que puderes te afastar
Deste estudo querido e cultivado,
Para adiar teu empenho acerbado
De litigar e então patrocinar,
Sem mais tardar e sem mais gargalhar, 50
Não te demores em buscar *pro bono*
Sandálias de Mercúrio, teu patrono,
E pelos ventos voa alegremente,
Pois Éolo não seria negligente
Ao te enviar um zéfiro no ensejo, 55
Levando aonde agora te desejo,
Ou seja, aqui: e posso me gabar.
Creio que nem preciso mais contar
Sobre o favor e perfeita amizade
Que encontrarás, pois que quase metade 60
Já conheceste na última estadia;
Com isso, o resto para ti seria
Fácil supor por dedução ao fim.
    Mas podes mesmo acreditar em mim,
Que quando aqui chegares, os senhores 65
Se esquecerão de suas glórias e honores,
Para entreter-te somente e agradar-te,
Porque ouço jura feita em toda parte
Abertamente e sem qualquer desdém,

François Rabelais

Que na França e em Poitou não há ninguém   70
Com quem desejem mais intimidade,
Nem sequer afeição ou caridade.
            Pois teus escritos melífluos e leves,
Nas horas e momentos livres, breves,
Geram um passatempo divertido   75
Para expulsar o tédio aborrecido
Dos corações, e assim convém a todos
Em nome da honra melhorar os modos.
E quando leio as tuas obras, penso
Ver dois pontos unidos em consenso,   80
Os dois mais celebrados na doutrina,
A saber: a doçura e a disciplina.
            Por isso peço-te e tudo te incita
Para que não te irrite tal visita.
Se de algum modo puderes fugir,   85
Nada me escrevas, basta apenas vir
Trazendo a eloquente e clara boca,
Por onde Palas sempre desemboca
As castálidas águas em destilo.
            Se queres exercer teu dom de estilo   90
Em resposta para a carta que enviei
Farás na escrita o que mais desejei.
            Porém atentes sem correr um risco
Para domar esse teu jeito arisco
E venhas ver aqui a companhia   95
Que te suplico em toda cortesia.
            Em Ligugé, setembro, sexto dia,
Nos aposentos desta sesmaria,
Salto do leito a lavrar e dar fé:
Teu servidor e amigo Rabelais.   100

Epigrama latino para Étienne Dolet

Este epigrama dedicado ao erudito, editor, poeta e tradutor Étienne Dolet (1509-1546) foi escrito em dísticos elegíacos, tal como o epigrama grego, e explica como produzir garo (do latim garum*), um tempero feito a partir da salmoura de intestino de peixes (cf. Plínio,* História natural*, 31.43 e Marcial,* Epigramas*, 13.102); porém Rabelais acrescenta à receita também um valor medicinal. No livro II dos* Carminum libri quatuor *(Quatro livros de poemas) de Étienne Dolet, publicado em 1538, lemos em sequência um poema de Dolet e este epigrama de Rabelais sobre o mesmo tema do garo (poemas 14 e 15, respectivamente).*

FRANCISCI RABELAESI AD DOLETVM
DE GARO ITEM
Carmen

Quod Medici quondam tanti fecere priores
    Ignotum nostris, en tibi mitto Garum.
Vini addes acidi, quantumuis, quantum olei uis:
    Sunt, quibus est oleo plus sapidum butyrum,
Deiectam, assiduus Libris dum incumbis, orexim   5
    Nulla tibi melius pharmaca restituent.
Nulla et Aqualiculi mage detergent pituitam:
    Nulla aluum poterunt soluere commodius.
Mirere id potius, quantumuis dulcia sumpto
    Salsamenta Garo nulla placere tibi.   10

DE FRANÇOIS RABELAIS PARA DOLET
SOBRE O GARO
Poema

Este garo que antigos médicos tanto estimavam,
    E hoje não lembra ninguém, quero mandar p'ra você.
Mas acrescente um vinagre a gosto, e a gosto um azeite;
    Outros dirão preferir muito a manteiga em sabor.
Teu apetite abatido de tanto afundar-se nos livros   5
    Não poderia encontrar fármaco mais eficaz.
Nada purga melhor o estômago cheio de fluidos,
    Nada vai relaxar teus intestinos assim:
Logo você notará que, depois do garo, os temperos,
    Mesmo um doce de mel, não te darão mais prazer.   10

Brincadeira latina para Gouveia e Vallée

Mais um epigrama escrito em dísticos elegíacos. No manuscrito em que apare-ce, ele vem depois de dois epigramas em que dois humanistas contemporâneos de Rabelais, o português Antônio de Gouveia (1505-1566) e o francês Briand Vallée (?-1544), acusam um ao outro de ateísmo; num dos poemas, Vallée teria medo de tem-pestades e, por isso, se esconderia no porão da casa; é a partir desses ataques joco-sos que Rabelais compôs sua brincadeira alusiva (allusio). *É difícil datar a obra, po-rém é provável que seja posterior à publicação do epigrama original de Gouveia, em 1539, editado por Sébastien Gryphe.*

Sabemos que Rabelais foi amigo de Vallé no tempos de Fontenay-le-Comte e que certamente os dois participavam do círculo de André Tiraqueau, pelas referên-cias positivas que faz sobre ele em Pantagruel, cap. 37; *Vallée foi presidente do pre-sidial de Saintes e também conselheiro no parlamento de Bordeaux.*

No poema temos quatro exemplos de coisas imensas, que costumam ser atin-gidas por raios: Faros, ilha próxima a Alexandria, era a sede do famoso Farol, uma das sete maravilhas do mundo antigo; os Acroceráunios são uma cadeia de monta-nhas próxima a Épiro, famosas pela violência das tempestades; as torres aéreas são as torres mais elevadas; e os robles (ou carvalhos), árvore consagrada a Júpiter, por serem muito altos costumam sofrer com os raios.

Brômio é um dos epítetos gregos de Baco, deus do vinho, com o sentido de "o barulhento".

FRANCISCI RABLAESII ALLVSIO

Patrum indignantum pueri ut sensere furorem
    Accurrunt matrum protinus in gremium
Nimirum experti matrum dulcoris inesse
    Plus gremiis, possit quam furor esse patrum.
Irato Ioue sic coelum ut mugire uidebis,   5
    Antiquae matris subfugito in gremium:

François Rabelais

Antiquae gremium matris uinaria cella est,
    Hac nihil attonitis tutius esse potest.
Nempe Pharos sciunt, atque Acroceraunia, turres
    Aeriae, quercus, tela trisulca Iouis,   10
Dolia non feriunt hypogeis condita cellis,
    Et procul a Bromio fulmen abesse solet.

BRINCADEIRA DE FRANÇOIS RABELAIS

Quando os filhos sentem a fúria dos pais irritados,
    Correm sem hesitar para o colinho das mães,
Pois já sabem que há maior doçura no colo
    Dessas mães do que tal fúria no peito dos pais.
Se você vir o céu troando por Júpiter bravo,   5
    Fuja pro colo gentil dessa antiquíssima mãe:
Esse colo gentil da antiquíssima mãe é a adega,
    Não há refúgio melhor contra o relâmpago atroz.
Pois se Faros, Acroceráunios, torres aéreas,
    Robles conhecem bem Jove e o triplo trovão,   10
Este nunca fere barricas subterrâneas:
    Raios e Brômio jamais vivem unidos assim.

Canto real para Clément Marot

Primeiro poema de Rabelais na Adolescence clementine (Adolescência clementina), do poeta Clément Marot (1496-1544), publicada em 1533. A julgar pela sequência, com um poema a mais assinado F. R., poderíamos supor que sejam ambos de autoria de Rabelais; por isso, estão editados na obra completa organizada por Mireille Huchon e François Moreau; porém por muito tempo os poemas foram atribuídos a Florimond Robertet (1459-1527). A peça é composta num modelo de balada com cinco estrofes e um envio, forma também utilizada pelo próprio Marot.

Jafé e Sem são os filhos de Noé, premiados por Deus por terem coberto a nudez paterna, quando Noé está bêbado (cf. Gênesis 9:18 ss.). Nêmesis é uma divindade grega que encarna a vingança divina contra os feitos malignos dos humanos. Átropos é uma das Parcas gregas, deusas do destino; ela é a encarregada de cortar o fio dos fados humanos.

―――――

CHANT ROYAL
DE LA FORTUNE ET BIENS MONDAINS,
COMPOSÉ PAR UNG DES AMYS
DE C. MAROT

Le trespuissant dieu, le pere parfaict,
Quit tout regist, tout tempere et parfaict,
Tout scait, tout voyt, et en tout ordre a mys,
À ung festin où à chascun part faict
Nous invita tant par dict que par faict   5
Lorsque nous tous fusmes au monde admys,
Deliberant comme ses chiers amys
Bien festoyer en chere et en despence.
C'est ceste vie où selon sa dispence
Vivent et sont tous homs ensemblement.   10
Riens n'y portons. Et luy pour recompense

Riens ne requiert par escot, fors que on pense
Remercier le seigneur humblement.

En ce festin il nous fault en effect
Avoir maintien, tout ainsi qu'en est faict   15
Civilement en ung bancquet promys.
Laver ses mains, que rien n'y soit infect,
S'asseoir au lieu que le paranymphe ayt
Plus bas marché où pour luy sont commys.
Et si plus hault monter nous soit commys,   20
Obtemperer en toute diligence.
Ainsy assis ne faire nulle urgence.
Quant au service, attendre affablement,
Des metz serviz prandre à son indigence,
Puis en rendant graces de l'allegeance,   25
Remercier le seigneur humblement.

Ainsi convient pour eviter meffaict
Soy maintenir, car l'homme trop meffaict
Qui de observer ceste grace est remys,
Premierement, devant qu'on soyt refect   30
Des biens de dieu, fault que l'on soyt refaict
Et relavé, car trop sommez maumys,
C'est par baptesme où par sceur compromys
Sommes esleuz à la saincte assistence.
Puys se vestir de la ferme existence   35
De foy qui l'homme orne tresnoblement,
Ainsy s'asseoir cedant sans resistence
Les lieux premiers, et là sans desistence
Remercier le seigneur humblement.

Sy tout soubdain qu'on est à table affect   40
L'on n'est servy, et que autant que eut Japhet
L'on n'a de biens, foyzonnans com fromys,
Pourtant ne fault en murmur putrefaict
Soy convertir, ainsi qu'est contrefaict
Par gens brutaulx, passez au gros tamys;   45
Car foy nous dict, qu'il nous sera transmys
Lassus du ciel pour vivre à suffisance.

Mays dieu preveoit que la soubdaine usance
De biens mondains, nous nuiroyt doublement.
Par ce attendons. Et lors que à jouissance   50
Offers seront, reste à nostre puissance
Remercier le seigneur humblement.

Sy Nemesis (qui du faict et defaict
Use tousjours) nostre repas deffaict,
En desservant les metz à nous submys,   55
Gemir n'en fault, car l'homme trop forfaict
Qui dict, que dieu luy tiendroit nul torfaict
En repetan les biens qu'il a permys.
Mieulx nous advient, ces metz et biens, demys
Jà nous avoient, et nous faisoient grevance,   60
Et Atropos si du convyz s'avance
Nous mettre hors, ains que finablement
Ayons myné nostre avoir et chevance
Suyvre la fault, et en toute observance
Remercier le seigneur humblement.   65

Prince, quiconque en ceste corpulence
Humaine estant par terrestre opulence
Ainsi qu'ay dict, vivra, visiblement
Le verra l'on assis sans defaillance
Au grant bancquet d'eterne precellence   70
Remercier le seigneur humblement.

CANTO REAL
DA FORTUNA E DOS BENS MUNDANOS,
COMPOSTO POR UM DOS AMIGOS
DE C. MAROT

O onipotente Deus, o pai perfeito,
Que tudo rege e é o maior prefeito,
Tudo sabe e vê, tudo tem por lido,
Para um festim por toda parte feito
Nos convidou por falas e por feito,   5

François Rabelais

E cada um de nós é acolhido,
Mas pensando com grupo recolhido
Quis festejar com a maior despensa.
É esta vida, em que com Sua dispensa
Vivem todos os homens juntamente.   10
Nada levamos, e por recompensa
Nada nos pede, pois só se compensa
Gratulando ao Senhor humildemente.

Nesse festim devemos, com efeito,
Nos portar tal como em tudo que é feito   15
Urbanamente em banquete adimplido.
Lavar as mãos, tirar qualquer defeito,
Sentar-se no lugar marcado e eleito
Que o paraninfo tenha compelido.
Se derem alto posto, é mais polido   20
Obedecer com toda diligência
E assim sentado, não causar urgência;
Receber o serviço afavelmente
E servir-se segundo a contingência,
Depois agradecer a indulgência,   25
Gratulando ao Senhor humildemente.

Assim convém para evitar malfeito
Portar-se bem, pois o homem mais malfeito,
Já tem a toda graça repelido;
Primeiramente, antes de estar refeito   30
Por bens de Deus, cause o melhor efeito
Bem limpo; e há quem venha despolido;
Por batismo, sem o vício falido,
Receberemos a santa assistência.
Depois vestimo-nos com a existência   35
Da fé que o homem orna nobremente,
Assim sentamo-nos sem resistência
Nos bons lugares, com mais persistência
Gratulando ao Senhor humildemente.

Assim que senta à mesa, por desfeito   40
Servido qual Jafé mal satisfeito,

Como num formigueiro propelido,
Não vá fazer murmúrio putrefeito
Que nem é costumeiro o desafeito
Do bruto sem critério e desvalido,   45
Pois fé nos diz que nos será impelido
No céu tudo que cesse a vil carência.
Mas Deus previu que a súbita querência
Dos bens mundanos fere duplamente.
'Speremos o prazer de Sua gerência   50
No possível da nossa reverência,
Gratulando ao Senhor humildemente.

Se Nêmesis (que feito e contrafeito
ordena) me deixar insatisfeito,
Num desfavor à festa com que lido,   55
Não vou gemer, pois homem mais bem-feito
Nos diz que Deus não faz nada imperfeito
Ao retomar o bem inadimplido.
O revés que me deixa combalido
Provocando a maior convalescência   60
E se Átropos avança sem paciência
Nos expulsando, antes que finalmente
Esgotemos o bem que com ciência
Consumimos, em subserviência
Gratulando ao Senhor humildemente.   65

Ah, príncipe, quem nesta corpulência
Humana numa terrestre opulência,
Como eu disse, viver, visivelmente
O veremos sentado sem dolência
No grão banquete eterno de excelência   70
Gratulando ao Senhor humildemente.

Epitáfio de Marie d'Estissac

Segundo poema de Rabelais na Adolescence clementine *(Adolescência clementina), de Clément Marot, em 1533; pela indicação de ser composto pelo "supradito" autor, associado à assinatura F. R., conclui-se que também seja da pena de Rabelais. Marie era filha de Louis d'Estissac (1506-1565) e de Antoinette de d'Aillon (c. 1505-1557), esta era filha do conde de Lude, Jacques d'Aillon (c. 1460-1532). Rabelais foi preceptor de Louis d'Estissac, sobrinho de Geoffroy, seu patrono.*

———

ÉPITAPHE DE MARIE
FILLE AISNÉE DE MONSIEUR D'ESTISSAC,
COMPOSÉE PAR LE SUSDICT
L'ame parle

De dieu formée, et du hault ciel issue,
En terre vins, où je me suys tissue
Ce petit corps, traict d'Estissac et Lude.
Pure j'estoys, mays lorsque y fuz conceue
En tel delict je me suis apperceue   5
Que fut Adam, par son ingratitude.
Dont ne volant en celle turpitude
Long sejourner, davant terme nasquys.
Et vins on monde, où par baptesme acquis
Estre remise en premiere innocence.   10
Que de rechef craignant perdre, requys
Plus tost mourir, par ce moyen exquys
Une heure aprés j'en eu de Dieu dispence.

F. R.

EPITÁFIO DE MARIE,
PRIMOGÊNITA DO SENHOR D'ESTISSAC,
COMPOSTO PELO SUPRADITO
A alma fala

Por Deus formada, do alto céu nascida,
À terra vim, por onde fui tecida
Neste corpinho de Estissac e Lude.
Eu era pura, mas fui concebida
Na mesma falta desapercebida   5
Do ingrato Adão em sua ilicitude.
E sem querer em tal vicissitude
Tardar, antes do tempo é que eu nasci.
Vim ao mundo e em batismo consegui
A salvação na primeira inocência.   10
Por medo de perdê-la é que pedi
Morte precoce e assim me despedi:
Em uma hora Deus me deu dispensa.

F. R.

Décima da imagem de Vênus armada

Este poema aparece apenas na edição de 1536 da Adolescence clementine
(Adolescência clementina) *de Clément Marot (estando ausente da primeira edição,
de 1533), na sequência dos dois poemas anteriores. Até segunda ordem, sua autoria
pode ser disputada, porém a informação de que o autor seria um certo "R. F." (Rabelais, François) e o fato de ser o terceiro na sequência nos fazem pensar que este é
um poema da lavra rabelaisiana.*

Rabelais faz um jogo com duas acepções de faulcon, *que também ecoam no
português "falcão": na primeira aparição, uma peça de artilharia, na segunda, a ave
domada da falcoaria. Para além disso, muitas palavras em francês ecoam* con *(vagina); na impossibilidade de fazer o mesmo jogo, optei por transformar o* chevalier
em "cortesão" e o ouvrier *em "artesão", ecoando assim o "tesão" provocado pela
deusa vencedora.*

DIZAIN DE L'YMAGE DE VENUS ARMÉE
R. F.

Vous chevalier de la basse bataille
Canonisez de maint coup de faulcon
Ne poulser plus du court estoc sans taille.
Ostez les getz de vostre vieulx faulcon.
Venus je suis au visage facond   5
De main d'ouvrier faicte en ce temps armée,
Mais non pourtant moins forte desarmée.
Par maintz combatz et chocz m'avez congneue.
Car bien scavez que dans la mienne armée
Vaincu vous ay tant de foys toute nue.   10

DÉCIMA DA IMAGEM DE VÊNUS ARMADA
R. F.

Tu, cortesão de uma tropa em batalha,
Canonizado em peça de falcão,
À espada não concedas, se não talha:
Firma as correntes do velho falcão.
Vênus eu sou, hábil contrafação,   5
Feita por mão de artesão muito armada,
Mas não por isso menos desarmada.
A cada baque e golpe que extenua
Bem sabes como que nesta minha armada
Por muitas vezes vencia-te nua.   10

François Rabelais

ESCRITOS DIVERSOS

EPÍSTOLA DO LIMUSINO

Nota introdutória

Huchon afirma sem meias palavras que este texto não foi escrito por Rabelais, embora considere que a décima que encerra a peça seja uma peça da lavra rabelaisiana, perfazendo uma reflexão sobre os experimentos necessários para produzir uma estética forte em língua francesa em contraposição à prática, ainda intensa à época, de escrever em latim. Ele foi, na verdade, ajuntado às edições do Quinto livro, *a partir de 1565, e faz parte da tradição da literatura antiáulica que ataca satiricamente os comportamentos afetados da corte. Seu destinatário é um homem rico que mora em Lyon (Lugdun em sua forma latinizada), que antes teria morado em Fontainebleau; e é escrita por um limusino que morava em Borgonha e chega a Fontainebleau e se assusta com os costumes que ali encontra, de modo que tenta convencer o amigo a não retornar à corte. Ainda segundo Huchon, a obra foi escrita provavelmente no fim de 1536, quando Francisco I ocupa outras sedes, em La Bresse e Le Bugey, e confisca Flandre, Artois e Charolais; também é possível traçar um diálogo com o estudante limusino em* Pantagruel, cap. 6. *O texto é escrito numa forma macarronesca que busco recriar, mantendo tanto quanto possível suas confusões.*

Seguem abaixo algumas notas culturais para que se entenda ao menos o contexto da carta; anotar as invenções textuais francesas e como as recriei em português demandaria um trabalho à parte. Ambrosiano e nectariano fazem referência aos alimentos dos deuses greco-romanos. Peleu e Tétis (que grafo Tetís pela rima) são os pais do guerreiro Aquiles, celebrado na Ilíada de Homero. O retorno a Fontainebleau faz referência à decoração da galeria, realizada por Rosso e seus colaboradores por ordens de Francisco I entre 1534 e 1536. Ílion (grafo Ilião pela rima) é o nome da cidadela de Troia. A Domo Dourada (Domus Aurea) foi o palácio que Nero construiu após o incêndio de Roma, em 64 d.C. O templo de Ártemis/Diana em Éfeso, cidade da Jônia, era dos mais celebrados na Antiguidade. As Parcas são as deusas gregas do destino, aqui designadas também por Fatais por cuidarem do fado (fatum em latim). Gênio é o deus romano guardião de cada indivíduo, um pouco similar ao nosso imaginário do anjo da guarda; ele aqui é deus da natureza no sentido de deus do nascimento. Por fim, o nome Desbrido Gorja (Desbride Gousier) por um lado ecoa "desbridação", a perda das rédeas, por outro ecoa Grangorja (Grandgousier); ele já tinha sido usado numa peça de Roger de Collerye (1468-1536).

EPISTRE DU LYMOSIN
DE PANTAGRUEL
GRAND EXCORIATEUR DE LA LINGUE LATIALE

Envoyée à un sien amicissime, resident en l'inclite
et famosissime urbe de Lugdune

Aucuns venans de tes lares patries,
Noz aures ont de tes noves remplies:
En recitant les placites extremes,
Dont à present fruis, et pisque à mesme
Stant à Lugdune és gazes palladines: 5
Où on convis Nymphes plus que divines
À ton optat s'offerent, et ostendent.
Les unes, pour tes divices, pretendent
T'accipier pour conjuge: Autres sont
Lucrées par toy, aussi tost qu'elles ont   10
Gusté tes dicts d'excelse amenité:
Tant bien fulcis, qu'une virginité
Rendroyent infirme, et preste à corruer
Lors que tu veux tes grands ictes ruer.
  Par ainsi donc, si ton esprit cupie   15
À tous momens de dapes: il cambie.
Puis si de l'urbe il se sent saturé,
Ou du coït demy desnaturé,
Aux agres migre, et opimes possesses
Que tes genits t'ont laissé pour successes: 20
Pour un pauxille (en ce lieu) resveiller
Tes membres las, et les refociller.
  Là tout plaisir te fait oblation:
Et d'un chascun prens oblectation.
  Là du gracule, et plaisant Philomene: 25
Te resjouyt la douce cantilene.
  Là ton esprit ton mal desangonie:
S'exhilarant de telle symphonie.
  Là les Satirs, Faulnes, Pan, et Seraines:
Dieux, demy Dieux courent à grands haleines.   30
Nymphes des bois, Dryades, et Nageades,

Prestes à faire en fueilade gambades,
Y vont en grande accelleration,
Pour visiter ceste aggregation.
Et quand la turbe est toute accumulée,   35
Jucundité se fait, non simulée:
Avec festins, où dape Ambrosienne
Ne manque point, Liqueur Nectarienne
Y regurgite aux grands et aux petits:
Comme au festin de Peleus et Thetis.   40
Et tost aprés les menses sublevées,
Les uns s'en vont incumber aux chorées:
L'un s'exercite à vener la Ferine,
Et l'autre fait venation Connine.
Dirons nous plus? Ludes, et transitemps   45
En l'omni-forme inveniez es camps:
Pour evincer la tristesse despite.
        O deux, trois fois, tresfoelice la vite,
Pour le respect de nous, qui l'omnidie
Sommes sequents l'ambulante curie,   50
Sans ster, n'avoir un seul jour de quiete.
Infaustissime est cil, qui s'y souhaite.
        Depuis le temps que nous as absentez,
Ne sommes point des Eques desmontez:
Ne le Cothurne est mouë des tibies,   55
Pour conculquer les Burgades patries,
Où l'itinere aspere, et montueux,
En aucuns lieux aqueux, et lutueux:
Souvent nous a fatiguez et lassez,
Sans les urens receptz qu'avons passez.   60
Je ne veulx point tant de verbes effundre,
Et de noz maux ton auricule obtundre:
Enumerant les conflicts Martiaulx,
Obsidions, et les cruelz assaulx,
Qu'en Burgundie avons faits et gerez.   65
        J'obmets aussi les travaux tolerez
Dans les maretz du monstier envieux,
Que nous faisoit l'Aquilon pluvieux:
Où par long temps sans castre, ne tentoire
Avons esté, desperans la victoire.   70

Finalement pour la brume rigente:
Chacun du lieu se depart, et absente.
     Aussi, voyant la majesté Regale,
Qu'appropinquoit la frigore hybernale,
Et que n'estoit le Dieu Mars de saison: 75
S'est retirée en sa noble maison,
Et est venue au palays delectable
Fontainebleau, qui n'a point son semblable.
Et ne se voit qu'en admiration
De tous humains. Le superbe Ilion,   80
Dont la memoire est tousjours demourée,
Ne du cruel Neron la case aurée,
Et de Diane en Ephese le temple:
Ne furent oncq pour approcher d'exemple
De cestuy-cy. Bien est vray qu'autresfois   85
L'as assez veu: Si est-ce toutesfois,
Que l'oeil qui l'a absenté d'un seul jour,
Tout esgaré se trouve à son retour:
Pensant à veoir un nouvel edifice,
Dont la matiere est plus que l'artifice.   90
     Or (pour redir au premier proposite)
Il n'est decent que tu te disposite,
Tant que l'hiberne aura son curse integre:
De relinquer l'opime, pour le maigre.
     Puis que bien stas (grace au souverain Jove)   95
Nous t'exhortons que de là ne te move,
Si tu ne veux veoir tes aures vitales
Bien tost voller aux Parques, et Fatales:
Car cest air est inimice mortel
D'un jouvenceau delicat et tenel: 100
Mesme en ce temps glacial, qui transfere
La couleur blonde en nigre et mortifere.
     Estans incluz es laques, et nemores:
À peine avons pour pedes, et femores
Callifier, un pauvre fascicule.   105
     Conclusion, tout aise nous recule.
Et si n'estoit quelque proximité,
Que nous avons à la grande cité,
Où nous pouvons aller aliques vices,

Pour incomber aux jucunds sacrifices   110
De Genius le grand Dieu de nature:
Et de Venus (qui est sa nourriture)
De rester vifz nous seroit impossible
Un hebdomade: ou bien sain, et habile
Seroit celuy qui pourroit eschapper,   115
Que febre à coup ne le vint attrapper.
     Voy par cela, quelle est la difference
Du tien sejour en mondaine plaisance,
Et de la vite amere et cruciée
Que nous menons: tousjours associée   120
D'ennuy, de soing, d'accident, et naufrage.
Et si tu es (comme cogitons) sage,
Jà ne viendras qu'à ceste prime vere:
Si ce n'estoit qu'ambition severe
Devant tes yeux se voulsist presenter,   125
Pour tes esprits aulcunement tenter
De grands credits, faveurs, et honnorences,
Dons gratuits, et grands munificences,
Que tu reçois en l'office auquel funge
Estant icy. Mais quoy? Ce n'est qu'un songe: 130
Car nous n'avons que la vite, et la veste,
Et qui pour biens se jugule, est vray beste.
     À tant mettons calce à ceste epistole,
Qui de transir indague en ton eschole:
Où la lime est, pour les locutions,   135
Et eloquentes verbocinations
Escorticans la lingue Latiale.
     Si obsecrons, que ta calame vale
Atramenter chartre papyracée:
Pour correspondre en forme rimassée.   140
En quoy faisant compliras le desir
De ceulx, qui sont prests te faire plaisir.

Ainsi signé Desbride Gousier.

François Rabelais

DIZAIN

Pour indaguer en vocable authentique
La purité de la lingue Gallique,
Jadis immerse en calligine obscure,
Et profliger la barbarie antique,
La renovant en sa candeur attique,   5
Chacun y prend sollicitude, et cure.
Mais tel si fort les intestines cure,
Voulant saper plus que l'anime vale:
Qu'il se contrainct transgredir la tonture,
Et degluber la lingue Latiale.   10

EPÍSTOLA DO LIMUSINO
DE PANTAGRUEL
MAGNO ESCORIADOR DA LÍNGUA LACIAL

Enviado a um seu amicíssimo, residente na ínclita
e famosíssima urbe de Lugdun

Alguns chegando dos teus pátrios lares
Replenam nossas aures com teus ares,
E a recitar teus plácitos extremos
Que no presente fruis por quanto temos,
'Stando em Luggun com gazas paladinas,   5
Ou vivendo com ninfas mais divinas
Que a teu optado ascendem e se ostendem:
Umas pelas divícias, e pretendem
Te acipiar por cônjuge; outras há
Por ti lucradas, só de degustar   10
Os teus ditos de excelsa amenidade:
Tão bem fulgidos, que uma virgindade
Infirme renderiam, quase corruindo
Enquanto aos grandes ictos vais ruindo.

Se está teu ânimo concupiscente   15
De dapes todo instante, certamente
câmbia. Se da urbe resta saturado,
Ou do coito já 'stá desnaturado,
Aos agros migra e opimas possessões
Que os genitores dão-te em sucessões,   20
Para pauxilo ali te repousar
E aos lassos membros mais refocilar.
        Todo prazer ali faz oblação,
De todos eles tens oblectação.
        Da grácula e amável Filomena   25
Te regozijas numa cantilena.
        Teu ânimo teu mal desangonia
Exilarado em tanta sinfonia.
        Vão sátiros, faunos, pãs e sereias,
Deuses e semideuses nas aleias.   30
Ninfas, dríades, náiades das matas
Entre folhas parecem acrobatas,
Vão numa túrgida aceleração
P'ra visitar a tal agregação.
E quando a turba faz-se acumulada,   35
Jucunda fica, e nada simulada;
Com festins, onde a dape ambrosiana,
Nunca falta e bebida nectariana
Se regurgita ao grande e ao petiz,
Qual no festim de Peleu e Tetís.   40
Tiradas todas mensas com decoro,
Alguns se incumbem de dançar o coro:
Um se exercita em venação ferina,
Outro na venação se dá conina.
Diremos mais? Ludos e transitempos   45
Inventarás em oniforma e tempos,
Para evencer a tristeza despita.
        Ó dupla, triplafortunada vita!
Respeita-nos, pois que quotidiante
Somos sequentes à cúria ambulante,   50
Sem quietude de nem um dia ou meio,
Infaustíssimo é quem tem tal anseio.
        Desde o tempo em que tu te hás absentado,

Dos équos não hei inda desmontado,
Nem o coturno às tíbias sai um nada   55
P'ra conculcar a pátria de Burgada,
Ou itíneros aspros, montanhosos.
Em aquosos locais e lutuosos,
Ficou o povo exausto e fatigado
Sem o urente lugar já transpassado.   60
Verbos tantos não volo defundir
E com males a aurícula obtundir
Enumerando pugnas marciais,
Cruéis assaltos, sítios colossais,
Que na Burgúndia havemos completado.   65
      Omitirei tripálio tolerado
No palude em mosteiro invidioso
Que nos coage o Áquilo pluvioso,
E o longo tempo sem castro ou tentória
Em nosso desespero da vitória.   70
Finalmente, nessa bruma rigente
Um a um se partiu ficando ausente.
      Ao ver assim majestade real
Apropinquando o frigor hibernal
E deus Marte distante da estação,   75
Se retirou para a nobre mansão
E voltou ao palácio deleitável,
Fontainebleau, ainda incomparável.
E assim se viu na grande admiração
De todos os humanos. Nem Ilião   80
Cuja memória segue conservada,
Nem de Nero aquela Domo Dourada,
E nem Diana em Éfeso com templo
Jamais dariam o menor exemplo
Do que ali há. É verdade que outrora   85
Tu já viste, porém digo que agora
Os olhos que se ausentam por um dia
No retorno só sentem nostalgia,
Pensando ver um novel edifício
Cuja matéria é mais que um artifício.   90
      Ora (redindo ao primeiro propósito)
Não é decente te deixar dispósito,

Até que hiberno finde sobre o agro,
E assim ressurja o que era magro.
    Como 'stás bem (graças ao grande Jove),   95
Te exorto que é melhor quem não se move,
Se não quiseres ver auras vitais
Logo voando às Parcas e Fatais.
Pois este ar é inimigo mortal
Do adolescente fraco e minoral,   100
E mais na noite glacial, que onífera
Transforma a loira em negra cor mortífera.
    Inclusive lagunas ou os nêmures,
Mal conseguimos nós pedes e fêmures
Califazer nas termas ou na rua.   105
    Conclusão, bem-estar de nós recua.
Não houvesse qualquer proximidade,
Como a que temos na grande cidade,
Onde vamos cruzar áliquo vico,
Para incumbir os dons que sacrifico   110
A Gênio, grande deus da natureza,
E Vênus (nutridora com justeza),
Viver seria mesmo impraticável
Por uma hebdômada, sadio e hábil
Seria quem conseguisse escapar   115
Sem que uma febre o possa conspurcar.
    Eis hoje exposta toda a diferença
Do teu estado e alegre indiferença
E desta vita amara excruciada
Que aqui levamos, sempre associada   120
A tédio, afã, naufrágio e acidente.
E se tu fores mesmo sapiente,
Só voltes na primeira primavera,
Se não passar de uma ambição severa
Que ante teus olhos quis se apresentar,   125
P'ra de algum modo os ânimos tentar
Com grandes honras, favores, credências,
Gratuitos dons, magnas munificências
Que no ofício recebes quando penas,
Estando aqui. O quê? Sonhos apenas: 130
Temos somente vita e veste lesta,

Quem por bens se jugula é mera besta.
    Metamos logo um calço epistolar,
Que eu te transia o ócio de escolar,
Onde se encontra a lima às locuções   135
E às eloquente verbocinações,
Escorticando a língua lacial.
    Obsecramos teu cálamo afinal
P'ra atramentar a carta papirácea
Nesta correspondência mais rimácea.   140
Assim fazendo podemos promover
Plenitude em quem quer te dar prazer.

Assim assinado Desbrido Gorja.

DÉCIMA

Para em léxico autêntico indagar
A pureza do gálico falar,
Outrora imerso na caligem obscura,
E essa barbárie antiga profligar,
A renovando em ática solar,   5
Todos terão solicitude e cura.
Mas quem das coisas intestinas cura,
Para saber mais que ânima val',
Vai constrangido transgredir tonsura
E assim deglube a língua lacial.   10

A CIOMAQUIA

A CIOMAQUIA
E FESTINS FEITOS EM ROMA
NO PALÁCIO DO MEU SENHOR REVERENDÍSSIMO,
CARDEAL DU BELLAY,
PARA O FELIZ NASCIMENTO
DO MEU SENHOR DE ORLÉANS

Tudo retirado de uma cópia
da carta escrita ao meu senhor,
o reverendíssimo cardeal de Guise,
por M. François Rabelais,
doutor em medicina

Gian Giordano Orsini (?-1517) estava instalado na França, com pensão do rei Francisco I, quando este teve sua vitória na batalha de Marignano, em 1515. Orazio Farnese (1531-1553), ou Horácio Farnésio, era neto bastardo do papa Paulo III, e viria a se casar com Diana de França, filha também bastarda de Henrique II. Roberto Strozzi (1520-1566) era filho do importante banqueiro Filippo Strozzi, mencionado na primeira carta "Ao senhor de Maillezais". Maligny era membro da comitiva de du Bellay. Gianfrancesco Montemellino era arquiteto militar de Perúgia, colaborava com Michelangelo e Sangallo, foi autor de um Discorso sobra la fortificazione de Borgo. Guillaume du Bellay (1491-1543) foi historiador e diplomata, também patrono de Rabelais até sua morte; ele aparece com destaque no Terceiro livro, cap. 21, e no Quarto livro, cap. 27. A menção aos lansquenetes, mercenários suíços, nos lembra do saque que fizeram de Roma em 1527. Astorre Baglioni (1526-1571) foi condottiero e comandante militar italiano. A sequência de nomes de homens de armas eu busquei traduzir levando em consideração as interpretações históricas propostas por Richard Cooper em Rabelais et l'Italie. Frerot e Fabrizio são dois bufões da casa de Orazio Farnese. Três nomes importantes ainda são Filippo Strozzi (cf. nota à primeira "Carta ao senhor de Maillezais"), o cardeal de Santa Fiore, Guido d'Ascanio (cf. nota à terceira "Carta ao senhor de Maillezais"), Niccolò Ridolfi (cf. nota à primeira "Carta ao senhor de Maillezais") e Georges d'Armagnac (cf. nota introdutória à "Carta a Erasmo").

Os romanos fazem suputação porque calculavam o dia a partir do pôr do sol. Assim, "duas horas da noite", por exemplo, é o equivalente a oito horas da noite. Havia o costume romano de marcar no calendário os dias mais felizes com giz branco, que aparece nos Adágios (1.5.54) de Erasmo. A referência à fama dos banquetes de Vitélio aparece em Plínio, História natural, 35.46, e em Suetônio, Vitélio, 13.

Alosis indica o termo grego para "tomada" e, por extensão "incêndio"; também sugere a obra Τρῳας ἅλωσις (Tomada de Troia), poema grego que Nero supostamente cantava durante o incêndio de Roma, segundo Suetônio (Nero, 38). As armas do senhor de Orléans estavam repletas de flores de lis, para indicar o interesse do reinado francês sobre o ducado de Milão. Flavescent em latim designa algo como "eles amarelecerão", com o sentido de ganhar a cor de fruta madura. A oração dominical é o Pater. Logo adiante, quandos os guerreiros beijam a terra, estão fazendo um sinal de confiança na providência divina. A braguilha era usada, na época, para guardar diversas coisas, como uma espécie de bolso, por isso é revistada, mas ainda assim guarda sentido cômico. Chamar alguém de "boca do inferno" é uma referência aos mistérios medievais. A expressão dos Jogos Seculares romanos era pronunciada a cada cento e dez anos, prazo em que os romanos criam que ninguém mais poderia estar vivo, pois assim os jogos só poderiam ser vistos uma vez por geração. A água de anjo era feita com uma mistura de flor de íris, de rosa e sândalo (é também mencionada em Gargântua, cap. 55, junto com a água de laranjeira e a água de rosas).

A ponte Eliano é a ponte Santo Ângelo. O porto citado é o antigo portus Augusti, um porto artificial do tempo do império para substituir o de Óstia, que estava assoreado; na Idade Média ele também se assoreou, o que explica o uso de búfalos. A menção à torre de Bourges também aparece em Pantagruel, cap. 15. O louvor a Langey remete à toda a família du Bellay, que eram os senhores da região.

———

No terceiro dia de fevereiro de 1549, entre três e quatro horas da manhã, nasceu no castelo de Saint-Germain, em Laye [...] o duque de Orléans, filho caçula do cristianíssimo rei da França Henrique de Valois, segundo com este nome, e da ilustríssima senhora Catarina de Médici, sua boa esposa. Neste mesmo dia em Roma, junto aos bancos surgiu um rumor geral sem autoria certa sobre o feliz nascimento, não apenas sobre o lugar e o dia mencionados, como também da hora, a saber, em torno das nove horas, segundo suputação dos romanos. O que é prodigioso e admirável, no entanto não na minha terra, que poderia alegar pelas histórias gregas e romanas novidades insignes, tais como batalhas perdidas e ganhas a mais de quinhentas léguas de distância ou outro caso de grande importância, tê-las semeado no mesmíssimo dia, ou até antes, sem autoria conhecida. Vimos coisas similares em Lyon para a jornada de Pavia, na pessoa do finado senhor de Rochefort, e mais recentemente em Paris, no dia em que combateram os senhores de Jarnac e La Châtagneraie, além de mil outras. É nesse ponto que os platônicos fundaram a participação da divindade dos deuses tutelares, que nossos teólogos chamam anjos da guarda. No entanto esse assunto excederia a justa medida de uma epístola.

Tanto é que acreditaram, por meio dos bancos, nessas notícias com tanta obstinação, que muitos da parte francesa, ao anoitecer, acenderam fogueiras e marcaram com giz branco nos calendários esse dia fausto e feliz. Sete dias depois foram as boas-novas plenamente verificadas por alguns correios do banco, vindos uns de Lyon e outros de Ferrara.

François Rabelais

Meus senhores, os reverendíssimos cardeais franceses que participam desta corte romana, junto com o senhor d'Urfé, embaixador de sua majestade, sem terem mais informações particulares, delongavam em declarar seu júbilo e alegria por tão desejado nascimento, até o momento em que o senhor Alessandro Schivanoia, nobre mantuano, chegou no primeiro dia deste mês de março expressamente enviado da parte de sua majestade para assegurar ao santo pai, aos cardeais franceses e ao embaixador sobre o supracitado. Então fizeram-se de todas as partes festins e fogueiras por três dias seguidos.

Meu senhor reverendíssimo cardeal du Bellay, ainda não contente com essas ínfimas e vulgares comemorações de gozo pelo nascimento de tamanho príncipe destinado a coisas tamanhas em matéria de cavalaria e de gestas heroicas, como se viu por seu horóscopo, se conseguir escapar de certo triste aspecto no ângulo ocidental da sétima casa, quis (por assim dizer) fazer aquilo que fez o senhor Gian Giordano Orsini, quando o rei francês, de feliz memória, obteve vitória em Marignano. Este, ao ver que a facção inimiga, por falsa informação, levaria o falecido pelas ruas de Roma como se o rei tivesse perdido a batalha, poucos dias depois informado sobre a verdade do sucesso e da vitória, comprou cinco ou seis casas contíguas em forma de ilha, perto do monte Giordano, e mandou enchê-las de lenhos e feixes e tonéis com muita pólvora de canhão e então pôs fogo. Foi uma nova *Alosis* e nova fogueira. Assim queria o senhor reverendíssimo, para declarar o excesso de sua alegria pela boa-nova, fazer a qualquer custo uma coisa espetacular ainda nunca vista em Roma na nossa memória. Sem poder, no entanto, executar o plano segundo sua fantasia e contentamento, por impedimento de uma doença então sobrevinda ao mesmo senhor embaixador, a quem o caso tocava de modo similar graças ao cargo, ele foi relevado de tal perplexidade por meio do senhor Orazio Farnese, duque de Castro, e dos senhores Roberto Strozzi e de Maligni, que estavam em similar combustão. Botaram quatro cabeças num mesmo capucho e por fim, depois de muitas conversas deliberativas, resolveram fazer uma ciomaquia, ou seja, um simulacro e representação de batalha, tanto por água como por terra.

A naumaquia, ou seja, o combate por água, foi representado sobre a ponte Eliana, bem em frente ao jardim privado do castelo de Santo Ângelo, que o falecido de memória eterna Guillaume du Bellay, senhor de Langey, tinha com suas tropas fortificado, guarnecido e defendido por longo tempo contra os lansquenetes que então saqueavam Roma. A ordem desse combate era tal que cinquenta pequenas barcas, como fustas, galeotas, gôndolas e fragatas armadas, assaltavam um grande e monstruoso galeão composto de dois imensos barcos naquela marina, que foram trazidos de Óstia e Porto puxados por búfalos. E depois de vários ardis, assaltos, recuos e outras manobras de batalha naval, ao anoitecer colocariam fogo no galeão. Seria uma incrível fogueira, dado o grande número de fogos de artifício que havia ali dentro. Já estava o galeão pronto para combater, as barquinhas prontas para atacar, pintadas segundo as librés dos capitães atacantes, com o pavês e o equipamento galante. Mas esse combate foi cancelado por causa de uma espantosa enchente do Tibre e de voragens demasiado perigosas; como vocês sabem, ele é um dos mais inconstantes rios do mundo e enche inopinadamente não apenas pelos afluxos e água que descem das montanhas com fontes de neves ou de outras chuvas, ou pelos transbordamentos dos lagos, que deságuam nele, mas ainda pela maneira estranhíssima com que os ventos austrais que sopram direto para sua boca perto de Óstia, suspendendo seu curso, sem deixar que escorra para o mar Etrusco e o fazem inflar e voltar a contrafluxo, para miserável calamidade e devastação das terras adjacentes. Junte-se a isso que dois dias antes ocorrera o naufrágio de uma das gôndolas onde estavam atores inexperientes no mar, crendo que faziam fanfarra e bufonaria nas águas, como fazem maravilhosamente em terra firme. Essa naumaquia estava marcada para domingo, dia dez deste mês.

A ciomaquia por terra foi feita na quinta-feira seguinte. Para compreendê-la melhor deve-se notar que, para realizá-la de modo perfeito foi escolhida a praça de Sant'Apostolo, porque depois da de Navona é a mais bela e longa de Roma, e sobretudo porque o palácio do senhor reverendíssimo fica ao longo da praça. Nela então, diante da grande porta do palácio em questão, foi por desenho do capitão Gianfrancesco Montemellino erigido um castelo em forma quadrangular, cada face dele tinha a longura de cerca de vinte e cinco passos; com metade dessa altura, incluindo o parapeito. De cada ângulo foi erigida uma torreta com quatro quinas agudas, das quais três eram projetadas para fora e a quarta amortizada no ângulo da muralha do castelo. Todas estavam perfuradas para canhões em cada um dos flancos e ângulos interiores em dois lugares, a saber, por baixo e por cima do cordão. Na altura deles com seu parapeito, como a tal muralha. E dava essa muralha para a face principal, que se voltava para o longo da praça; e no contorno de suas duas torretas de fortes placas e pranchas até o cordão por cima era de tijolo, na razão que vocês compreenderão mais adiante. As outras duas faces com suas torretas eram todas de placas e tábuas. A muralha da porta do palácio fazia a quarta face. No canto dela por dentro do castelo foi erigida uma torre quadrada do mesmo material, três vezes mais alta que as outras torretas. Por fora tudo estava bem unido, juntado e pintado, como se fossem muralhas de grandes pedras entalhadas à moda rústica, tal como

François Rabelais

estava ricamente vestido com armas de um aparato feito à moda antiga de seda encarnada bordada de ouro, coberta de Luas crescentes estofadas com ricos bordados de lona e canutilho de prata. Com a mesma aparência estavam também vestidos e cobertos todos os homens de armas supracitados e seus cavalos do mesmo modo. E não posso omitir que entre as já ditas Luas crescentes de prata em alto relevo, por certos quadros estavam em rico bordado apresentados quatro maços recamados de verde, em cuja volta estava escrito a palavra FLAVESCENT. Que quer dizer (em minha opinião) alguma grande esperança de estar próximo da maturidade e do gozo.

Uma vez afastadas essas duas tropas, restando a praça vazia, súbito entrou pelo lado direito inferior da praça uma companhia de jovens e belas damas ricamente adornadas e vestidas à moda ninfal, tal como vemos as ninfas nos monumentos antigos. Delas a principal, mais eminente e alta de todas, representando Diana, levava no vértice da fronte uma Lua crescente de prata; a cabeleira loira esparsa sobre as espáduas, trançada sobre a cabeça com uma guirlanda de laurel toda entrelaçada de rosas, violetas e outras belas flores; vestida sob a sotaina e a anágua de damasco vermelho carmim com ricos bordados, com um fino pano de Chipre toda batido de ouro, minuciosamente pregado, como se fosse um roquete de cardeal, descendo até o meio da perna e por cima uma pele de leopardo raríssima e preciosa, atada com grandes botões de ouro sobre a espádua esquerda. Suas botinas douradas, talhadas e enlaçadas à moda ninfal com cadarços de lona de prata; seu olifante de marfim pendurado sob o braço esquerdo, seu carcás precisamente recamado e trabalhado com pérolas pendia da espádua direita por grossos cordões e borlas de seda branca e encarnada. Na mão direita ela trazia um dardo prateado. As outras ninfas pouco diferiam nos aparatos, a não ser aquelas que não tinham a Lua crescente de prata sobre a fronte. Cada uma trazia um arco turquês belíssimo na mão e o carcás como a primeira. Alguns em seus roquetes portavam peles de feras africanas, outras de linces, outras de martas calabresas. Algumas levavam galgos em coleiras, outras soavam suas trompas. Era uma coisa linda vê-las. Assim passeando pela praça com agradáveis gestos como se partissem para caça, aconteceu que uma do grupo, ao se desgarrar para longe da companhia para enlaçar um cadarço de sua botina, foi pega por soldados saídos do castelo de imprevisto. Ao ser pega, fez-se um terrível clamor na companhia. Diana gritava muito alto que a devolvessem, as outras ninfas do mesmo modo em gritos apiedados e lamentosos. Nada lhes foi respondido por aqueles que estavam dentro do castelo. Então atirando um certo número de flechas por cima do parapeito e ferozmente ameaçando quem estava lá dentro, retornaram com caras e gestos tão tristes e piedosos como antes eram felizes e alegres quando avançavam.

No fim da praça se encontravam sua excelência e sua comitiva fazendo também gritos assustadores. Diana ao lhe revelar o infortúnio, como se a um seu pequeno e favorito, testemunha a divisa de Lua crescente de prata espalhadas em seus aparatos, e pede ajuda, socorro e vingança. O que lhe foi prometido e assegurado. Depois saíram as ninfas da praça. Então sua excelência envia um arauto até aqueles que estavam dentro do castelo, requerendo que a ninfa arrebatada lhe fosse devolvida num instante. E em caso de recusa ou atraso, ameaçava-os forte e firme de deitá-los junto à fortaleza em fogo e sangue. Os homens do castelo responderam que queriam a ninfa para si e que, se quisessem tê-la de volta, teriam de jogar com facas, sem moleza. Então não apenas não a devolveram diante de tal intimidação, como ainda subiram ao ponto mais alto da torre quadrada visível da parte exterior. O arauto retornou e, ouvindo a recusa, sua excelência sumariamente reuniu o conselho com os capitães. Ali resolveu arruinar o castelo e todos que estavam lá dentro.

Naquele instante, da parte direita inferior da praça, entraram ao som de quatro trombetas, pífaros e tambores um esquadrão de cavalaria e uma tropa de infantaria, marchando furiosamente, como que querendo entrar à força no castelo para socorrerem quem o detinha. O capitão da infantaria era o senhor Ciappino Orsini, todos homens valentes e soberbamente armados tanto de piques quanto de arcabuzes, em número de trezentos ou mais. As cores de sua insígnia e faixas eram branca e laranja. A cavalaria tinha o número de cinquenta cavalos ou mais, todos em arneses dourados, ricamente vestidos e ajaezados, que eram conduzidos pelos senhores Roberto Strozzi e Maligni. A libré do senhor Roberto e do seu aparato de armas, das bardas, caparazões, penachos, brasões, e dos cavaleiros por ele conduzidos, com trombeteiros, pajens e valetes, tinha as cores branca, azul e laranja. A do senhor de Maligni e dos homens por ele conduzidos tinha por cores branco, vermelho e preto. E se os de sua excelência estavam bem e vantajosamente montados e ricamente guarnecidos, estes aqui não cediam em nada. Os nomes dos homens de armas eu mostro aqui em louvor e honra:

O senhor Roberto Strozzi.

O senhor de Maligni.

Sr. Averso dell'Anguillara.

Sr. de Malicorno, o jovem.

M. Giovanni Battista di Vittorio.

Sr. de Piebon.

François Rabelais

M. Scipione de Piovene.

S. de Villepernay.

Spagnino.

Battista, piqueiro do senhor embaixador.

O escudeiro do senhor Roberto.

Giovanni Battista Altoviti.

Sr. de la Garde.

Os dois últimos não participaram do combate, porque alguns dias antes da festa, quando ensaiavam nas termas de Diocleciano com a companhia, o primeiro quebrou uma perna, o segundo cortou o polegar. As duas tropas então, quando entravam ferozmente na praça, foram encontradas por sua excelência e suas comitivas. Então se engajou a escaramuça de uns com os outros em bravura honrável, sem no entanto quebrar lanças ou espadas. Os últimos a entrarem se retiravam para o forte; os primeiros a entrar sempre os perseguiam até chegarem perto da fossa. Nesse momento atiraram do castelo um grande número de artilharia grande e média, e recuou sua excelência e suas tropas para o quartel; as duas últimas tropas entraram no castelo.

Finda essa escaramuça, saiu um trombeteiro do castelo enviado até sua excelência, para ouvir se os cavaleiros queriam dar uma prova de seus poderes em monomaquia, ou seja, em homem a homem contra os sitiados. Responderam que de bom grado o fariam. Retornado o trombeteiro, saíram do castelo dois homens de armas, trazendo cada um a lança em riste e a viseira baixa. E pararam sobre o revelim da fossa, em frente aos assaltantes. Da tropa destes igualmente se aprumaram dois homens de armas, lança em riste, viseira baixa. Então soando as trombetas de um lado e de outro, os homens de armas se encontraram batendo furiosamente suas destras; depois, rompidas as lanças tanto de um lado quanto de outro, voltaram as mãos às espadas e se atracaram uns ao outros de modo tão brusco, que suas espadas voaram em pedaços. Retirados esses quatro, saíram quatro outros e combateram dois contra dois, como os primeiros; e assim por diante combateram todos os homens a cavalo das duas tropas opostas.

Terminada essa monomaquia, enquanto a infantaria empreendia a retirada, sua excelência e sua comitiva, mudando de cavalo, retomaram novas lanças e em tropa se apresentaram diante do castelo; a infantaria no flanco direito, cobertos alguns escudos redondos, levavam escadas, como que para tomar o forte de assalto, e já tinha plantado algumas escadas do lado da porta, quando do castelo lançaram tanta artilharia, tantos petardos, granadas, argamassa e tochas em chama, que toda a vizinhança retumbou e já não se via em torno nada além de fogo, flamas e fumaça, com estrondos espantosos daquele canhoneio. Ao que foram obrigados os invasores a se retirarem e abandonarem as escadas. Alguns soldados do forte saíram sob a fumaça e atacaram a infantaria dos invasores de jeito que pegaram dois prisioneiros. Depois, seguindo sua própria sorte, viram-se cercados por um esquadrão de invasores escondido numa emboscada. Ali, temendo que a batalha prosseguisse, retiraram-se num trote e perderam dois dos seus, que foram igualmente levados como prisioneiros. Na retirada saíram do castelo homens da cavalaria, cinco a cinco por grupo, com lança em riste. Os invasores se apresentaram do mesmo modo e romperam lanças em turba em várias galopadas. O que é coisa demasiado perigosa. Tanto é que o senhor de Maligni, depois de cruzar descuidado contra o escudeiro de sua excelência, no retorno o acertou com tal violência, que derrubou por terra homem e cavalo. E na hora morreu o cavalo, que era um belo e potente corcel. O do senhor Maligni ficou com o ombro deslocado.

Durante o tempo em que tiravam o cavalo morto, soaram também na maior jubilosa harmonia as companhias de músicos que estavam posicionados em diversas plataformas pela praça: tais como oboés, cornetas, sacabuxas, flautas transversas, trompas, gaitas de foles e outros, para divertir os espectadores a cada pausa do agradável torneio. Esvaziada a praça, os homens de armas, tanto de um lado quanto do outro, o senhor Maligni montado no ginete jovem, e o escudeiro sobre outro (pois que estavam um pouco feridos), deixando de canto as lanças combateram com espada em turba, entremeados uns nos outros, com bruta desmedida. Porque um rompeu três e quatro espadas, e embora estivessem bem protegidos, muitos ali foram desarmados.

O fim foi que uma tropa de arcabuzeiros invasores assaltou com tiros de escopetas os sitiados, que foram obrigados a bater em retirada para o forte e meter o pé na terra. Nesse ínterim, ao som da campanela do castelo, foi lançado um grande número de artilharia, e se retiraram os invasores, que também meteram o pé na terra e decidiram partir para a batalha, vendo sair do forte todos os sitiados em linha de combate. Por isso pegou cada um seu pique embotado em punho e com insígnias despregadas em marcha grave e lenta se apresentaram à vista dos sitiados, apenas ao som de pífaros e tambores, com homens de armas na primeira fileira e arcabuzeiros no flanco. Depois marchando adiante quatro ou cinco passos, puseram-se todos de joelhos, tanto os invasores como os sitiados, por um espaço de tempo tão longo em silêncio digno da oração dominical.

Ao longo do torneio precedente houve muito clamor e aplauso dos espectadores por toda a circunferência. Diante de tal prece, fez-se silêncio por toda parte, não sem tremor, sobretudo das senhoras e daqueles que nunca

François Rabelais

antes tinham visto uma batalha. Os combatentes, depois de beijaram a terra, presto ao som de tambores se levantaram, e os piques baixos em berros espantosos se juntaram, os arcabuzeiros nos francos atiravam infatigavelmente. E foram tantos piques quebrados, que a praça inteira foi coberta deles. Rompidos os piques, voltaram as mãos às espadas e se chocaram tanto a torto e a direito, que de uma só vez os sitiados expulsaram os invasores a uma distância maior que dois piques; por outro lado foram expulsos até o revelim das torretas. Então foram salvos pela artilharia que atirava de todos os cantos do castelo, e nisso os invasores se retiraram. Esse combate durou muito tempo. E houve alguns arranhões de piques e espadas, porém sem cólera nem más intenções. Feita a retirada tanto de um lado como do outro, ficaram ali em meio a piques rompidos e arneses quebrados dois homens mortos, mas eram de feno, dos quais um tinha o braço esquerdo cortado e o rosto cheio de sangue, e o outro tinha um pedaço de pique atravessado no corpo, onde termina a couraça. Em torno deles houve uma nova recreação enquanto a música soava. Pois Frerot com seu aparato de veludo encarnado folheado de pano de prata, com forma de asas de morcego, e Fabrizio, com sua coroa de laurel, se juntaram a eles; um os admoestava sobre a salvação, recebia confissões e os absolvia como quem morreria pela fé; o outro tateava os bolsos e as braguilhas para encontrar a bolsa. No fim, ao descobri-los e despojá-los revelavam ao povo que eram apenas pessoas de feno. O que gerou grande risada entre os espectadores, admirados sobre como os tinham posto e jogado ali durante o furioso combate.

Com essa retirada, o dia já clareado e purgado das fumaças e perfumes do canhoneio, apareceram no meio da praça oito ou dez gabiões em linha e cinco peças de artilharia sobre rodas, que durante a batalha tinham sido posicionadas pelos canhoneiros de sua excelência. Ao serem percebidos por um sentinela na torre alta do castelo, ao som da campanela se fez e se ouviu um grande clamor e algazarra dos que estava lá dentro; e lançaram tanta artilharia por todos os lados do forte e tantos tiros de fogo, balas de canhão, bolas e tochas acesas contra os gabiões ali posicionados, que nem ouviriam os trovões do céu. Não obstante tudo isso, a artilharia disposta por trás dos gabiões atirou furiosamente duas vezes contra o castelo para grande espanto de quem assistia. Nisso tombou para fora da muralha até o cordão aquela, como já disse, que era de tijolo. Com isso a fossa foi preenchida. Com a queda, a artilharia de dentro ficou descoberta; um bombardeiro caiu morto do alto da imensa torre. Mas era repleto de feno. Quem estava lá dentro então começou a reconstruir o baluarte por trás dessa brecha com grande esforço e empenho. Os invasores enquanto isso fizeram uma mina com a qual incendiaram em duas torretas do castelo, que tombando por terra pela metade fizeram um barulho terrível. Uma delas queimava continuamente, a outra soltava fumaça tão medonha e espessa, que não se podia mais ver o castelo.

Mais uma vez se fez nova bateria e lançaram cinco grandes peças duas vezes contra o castelo. Ao que tombou toda a escarpa da muralha, que, como já disse, era feita de tábuas e pranchas. Ao tombar por fora, fez como que uma ponte cobrindo a fossa até por cima do revelim. Restou apenas a barreira e o baluarte que os sitiados tinham fortificado. Então para impedir o assalto dos invasores, que estacam todos ordenados no fundo da praça, foram lançadas dez trombas de fogo, canhões de estopilha, balas, petardos e vasilhas em brasa; e do baluarte foi lançado um balão na praça, do qual de uma só vez saíram trinta bocas de fogo, mais de mil foguetes e trinta projéteis. E corria o balão pela praça, lançando fogo de todos os lados, uma coisa espantosa. Feita por invenção de messer Vincenzo, romano, e Francesco, florentino, bombardeiros do santo pai. Frerot bancando o bom companheiro correu atrás do balão, chamando-o de boca do inferno e cabeça de Lúcifer, mas assim que o acertou por cima com um golpe de pique, ficou todo coberto de fogo e gritava como um enraivado, fugindo aqui e ali e queimando aqueles que tocava. Depois ficou negro como um etíope e teve tão marcado o rosto, que apareceria assim por ainda mais três meses. Após a consumação do balão, soaram o assalto, da parte de sua excelência, que junto com seus homens de armas da infantaria cobertos por grandes escudos de bronze dourado à moda antiga e seguido pelo resto de suas tropas entrou pela ponte já mencionada. Os homens de dentro fizeram frente no baluarte e na barreira. Nesta se deu o combate mais brutal que se viu. Porém forçosamente no fim romperam a barreira e entraram no baluarte. Naquele instante vimos na torre alta as armas de sua majestade içadas com festões alegres. À direita delas, um pouco abaixo estavam aquelas do meu senhor d'Orléans, à esquerda aquelas de sua excelência. Isso aconteceu às duas horas da noite. A ninfa arrebatada foi apresentada à sua excelência e imediatamente devolvida a Diana, que se encontrava na praça como que retornando da caça.

O povo que assistia, grandes e pequenos, nobres e plebeus, religiosos e seculares, homens e mulheres, tomados de prazer e alegria, de todos os lados bradava e cantava a plenos pulmões: "Viva a França, França, França, viva Orléans, viva Orazio Farnese". Alguns acrescentaram: "Viva Paris, viva Bellay, viva a costa de Langey!". Nós podemos dizer o que outrora se cantava na anunciação dos jogos seculares: "Vimos o que nenhuma pessoa viva em Roma antes viu, e nenhuma pessoa viva em Roma jamais o verá".

A hora já era tardia e oportuna para a ceia que, enquanto sua excelência se desarmava e mudava de vestes junto com todos os valentes campeões e nobres combatentes, foi ornada com suntuosidade e magnificência tão grande, que era capaz de apagar os célebres banquetes de muitos antigos imperadores romanos e bárbaros, inclusos alguns pratos e a cozinha de Vitélio, celebérrimo a ponto de se tornar provérbio, em cujo banquete foram servidos mil peças de peixe. Nem falarei do número e das raras espécies de peixes aqui servidos; é deveras excessivo. Bem lhes direi que nesse banquete foram servidas mais de cinco mil peças assadas; digo patês, tortas e pastéis. Se as carnes foram copiosas, também foram os bebes numerosos. Pois trinta tonéis de vinho e cento e cinquenta dúzias de bocados de pão de ló não duraram nada, sem contar o pão mole e comum. Assim a casa do meu senhor reverendíssimo foi aberta a todos, quem quer que fossem, durante todo aquele dia. Na primeira mesa da sala média foram contados doze cardeais, a saber:

O reverendíssimo cardeal Farnese.

R. C. de Santo Ângelo.

R. C. de Santa Fiore.

R. C. Sermoneta.

R. C. Ridolfi.

R. C. du Bellay.

R. C. de Lenoncourt.

R. C. de Meudon.

R. C. d'Armignac.

R. C. Pisani.

R. C. Cornaro.

R. C. Gaddi.

Sua excelência, o senhor Strozzi, o embaixador de Veneza. Tantos outros bispos e prelados. As outras salas, câmaras, galerias daquele palácio estavam todas cheias de mesas servidas com o mesmo pão, vinho e carnes. Tiradas as toalhas, para lavar as mãos foram apresentadas duas fontes artificiais sobre a mesa, todas enfeitadas com flores perfumadas com compartimentos à moda antiga. Por cima delas ardia um fogo agradável e redolente composto com aguardente moscada; por baixo em diversos canais saía água de anjo, água de laranjeira, e água de rosas. Feitas as graças em música honrável, foi pronunciada por Labbat acompanhado da grande lira a ode que vocês encontrarão ao fim, composta pelo meu senhor reverendíssimo.

Depois de retiradas as mesas entraram todos os senhores na sala maior, bem atapetada e decorada. Lá se poderia crer que era encenada uma comédia, mas ela não aconteceu, porque já era mais de meia-noite; e no banquete que meu senhor reverendíssimo cardeal d'Armignac antes havia oferecido, uma foi encenada, que apenas entediou o público, tanto por causa de sua demora e pantomimas bergamascas enfadonhas quanto pela invenção tão fria e pelo argumento trivial. Em lugar de comédia, ao som de cornetas, oboés, sacabuxas etc. entrou uma companhia de novos bufões, que muito deleitaram toda a plateia. Depois deles, foram introduzidas muitas bandas de máscaras, tanto de nobres como de senhoras honradas com ricas divisas e vestes suntuosas. Ali começou o baile e durou até amanhecer. Nesse momento, meus senhores reverendíssimos, embaixadores e outros prelados se retiraram em grande júbilo e contentamento.

Ao longo do torneio e do festim, notei duas coisas insignes. Uma é que não houve rixa, debate, dissenso nem tumulto; outra é que, em tantas vasilhas de prata para servir tantas pessoas de diversos estados, nada se perdeu, nem se extraviou. Nas duas noites seguintes foram feitas fogueiras na praça pública diante do palácio do meu senhor reverendíssimo, com muita artilharia e uma tal diversidade de fogos de artifício, que era uma coisa maravilhosa, tais como enormes balões, enormes morteiros lançados cada vez com mais de quinhentos foguetes e projéteis, rodas de fogo, moinhos de fogo, nuvens de fogo cheias de estrelas coruscantes, estopilhas de canhões, algumas multiplicantes, outras reciprocantes, além cem tipos diversos. Tudo feito por invenção do supracitado Vincenzo e de Bois le Court, grande salitreiro de Maine.

François Rabelais

Ode sáfica

Como se declara já no título, esta ode foi escrita não por Rabelais, mas sim pelo cardeal Jean du Bellay (cf. nota introdutória à "Carta-dedicatória da Topografia
da antiga Roma de Marliani"), que tinha grande domínio de latim. Traduzo-a porque foi publicada em conjunto com A ciomaquia, perfazendo um todo de louvor a
Henrique II e sua família no casamento entre este (representando a França) e Catarina de Médici (representando a Itália e a Etrúria). A estrofe sáfica anunciada desde
o título tem origem na poesia grega arcaica, sobretudo no corpus atribuído a Safo
de Lesbos; no entanto, du Bellay se baseia nas práticas do poeta romano Quinto Horácio Flaco, fazendo um poema de qualidade mediana. Segue abaixo seu esquema
métrico, em que — significa sílaba longa, u significa sílaba breve, e x indica que a sílaba pode ser longa ou breve:

$$— u — — — u\,u — u — x$$
$$— u — — — u\,u — u — x$$
$$— u — — — u\,u — u — x$$
$$— u\,u — x$$

Sabemos que du Bellay encomendou uma apresentação musical do poema, seguindo a prática antiga.

Há uma série de usos mitológicos de origem greco-romana, porém adaptados
ao universo cristão. O deus romano Mercúrio, o mesmo que o Hermes grego, presi-
dia a linguagem e a comunicação, sendo o mensageiro dos deuses. Os Quirites são
o povo romano, como descendentes do mítico Rômulo, fundador da cidade, que depois de morrer recebeu o nome de Quirino, e que aparece mais adiante como "pai
dos romanos". A luz que nasce nas ondas do Sena é Luís, duque de Orléans, e a deusa é sua mãe Catarina de Médici. Esta saiu das margens do Arno, junto a Florença,
após a morte de seu pai Lourenço de Médici, e seguiu para Roma, às margens do Tibre; depois seguiu para o casamento com Henrique II em Marselha, fundada pelos
fócios; sabemos que Catarina, depois do casamento, ficou onze anos sem ter filhos,
e também que Luís (morto com menos de dois anos) foi, de fato, o quarto filho do
casal, depois de Francisco II, Elizabete (futura rainha da Espanha) e Cláudia (futura duquesa de Lorena). A Nereida (no mito, uma filha de Nereu, portanto deusa marinha) que tudo testemunha é sinédoque do Mediterrâneo. Himeneu é o deus do casamento. Cípria é um epíteto de Vênus/Afrodite, como deusa venerada na ilha de
Chipre; aqui representa a consumação do casamento. Juno era a deusa romana pa-

trona do casamento e dos partos. A Ninfa em Fontainebleau é talvez referência à própria Catarina, ou então à escultura de Benvenuto Cellini feita em 1542, que ficava no palácio de Fontainebleau. As Musas eram patronas do canto nas antigas Grécia e Roma, muitas vezes representadas usando um plectro para tocar a lira; aqui elas indicam a influência da Itália sobre o Renascimento francês. A Ninfa é provavelmente Ana d'Este (1531-1607), duquesa de Ferrara, cidade próxima ao rio Pó, que em 1548 se casou com Francisco de Lorena, duque de Guise (1519-1563).

Além disso, o poema apresenta também algumas referências mais diretas, que hoje não são claras ao leitor. "Os santos pais e o velho" é o Colégio Cardinalício e o papa Paulo III, que tinha então 82 anos. Margarida é a de Valois (1523-1574), irmã de Henrique II. Joana III de Navarra (1528-1572) era filha de Margarida de Angoulême ou de Navarra, portanto sobrinha de Henrique II. Aquela que se diz o fogo de Orazio Farnese é Diana de França, sua noiva até se casarem em 1553.

ODE SAPPHICA
R. D. IO. CARDINALIS BELLAII

Mercuri interpres superum, uenusto
Ore qui mandata refers uicissim,
Gratus hos circum uolitans, et illos,
    Praepete cursu,

Adueni sanctis patribus, senique,   5
Praesidet qui concilio deorum,
Quem sui spectat soboles Quiritum
    Numinis instar.

Dic iubar, quod Sequanidas ad undas
Edidit Gallis Italisque mixtim   10
Diua, quam primum Tyberi tenellam
    Credidit Arnus,

Tritonum post hanc comitante turba
Phocidum celsas subiisse turres,
Nec procellosum timuisse uidit   15
    Nereis aequor.

O diem Hetruscis populis colendum,
Et simul Francis iuueni puellam
Qui dedit, forma, Genio, decore,
    Ore coruscam!   20

Fauste tunc in quos Hymenaee, quos tu
In iocos Cypri es resoluta! uel quas
Iuno succendit ueniente primum
    Virgine taedas!

Vt tibi noctes Catharina laetas,   25
Vt dies Errice tibi serenos,
Demum ut ambobus, sobolique fausta est
    Cuncta precata!

Vt deam primo dea magna partu
Iuuit! ut nec defuerit subinde,   30
Quartus ut matri quoque nunc per illam
    Rideat infans.

Quartus is, quem non superi dedere
Galliae tantum: sibi namque partem
Vendicat, festisque uocat iuuentus   35
    Nostra choreis.

Laeta si Franciscum etenim iuuentus
Hunc petat, cui res pater ipse seruat
Gallicas, et cui imperium spopondit
    Iuppiter orbis: 40

Prouocet diuos hominesque: tentet
Pensa fatorum: fuerit Latinis
Et satis Tuscis apibus secundos
    Carpere flores.

Nam sibi primos adimi nec ipsae   45
Gratiae Errici comites perennes,
Nec sinat raucis habitans Bleausi
    Nympha sub antris.

Nec magis uos o Latio petitae
Celticis, sed iam Laribus suetae, et   50
Vocibus Musae, ac patriis canentes
    Nunc quoque plectris.

Et puellarum decus illud, una
Margaris tantum inferior Minerua,
Ac Nauarraeae specimen parentis   55
    Iana reclamet.

Ne quidem Nympha id probet illa, ab imis
Quae Padi ripis iuuenem secuta est,
Si Parim forma, tamen et pudicum
    Hectora dextra.   60

Nec tuos haec quae patefecit ignes
Ignibus praeclare aliis Horati,
Cuncta dum clamant tibi iure partam
    Esse theatra.

Tu licet nostro a Genio tributam ob   65
Gratiam nil non Catharina nobis
Debeas, nostro at Genio tuoque heic
    Ipsa repugnes.

Spe parum nixis igitur suprema
Sorte contentis media, faueto,   70
Et recens per te in Latios feratur
    Flosculus hortos.

At nihil matrem moueat, quod ipsis
Vix adhuc ex uberibus sit infans
Pendulus, nullae heic aderant daturae   75
    Vbera matres?

Nec tamen lac Romulidum parenti
Defuit: neue heic quiriteris, esse
Lustricas nondum puero rogatum
    Nomen ad undas.   80

Nominis si te metus iste tangit,
Sistere infantem huc modo ne grauere,
Diique, diuaeque hunc facient, et omnis
    Roma Quirinum.

Τέλος

ODE SÁFICA
DO REVERENDÍSSIMO SENHOR
CARDEAL JEAN DU BELLAY

Ó Mercúrio, núncio dos deuses, bela
tua boca sempre remete as ordens
quando voa amável por uns e outros
    rápido curso,

venha aos santos pais e revenha ao velho   5
que preside os deuses em seus conselhos,
este que os Quirites e netos miram
    como a um nume.

Diga a luz que em ondas do Sena um dia
p'ra franceses e ítalos concedera   10
nossa deusa tenra que outrora ao Tibre
    o Arno fiara;

com tritões em turba por comitiva
ela alçou-se às torres excelsas, fócias,
sem temer um mar de procelas, como   15
    disse a Nereida.

Dia de honras para francês e etrusco
quando para o jovem se dera a moça
toda reluzente em decoro, gênio,
    rosto e beleza.   20

Himeneu feliz, entre tantos jogos
para os bens da Cípria! E que belas tochas
Juno alumiou ao notar que aquela
    virgem chegava!

Pede alegres noites, ó Catarina,   25
ó Henrique, pede serenos dias,
pede para os dois e p'ros filhos de ambos
    toda alegria!

Grande deusa à deusa concede um parto,
sempre mais propícia por cada instante,   30
e hoje chega ao quarto, quando este infante
    ri pra mãezinha.

Chega o quarto: os deuses não presenteiam
só a França, pois que somente em parte
esta o clama, e jovens por fim lhe ofertam   35
    festas e danças.

Se esses jovens buscam chamar Francisco
este a quem seu pai reservara toda
França e a quem o trono do mundo inteiro
    Júpiter cede,   40

já farão ofensas a deuses e homens
junto da balança que os fados pesam
e as abelhas lácias e etruscas sorvem
    flores segundas.

Pois primícias puras daquelas flores   45
nem as Graças (sempre a seguir Henrique),
nem a Ninfa em Fontainebleau sonora
    deixa que colham;

nem vocês, seletas que vêm do Lácio,
mas acostumadas a lar e língua 50
celta, ó Musas que hoje no canto pátrio
    tocam o plectro.

Margarida, glória de vigor das moças,
jovem que somente Minerva vence,
e Joana, igual sua mãe navarra, 55
    reclamariam.

Não aprova a Ninfa que vem das baixas
margens junto ao Pó procurando o jovem
belo como Páris, mas como Heitor um
    casto na destra; 60

nem aquela que hoje se diz seu fogo,
ó Orazio célebre em outros fogos
(quando tudo atesta que por direito
    seja só sua).

Catarina, até sem dever à graça 65
toda concedida por nosso Gênio,
nesse caso esquiva do nosso Gênio,
    junto ao teu Gênio.

Quanto a nós, que não esperamos alto,
mas no médio estamos, nos auxilie: 70
e que a flor recente você conduza
    no horto do Lácio.

Nada assuste a mãe: se o menino ainda
preso ao seio acaso soltar o bico,
não viriam outras para dar um novo 75
    seio ao infante?

Não faltara leite pro pai romano;
não reclame agora se por acaso
falta no batismo que lhe sugiram
    nome ao menino. 80

Se você receia por esse nome,
deixe apenas que ele na fonte chegue:
deuses, deusas, todos farão que seja
        logo um Quirino.

                Τέλος
                [Fim]

François Rabelais

CRISMA FILOSOFAL

Nota introdutória

A ideia das questões que aqui aparecem é retirada de uma plaquete de apenas oito folhas publicada sem local ou data, porém provavelmente feita em torno de 1518, paralelamente à gravura em madeira intitulada Lamentationes obscurorum uirorum *(Lamentações dos homens obscuros), que representa o funeral de Johannes Cerdo de Colônia (Schwob apud Huchon). Também é importante notar que uma questão enciclopédica aparece na Biblioteca de Saint-Victor, em* Pantagruel, *cap. 7. Huchon acredita que seja possível a autoria rabelaisiana desta obra, se estiver em relação com o* Pantagruel, *por proximidade de temas e termos lá recorrentes.*

Crisma aqui tem sua origem no grego χρῖσμα, *"unguento", ou "perfume". O alucinante advérbio do título tem origem em "sorbonícolas", os habitantes da Sorbonne, um centro conservador de teologia para a época, frequentemente atacado por Rabelais. As escolas de Decreto são as escolas de Direito Canônico. Saint-Denis-de- -la-Chartre é uma igreja na Île de la Cité, em Paris. Utrum pode ser entendido sempre como um "se". Ideia tem o sentido platônico de modelo abstrato das coisas do mundo. Morfeu é o deus grego do sono, que aparece de formas diversas aos adormecidos. Hermágoras foi um retor grego do séc. I a.C. Meteoro designa qualquer fenômeno atmosférico. Zenão (sécs. IV-III a.C.) é o filósofo grego fundador do estoicismo. Santiaguípetas (jacobipetes) são os peregrinos de Santiago de Compostela.*

A CRISMA FILOSOFAL
DAS QUESTÕES ENCICLOPÉDICAS
DE PANTAGRUEL

Que serão disputadas
sorbonicolificabilitudinissimamente nas escolas de Decreto
junto a Saint-Denis-de-la-Chartre em Paris

Utrum uma ideia platônica voando destramente sobre o orifício do caos poderia caçar os esquadrões dos átomos demócritos.

Utrum os morcegos, ao verem através da translucidade da porta córnea, poderiam espionicamente descobrir as visões mórficas, desenrolando gironicamente o fio do crepe maravilhoso, envolvendo as bistecas assadas dos cérebros mal calafetados.

Utrum os átomos rodando ao som da harmonia hermagórica poderiam fazer uma compactação, ou então uma dissolução de uma quinta essência pela subtração dos números pitagóricos.

Utrum o frio invernal das Antípodas, passando em linha ortogonal pela homogênea solidez do centro, poderia por uma doce antiperistase aquecer a superficial conexidade dos nossos calcanhares.

Utrum os pendentes da zona tórrida poderiam tanto se embeber das cataratas do Nilo, a ponto de virem a umedecer a mais cáusticas partes do céu empíreo.

Utrum tão só pelo longo pelo dado à ursa metamorfoseada, com o traseiro tosado à sodomítica para fazer um capucho para Tritão, poderia ser guardiã do polo Ártico.

Utrum uma sentença elementar poderia alegar prescrição decenal contra os animais anfíbios, e *é contra* a outra respectivamente formular querela em caso de direito de posse e renovação.

Utrum uma gramática histórica e meteórica, contendendo sobre sua anterioridade e posterioridade pela tríade dos artigos, poderia encontrar alguma linha ou caractere de suas crônicas sobre a palma zenônica.

Utrum os gêneros generalíssimos, por violenta elevação sobre seus predicamentos, poderiam escalar até os estágios dos transcendentes e, por conseguinte, deixar baldias as espécies especiais e predicáveis, para grande prejuízo e dano dos pobres mestres de artes.

Utrum o oniforme Proteu, posando de cigarra e musicalmente exercendo sua voz nos dias caniculares, poderia com um orvalho matutino, cuidadosamente lançado no mês de maio, fazer uma terceira concocção diante do curso inteiro de um cachecol zodiacal.

Utrum o negro escorpião poderia suportar a dissolução de continuidade em sua substância e por efusão de seu sangue obscurecer e brunir a Via Láctea para grande dano e prejuízo dos santiaguípetas.

François Rabelais

TRATADO
DO BOM USO DE VINHO

Nota introdutória

Este livro tem um percurso no mínimo curioso. Em primeiro lugar, não existe o original francês, mas apenas uma versão tcheca de 1622, mais de meio século depois da morte de Rabelais, e cerca de dez anos depois da morte de seu tradutor/editor Martinho Carquésio (154?-1612/13), nome latinizado de Martin Kraus de Krausenthal. Temos hoje três exemplares em bibliotecas da República Tcheca, a partir dos quais foi feita uma edição recente, em 1995, editada e anotada por P. Ouředník com o título Pojednání o případném pití vína. De Krausenthal sabemos quase nada: apenas que foi um burocrata de Praga entre 1564 e 1600, com vida farta, que trocou cartas com Jan Campanus Vodňanský entre 1602 e 1610 e que traduziu algumas obras do alemão, sem indicar maiores pretensões literárias. Pelo fato de que praticamente não conhecia o francês, a hipótese mais aceita é que este livro teria sido traduzido a partir de uma tradução alemã, que também teria se perdido. A hipótese de que Krausenthal estaria escrevendo à moda de Rabelais parece mais fraca, já que nenhuma obra do mestre francês tinha sido traduzida (na verdade, Gargântua e Pantagruel só aparecerão em tcheco no século XIX), então não faria sentido jogar com um nome completamente desconhecido em sua língua.

Ainda assim, é claro que a autoria rabelaisiana permanecerá duvidosa; no entanto, julgo que é melhor traduzir essa peça interessantíssima e hilária como parte de um corpus de Rabelais, em vez de abandoná-la por hesitação. Como desconheço por completo a língua tcheca, a tradução foi feita a partir da cuidada versão francesa de Marianne Canavaggio, de 2009, também acompanhada de notas explicativas.

O nome Alcofribas Nasier, mencionado no título da obra, é o tradicional pseudônimo anagramático de François Rabelais utilizado nas primeiras edições de Pantagruel e Gargântua.

TRATADO DO BOM USO DE VINHO,
QUE É GRANDIOSO E PERPÉTUO
PARA GOZO DE ALMA & CORPO
& CONTRA DIVERSAS DOENÇAS
DE MEMBROS EXTERNOS E INTERNOS,
COMPOSTO PARA VANTAGEM DE ILUMINADORES
DE MUSEUS PELO MESTRE ALCOFRIBAS,
ARQUITRICLINO DO GRANDE PANTAGRUEL

Este tratado foi tirado dos livros do médico e eminente sábio Rabelais, em Lyon, para que todo ser dotado de razão, ao ler e ouvir, se regozije enormemente. A fim de que seu belo espírito, longe de cair no esquecimento, beneficie os homens e seja honra dos tchecos, esta obra foi publicada por Martinho Carquésio, clérigo do chanceler de Praga, no ano da graça de MDCXXII.

Ao leitor de boa vontade, saudações

Paz em Jesus Cristo, nosso Salvador

A abertura do livro já indica o tom de paródia bíblica. A primeira imagem desse tipo é a de Pantagruel, que escreveria com seu dedo em tábuas de pedra, como o decálogo divino. Outra vem com a cena de Noé, que planta a vinha e depois fica bêbado, em Gênesis 9:20-22.

Por outro lado, o livro faz realmente inúmeras referências aos livros de Rabelais. Ao mencionar Gargântua e Gargamela, é interessante notar que os dois nomes evocam a garganta, vinculada ao vinho. Mais adiante teremos referências à abadia de Telema, tema central do fim do Gargântua, à Utopia de Thomas More, também retomada nas obras rabelaisianas, e à Dipsódia (terra dos sedentos), que aparece no Pantagruel.

Henrique Nauta (Henri le Naute) de fato fez várias expedições no séc. XV pela África Ocidental, no entanto a referência é ficcional.

Ao afirmar "Que se dane uma orelha", Rabelais faz referência ao decreto real francês em caso de embriaguez em vias públicas, com a punição máxima de que se amputasse uma orelha ao ébrio; imagem similar aparece na Pantagruelina prognosticação, *cap. 3.*

O vinho de Falerno era tradicional na Roma antiga. A taberna de la Mule era um ponto real da vida boêmia parisiense, no tempo de Rabelais. Flux, glic e tric & trac eram jogos de dados.

———

Meu estimado mestre Pantagruel me pediu para anotar aqui com fidelidade e concisão o que lhe parecia digno de ser consignado para vantagem geral da corporação de manguaceiros pantagruelistas. Ele resolveria com prazer essa deliciosa tarefa e gravaria as palavras em tábuas de pedra; no entanto, a absorção de 184.646 garrafas de vinho d'Anjou deixou sua língua menos hábil que a pluma e a punção, e ele não tinha nenhum motivo para fazer por si próprio.

O uso do vinho, além do verbo prolixo e da prece fervorosa, é de todas as ações humanas a que o distingue de todas as outras criaturas terrestres, que voam no céu, correm ou rastejam sobre a terra, nas quais Deus não insuflou alma humana, embora alguns afirmem, segundo argumentou Henrique Nauta, terem visto nas terras da África um macaco peludo que não desdenhava a garrafa. E se em sua infinita sabedoria Deus elegeu o enérgico Noé para fundar uma nova vida sobre a terra, foi sem sombra de dúvida por causa do amor que o velho camarada prodigalizou mais tarde pela vinha, sobre o monte Ararat.

O grande Pitágoras viveu, ele próprio, num barril, ali bebendo vinho de Falerno; e nesse banho deleitoso Gargântua em pessoa se esbaldou, bem como sua mãe Gargamela.

E em todos os cabarés, albergues, tavernas, bodegas e biroscas da terra de França até a terra de Telema e no país de Utopia e de Dipsódia, em Poitou, Anjou, Picardia, Savoia, Languedoc, Limousin e na taverna de la Mule, uma rapaziada distinta e compadres da corporação dos manguaceiros batem seus potes contra a madeira em nome da grande glória do Espírito Santo. Que se dane uma orelha! Se devemos nos separar, a asa bem enfeitada de um jarro vai substituir que é uma beleza.

Então, meus irmãos, preparem os dados! Assoem os narizes! Apertem as braguilhas! Metam os pés na jaca! E escutem minhas palavras.

E ah! Evitem jogar flux, glic e tric & trac enquanto transmito estas sábias prescrições.

François Rabelais

Do vinho e de seus numerosos méritos

A referência a Aristóteles é inventada. A do Eclesiastes *está em 10:19. O ramo torto designa o galho da videira.*
Um detalhe da tradução: Canavaggio traduz ao francês fazendo versos alexandrinos, típicos do período clássico; porém retornei os versos aos decassílabos, muito mais frequentes na pena de Rabelais e na poesia de sua época.

———

Ho! Maninhos! Bora para as cubas! Que o vinho tem diversas qualidades e cura os males da alma, isso é coisa certa. O homem abstêmio é de tal forma disposto que, como diz Aristóteles (*Enteléquias*, 3), sucumbe sempiternamente ao desespero e ao medo, seja em canícula ou geada, de ser endinheirado ou endividado. A canícula sobrevém, e ele queima de aflição; na geada, treme de angústia; se está endinheirado, teme os punguistas; se endividado, teme os prebostes. Eis por que o *Eclesiastes* declara: "O vinho produz alegria". E meu bom mestre Pantagruel: "A vida é o vinho do homem".

E também por isso que ele prescreve aos seus discípulos uma garrafa de espumante contra desalento, atrabílis, contrição, tristeza, pesar, nostalgia, melancolia, tédio, sorbonismo, ressecamento cerebral e contrariedades.

E lhes diz em versos bem trançados:

> Vamos meu bom irmão, vamos partir,
> Entorne o néctar ou chispe daqui,
> Antes que suma um ano junto ao dia,
> Você tem que encontrar a confraria.

E ao garçom ele diz:

> Meu parça, traga alívio ao seu amigo,
> Por testemunha autêntica eu lhe digo.

O frasco cúmplice do tal Ciclope
Vai entornar antes que a morte tope.

E ainda ao garçom:

Quando em seu bosque brilha o ramo torto,
Os manos chapam a direito e a torto.
Aos ilustres paus-d'água, tão sedentos,
meu bom, prepare pipas, mesa e assentos.

Das vantagens do vinho
contra as doenças internas

Este capítulo faz piada com uma série de expressões populares: "fronha nos olhos" e "lâmpada com banha" são expressões para indicar catarata. "Tinha" parece designar a varíola. "Sorriso alemão" designa rosácea. Os "atributos" são os testículos. "Mijo quente" é gonorreia.

———

Ora, o uso assíduo do vinho é também muito benéfico contras doenças e afecções interiores; e um só clister báquico vale mil e cem purgas, e um só frasco todas as decocções e ventosas, o que se reconhece também no fato de que existem neste mundo muito mais velhos fabricantes de garrafões do que velhos médicos; e amiúde a língua solavanca e no leito de morte um medicastro há de declarar: "Ai, ai, ai!", o que quer dizer "Meu cálice quebrou!".

Bebam então vinho como grande reforço contra:

fronha nos olhos,

lâmpada com banha,

ranho e impetigo,

queimações no estômago,

sarna na cabeça,

pestilência nos dentes,

língua turca,

língua grega,

tinha,

lacrainha na orelha,

impetigo no nariz ou nos culotes,

sorriso alemão,

deterioração do fígado e do baço,

patoá de Savoia,

cálculo na bexiga,

tumor dos atributos,

mijo quente,

balanite,

ataque e ressecamento de todo membro,

raiva,

figo no cu,

queimaduras de água fervida,

umbiguismo,

etcétera,

mas sobretudo contra ressecamento cerebral no crânio e contra amarelão. Contra diversos males, são preferíveis os seguintes vinhos: de Gasconha contra sarna, de Borgonha contra raiva, etcétera. Para alguns desses males, convém talvez misturar o vinho com outros ingredientes, dentre eles:

canela,

losna,

sálvia,

noz de Valáquia,

merda de porco esfolado,

folha de jovibarba,

titica de pombo,

edelvais,

brunela.

Meu bom mestre Pantagruel raciocinou muito antes sobre esse assunto num tratado de um milhão e meio de páginas intitulado: *Das doenças nas regiões de Dipsódia & de Utopia & de sua poderosa e infalível terapia por meio do uso zeloso de vinho & com ajuda de Deus*; e mais de um médico neste vasto mundo carrega esse tratado junto ao peito.

François Rabelais

Lamentatio

O texto de lamentação (lamentatio) se inicia com sitio, *palavra de Jesus na cruz em* João, 19:28, *com o sentido de "tenho sede". Em seguida o termo alemão* Garaus, *que significaria aqui algo como "[estou] acabado!", para depois dar sinais de sede e o resultado do anseio por beber e brindar.*

———

Sitio!
Garaus!
Boca ressequida!
Gorja árida!
Língua em brasa!
Alma aos berros!
Tripas que moem!
Pereço! Pereço! Pereço!
Chapemos! Chapemos!
Tim-tim!

Da nocividade da água e das mulheres

Godofredo de Bulhão (1058-1100) foi um militar da nobreza francesa, figura fundamental na primeira Cruzada, com a tomada de Jerusalém.

"Pipila" foi como traduzi o termo pépie, *que designa um tipo de estomatite dos pássaros e, por metonímia, a sede. Embora eu não tenha encontrado nenhuma informação, tudo indica que* bonnet de nuit *("touca de dormir") aqui indica o casamento ou o sexo no casamento; talvez derivado do tcheco, sem receber atenção crítica de Marianne Canavaggio em sua tradução francesa.*

Quando afirma que "o vinho preenche a mulher", Rabelais retoma a tópica cômica do vinho como afrodisíaco popular.

———

Saibam contudo que não é necessário misturar o vinho com elementos outros além dos supracitados, e que convém temer o pior, caso se aja assim. O primeiro desses elementos terríveis é a água, que, como se demonstrará, tantas vezes ameaça a vida. Mas há uns rastaqueras que vertem água no bagaço, dizendo: "vinho de bagaceira". Deus do céu! Graças a esse ato horrífico eles provocam morrinha, pipila, escrófula e diarreia. Outros vertem água em barricas e jarros sem dizer nada; que esses pássaros funestos virem comida de corvo! Pensem em Godofredo de Bulhão, que ordenou na véspera de uma batalha que enviassem aos maometanos um copo de vinho batizado; depois de perderem todo o vigor, estes foram massacrados sem resistência alguma.

O segundo desses elementos é a gente feminina em mal de touca de dormir, que não recua diante de nada para conduzir os manguaceiros eméritos ao pé do altar. Muitas anedotas assustadoras circulam por aí sobre harpias dessa espécie, que miram seu grapelim num homem e logo interditam a grapa dele; é por isso que os mais zelosos prebostes da confraria dos manguaceiros nem sonham com casamento, porque como dizem os mais avisados: o vinho preenche a mulher quando o homem bebe, e tanto é verdade que para isso não há necessidade nem de touca de dormir nem de chifres.

François Rabelais

Dos outros elementos nocivos

A tópica de São Martinho como padroeiro dos vinhos é recorrente em Rabelais, porque o santo, no séc. IV, teria trazido vides da Itália e dado início à tradição de vinhos na França e depois na Península Ibérica, donde vem o ditado lusitano, "Pelo São Martinho, prova teu vinho", relembrado em 11 de novembro, data tradicional para o começo da venda de vinhos novos. Ela reaparecerá na conclusão.

Seguindo as paródias bíblicas, já no primeiro parágrafo temos referência a Mateus, 6:26: "Olhai para as aves do céu, que nem semeiam, nem segam, nem ajuntam em celeiros; e vosso Pai celestial as alimenta. Não tendes vós muito mais valor do que elas?". Em seguida, temos a referência correta de que o tordo bica os grãos da uva. No fim deste capítulo, há outra referência a Mateus, 6:34: "Não vos inquieteis, pois, pelo dia de amanhã, porque o dia de amanhã cuidará de si mesmo".

André Tiraqueau era amigo de Rabelais (cf. nota introdutória à "Carta-dedicatória do tomo segundo das Cartas medicinais de Manardi"). Cailhette é o nome do bobo da corte de Luís XII (cf. Terceiro livro, cap. 37, e também a Pantagruelina prognosticação, cap. 5).

───────

Com exceção da água e das mulheres, uma vida de manguaceiro exemplar pode ser igualmente desperdiçada com tarefas, pressa, labor e cavalgadas atarantadas. Há certamente ofícios salutares e capitais, como declara Tiraqueau, entre os quais a vinicultura, mesmo que nenhum outro me venha agora à mente. Vejam os pássaros do céu; vejam o pequeno tordo se divertindo e piando durante a vindima. Uma pletora de escritos eruditos, atos, tratados, relatos, ensaios e memórias demonstram que a labuta é imprópria para a vida; e quem quer envelhecer sabiamente passe o olho no bolso do meu bom mestre; ali encontrará as seguintes obras:

De utilitate maximae ante laborem repugnantiae [*Da utilidade de uma extrema repugnância ao trabalho*],

De optimo modo nunquam laborandi [*Do melhor modo de nunca trabalhar*],

De Maligni operibus, aut qui labores necessarii dicantur, et quomodo
   supersedi possint [Das obras do Maligno, ou os trabalhos
   considerados necessários, e de que modo podem ser resolvidos],
De desisidiae beneficiis [Dos benefícios da preguiça],
De otii beneficiis [Dos benefícios do ócio],
De stultis [Dos idiotas],
De honestarum cum paribus ebrietatum arte [Da arte da embriaguez
   honesta junto aos seus pares],
De quaestione subtilissima, utrum labor in nos inuadere possit dum
   dormimus, et quomodo ab eo periculo Sancto Martino benigne
   adjuuante te defendas [De uma questão sutilíssima, se o trabalho
   pode nos invadir enquanto dormimos, e de que modo você pode
   se defender de tal perigo com a ajuda benigna de São Martinho],
Quare Deus sibi similes nos creauerit [Por que Deus nos criou à sua
   imagem e semelhança].

Ah, eh! os labores são eminentemente temíveis, e quem o nega é um louco com sino e tudo, um louco de primeira gota, um louco de prima vindima, pior que Cailhette, um louco propriamente louco, um louco neocaudal, multicaudal, sintáxico, sinóptico, sincrético, cerimonioso, universitário, registrado, principiado, agalopante, circular, nicense, constantinopolitano, efésio, calcedônio, latraniense, lionense, constantinense, tridentino, meritório, interdito, compósito, literal, sinodal, húmido, auroral, ártico, mimético, involuntário, quase sóbrio.

Pois quem não faz nada estará sentado à direita do Senhor; e quem galopa e se apressa e acumula bens terrestres e grana será precipitado num lago de fogo; o mesmo vale para quem cela em grutas ouro e prata enterrados, em vez de barricas, garrafões, frascos e garrafas; e para todo aquele que blasfema contra nosso Senhor ao se inquietar com o dia seguinte.

Por isso:

Conceda, Jesus Cristo Salvador,
Que possamos beber com bom humor
E encontrarmos a paz que está nos céus.

François Rabelais

Das boas maneiras matinais

Vinho de macaco, na minha interpretação, indica aqui o vinho ligado à teoria dos quatro humores: o colérico tem vinho de leão, o fleumático tem vinho de cordeiro/ovelha, o melancólico tem vinho de porco, e o sanguíneo tem vinho de macaco. No entanto, a informação não consta no Corpus Hippocraticum, *e sim no* Kalendrier des bergiers *(Calendário dos pastores). Essa tópica aparece também nos* Contos de Canterbury *de Chaucer. Na época de Rabelais, os vômitos eram aconselhados para bloquear a embriaguez e mitigar dores no estômago. Epistemão é o pedagogo de Pantagruel no livro homônimo, desde o cap. 5.*

———

Uma alma brincalhona é grande saúde: o manguaceiro de boas maneiras sabe se lembrar disso. Um vinho requintado, bebido com as tripas vazias, renova as forças de quem pratica assiduamente o tempo da coruja; é por isso que Hipócrates evoca o vinho de macaco para despertar a alegria, o vinho de porco para facilitar vômitos, o vinho de leão auxiliar às naturezas reclamonas, o vinho de cordeiro para conferir maneiras moderadas. Ah! Irmãos de nariz escalfado! Guardem isso na cabeça: nunca é cedo demais para beber. É por isso que convém, desde o raiar do dia, limpar o focinho, umedecer os pulmões, lavar as tripas: assim vocês ficarão arrojados e ligeiros; eu não estou aqui à toa.

O vinho vai lhes dar à luz durante selas firmes e seguras, que o sábio Epistemão chama de papais, porque são por natureza infalíveis. Quem, por um lado, bebe desde a manhãzinha água ou qualquer líquido análogo será amolengado e bunda-mole até as últimas horas vesperais; e vai se deitar entre suores e terá pesadelos. Por outro lado, quem bebe vinho vai ter a consciência tranquila e o espírito sereno até o crepúsculo; e assim dia após dia novamente.

E o vinho vai lhes dar mijo sadio e rosado, aveludado que nem galhada de veado. Enquanto os bebedores de água o terão turvo e sulfúrico.

E o vinho vai lhes dar uma verga possante e bela, que vocês podem balangar à vontade e observar contentes. Enquanto os bebedores de água a terão cheia de bolhas e soluços.

E o vinho vai lhes conceder alegria aos lábios e vocês vão cantar a plenos pulmões a antiga canção:

> Beba firme, irmão, beba, beba,
> Beba, irmão, beba mais.
> Beba firme, irmão, beba, beba,
> Beba mais, irmão, beba.

Mas quem bebe água há de definhar sem gozo.

E lhes digo, o vinho vai reforçar com fama o ventre e os braços musculosos, e suas pernas serão que nem mastros de navios; por outro lado, os bebedores de água serão lânguidos, incapazes de sustentar um azorrague.

Conclusão: *Illa bonis consilietur amice*

A frase em latim no título deste capítulo pode ser traduzida como "Aos bons aconselhe amigável estas coisas". É uma paráfrase do que lemos em Horácio, Arte poética, *v. 196, que aqui ganha um novo contexto cômico com o elogio desbragado do vinho.*

Rabelais ainda faz algumas referências bíblicas em modo de piada. Nas bodas de Caná, em João, *11:7-11, quando Jesus transformou água em vinho. A fala de Jesus com o vinho está em* Mateus, *24:28. A menção a um bêbado que ajuda outro ecoa* Eclesiastes, *4:10: "Porque se um cair, o outro levanta o seu companheiro; mas ai do que estiver só; pois, caindo, não haverá outro que o levante". Os nomes bíblicos de companheiros de bebida são, na verdade, tipos de garrafas de tamanho crescente: Matusalém tem 6 litros; Baltazar, 12 litros; Nabucodonosor, 15 litros.*

Plínio, em História natural, *livro 14, trata bastante de vinhos. Olivier Basselin (c. 1400-c. 1450) foi um poeta e cancionista francês famoso por suas canções de bar conhecidas como* Vaux-de-Vire, *termo que deu origem ao* vaudeville. *O papa Júlio II (1443-1513) tinha barba, ao contrário de seus antecessores, o que causou estranheza de seus pares, porém o relato sobre cerveja parece ser inventado. Erasmo de Roterdã, em seu* Elogio da loucura, *na verdade fala de vinho diluído em água, não em cerveja como punição. Avicena, ou melhor, Abū Alī al-Husayn ibn Abd Allāh ibn Sīnā (c. 980-1037) é figura fundamental da filosofia árabe, com grande repercussão no Ocidente graças ao seu* Cânone da medicina. *Giovanni Manardi de Ferrara (1462-1536) foi médico e botanista italiano, autor das* Epistolae medicinales *(Cartas medicinais); Rabelais editou uma obra dele (cf. "Carta-dedicatória do tomo segudo das* Cartas medicinais *de Manardi").*

A discussão entre vinho e água remete à Querela do vinho e da água, *bem como ao poema* Débat de l'eau e du vin, *em voga pelo menos desde o séc. XIII.*

Manguaceiros ilustres! Nobres toscos! Estimados aleijões! Sondas de jarros! Hastes de frascos! Registros rodados! Mordomos de névoas! Discípulos de São Martinho! Irmãos chapados! Irmãos cozidos! Irmãos insaciáveis e arrotadores chumbados! Banqueteiros e toneleiros! Trincadentes e trincalínguas! Vastas gorjas! Panças bombadas! Peidorreiros e trapaceiros! Irmãos doidos e preciosos! Por conclusão, notem bem o seguinte: se quiserem conservar nesta vida saúde e venustade, escutem atentamente estas seis regras:

Nunca bebam sozinhos. A companhia de manguaceiros é uma corja altamente estimada e sua palavra baritonante tem peso considerável nos círculos de gendarmes. E mais: peguem dois bêbados; se um, empanturrado de névoa, perder o passo, o outro logo o levanta.

Sigamos: ao despontar o dia, sob o luar virginal da alba, o melhor é brindar com Matusalém; ao meio-dia com Baltazar; no crepúsculo choque a caneca com Nabucodonosor.

Só bebam do melhor. Bebam do sólido. Plínio convida a distinguir os vinhos imbecis dos vinhos válidos; os bilontras vão preferir a segunda opção. Evitem os mequetrefes e mijos de burro. Evitem vinhos xexelentos.

Evitem a cerveja. O poeta Basselin chama os manguaceiros de cerveja de bocas mijantes e diz com justeza que esse trago é bom para os flamengos e alemães, porque têm alma comum. E beber cerveja é causa de males: Júlio, o santo pai, bebeu cerveja e, mostrando sua barba, provocou grande indignação. Por isso, Erasmo de Roterdã também diz que a cerveja seja infligida aos desgarrados e apóstatas, pois que é um castigo rudíssimo, tão pesada fora a falta.

Porém mais que tudo, evitem a água: de todos os fluidos, é o mais virulento. Grande número de poetas e lansquenetes sucumbiram desafortunadamente por culpa dela. A água prejudica enormemente por causa de seu fedor e pestilência; Aristóteles, na *História dos animais*, narra como um grande número de gafanhotos, depois de beberem água, se corromperam e, por causa daquela horrível pestilência, abateram oitenta mil pessoas na cidade de Azi. E os membros da congregação da Santa Sé sabem muito bem o que estão fazendo quando vertem um funil de água nas tripas heréticas, porque quem bebe água tem sempre algo por esconder e dissimula alguma obscenidade.

Vamos! Tomem exemplo no ensinamento de Jesus Cristo em Caná, do adorável milagre do Cordeiro.

Evitem também o sangue. O sangue é pernicioso para o corpo humano, como testemunham diversos escritos e opúsculos medicinais e o camarada Avicena, também ele, recomenda a prática abundante da sangria. Reconhecemos que o sangue é um fluido gravemente nocivo porque esguicha e escorre só de furar alguém com um punhal, porque o corpo humano aproveita a mais ínfima oportunidade para se livrar desse veneno; e Manardi de Ferrara

François Rabelais

nos ensina que devemos escutar o que o corpo nos ordena, pois através dele fala o Espírito Santo. Eis por que, erguendo o cálice, o Salvador disse: "Isto é o meu sangue", o que prescreve que troquemos todo nosso sangue por vinho, que nem uma cunha empurra a outra; e nós ficaremos saudáveis e adoraremos a Deus com fervor. ἄγιος κ'ἀθάνατος ὁ Θεός [Santo Deus imortal].

Ah! saibam também o seguinte: vocês têm a vida inteira para gargalhar e toda a morte para repousar.

OS SONHOS BUFONESCOS
DE PANTAGRUEL

Nota introdutória

Este livrinho publicado originalmente em Paris, em 1565, portanto mais de uma década após a morte de Rabelais, permanece sendo um mistério. Ele contém 120 gravuras absurdas e cômicas que não ilustram propriamente os capítulos de Gargântua *e* Pantagruel, *embora algumas delas possam receber uma leitura atravessada pelos textos. Talvez o melhor resumo do que temos aqui seja definir essas gravuras como variações sobre a monstruosidade, que por sua vez dialogam com as* drôleries *flamengas contemporâneas, tais como as mais famosas de Bosch e de Bruegel, ao mesmo tempo que remete para os desenhos antinarrativos de borda de manuscritos do século XIII em diante.*

É consenso quase absoluto que a obra não é da lavra de Rabelais e que, sendo publicada pelo editor, livreiro e ilustrador Richard Breton (1524-1572), é quase certamente de François Desprez (?1530-1580/87), que produziu outras gravuras com estilo similar. No entanto, por considerar uma peça importante no corpus *rabelaisiano e na construção de sua interpretação subsequente (penso em como foi considerado um precursor dos surrealistas, ou em como Salvador Dalí de fato usou estas gravuras para fazer obras próprias, para ficarmos em apenas dois exemplos), e por ver que, segundo me consta, até o momento elas nunca foram publicadas no Brasil, creio que este é o momento mais adequado, junto a uma obra completa.*

OS SONHOS BUFONESCOS
DE PANTAGRUEL
ONDE ESTÃO CONTIDAS DIVERSAS FIGURAS
DE INVENÇÃO DO MESTRE FRANÇOIS RABELAIS,
E ÚLTIMA OBRA DO MESMO,
PARA DIVERTIMENTO DOS BONS ESPÍRITOS

Ao leitor, saudações

Crotestes, bem como as mascaradas, são danças típicas, que em geral envolviam fantasias.

———

A grande familiaridade que eu tive com o falecido François Rabelais me incitou (amigo leitor) a me ver impelido em dar esta última de suas obras à luz, que são *Os diversos sonhos bufonescos* do excelentíssimo, mirífico Pantagruel: homem outrora renomadíssimo por causa de seus feitos heroicos, bem como as histórias mais que verídicas são também discursos admiráveis, que é a principal causa de eu não querer (para evitar a prolixidade) fazer qualquer menção, mas apenas certificarei, como que de passagem, que são figuras de um estilo tão estranho, e que se poderia até cruzar toda a terra, mas não creio que Panurgo tenha jamais visto ou conhecido algo mais admirável nos países onde outrora fez suas derradeiras navegações. Bem, quanto as lhes fazer uma ampla descrição sobre as qualidades e estados, deixei tal labor para os homens versados nessa faculdade e mais capazes que eu, a saber, para declarar o sentido místico ou alegórico, bem como para dar os nomes mais convenientes a cada uma. Do mesmo modo, não julguei bom fazer um longo prefácio de recomendação da presente obra: isso deve ser feito por aqueles que desejam alçar seu renome no universo, porque, como diz o provérbio, quando o vinho é bom, não precisa de rolha na porta da taverna. Não quis também divagar a discorrer sobre a intenção do autor, tanto porque fiquei inseguro, quanto pela grande dificuldade que se encontra em contentar tanto aos espíritos por si mesmos lunáticos; espero, no entanto, que muitos fiquem satisfeitos, pois quem for errante por natureza aqui encontrará com que errar, o melancólico com que se alegrar, o alegre com que rir, nos disparates aqui contidos; e peço a cada um deles que leve tudo de bom grado, assegurando que, ao dar à luz esta obra, não pretendi ser taxa-

do nem incorporado a qualquer estado ou condição que seja, mas apenas
servir de passatempo à juventude, bem como a muitos bons espíritos que
aqui poderão indicar invenções tanto para fazerem crotestes
quanto para montar mascaradas, ou para aplicar o que
julgarem que a ocasião mais incite; eis em verdade
o que me induziu a não deixar se esvanecer esse
trabalhinho, pedindo-lhe afetuosamente
que o receba com o mesmo bom
coração com que lhe é
apresentado.

François Rabelais

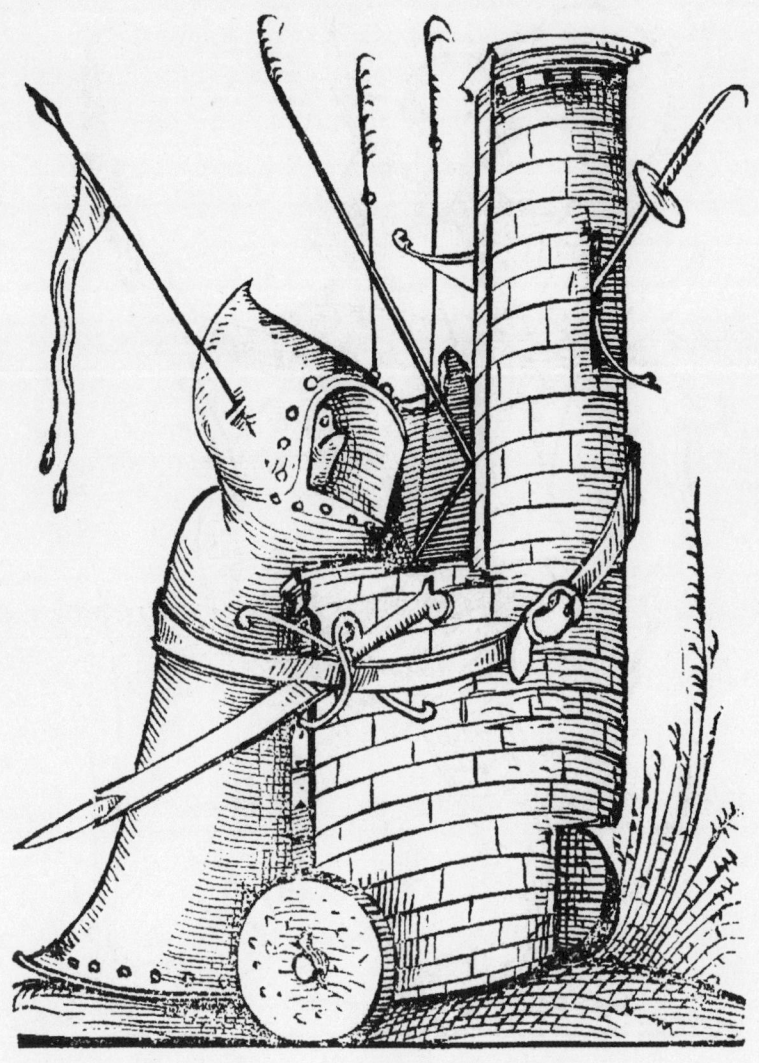

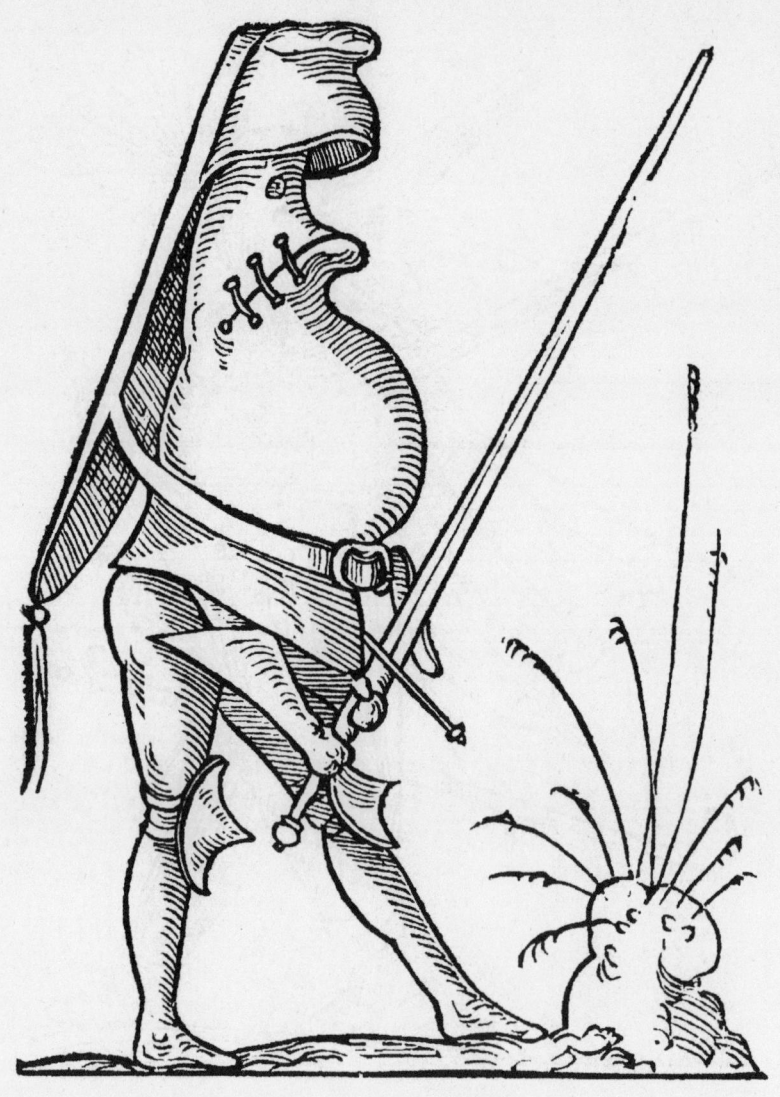

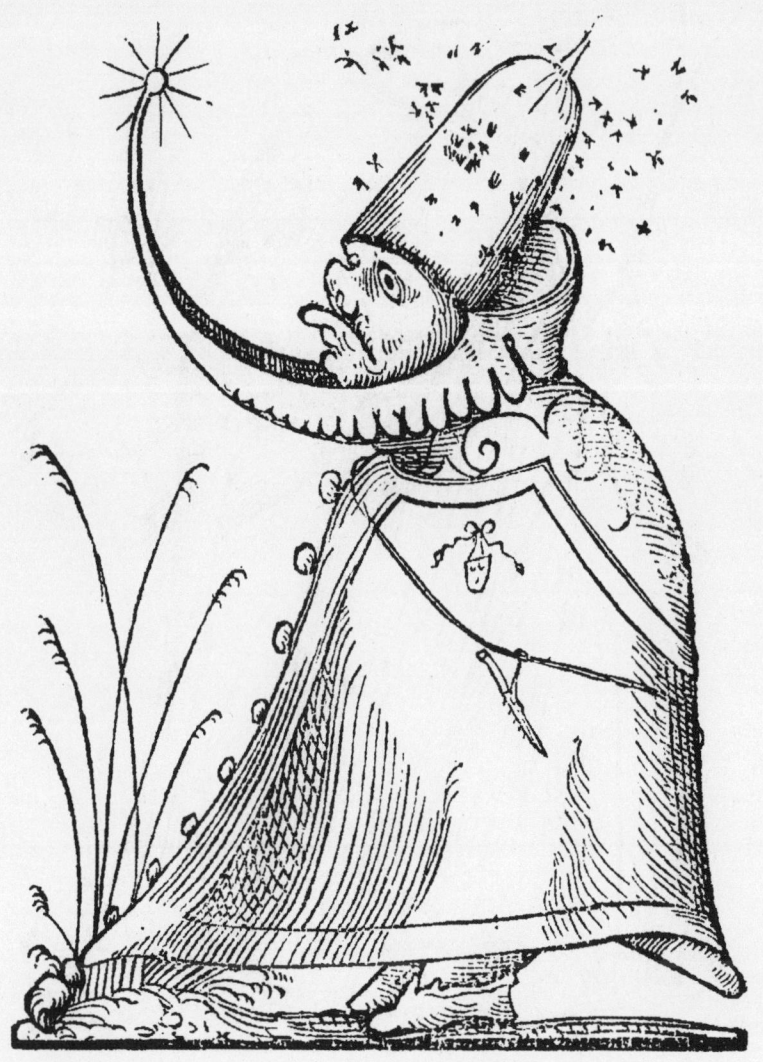

347

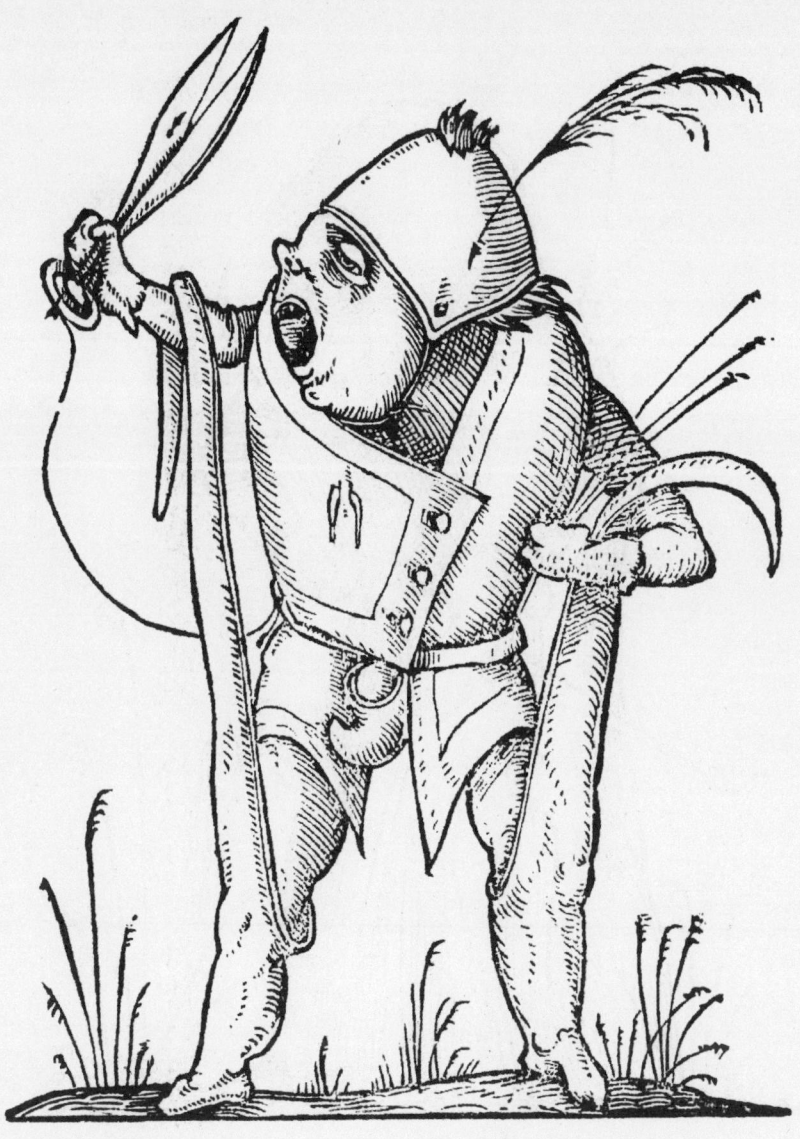

374

375

382

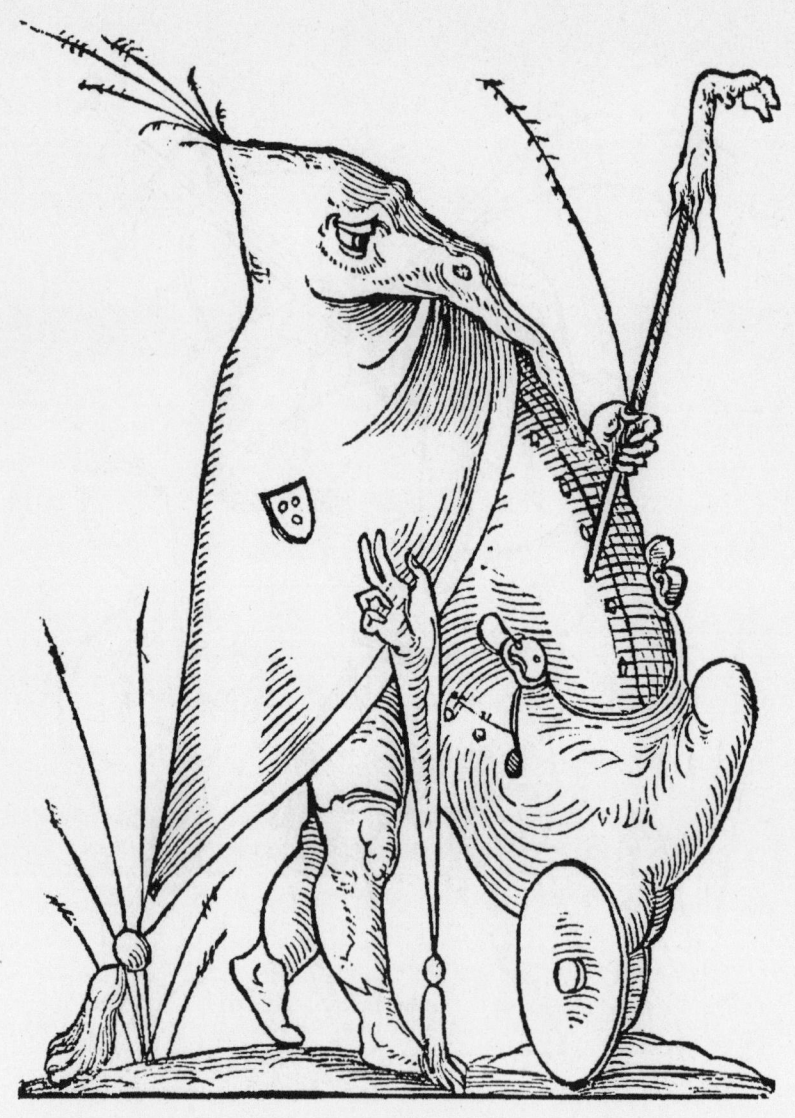

389

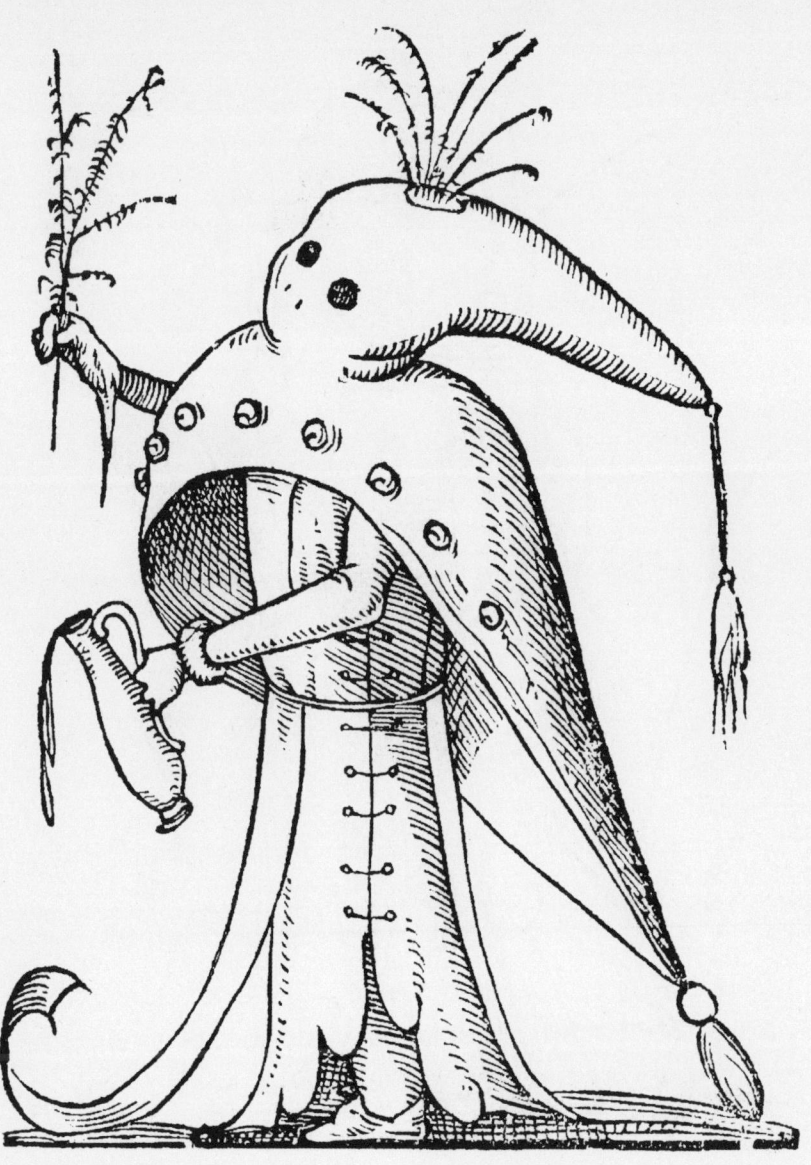

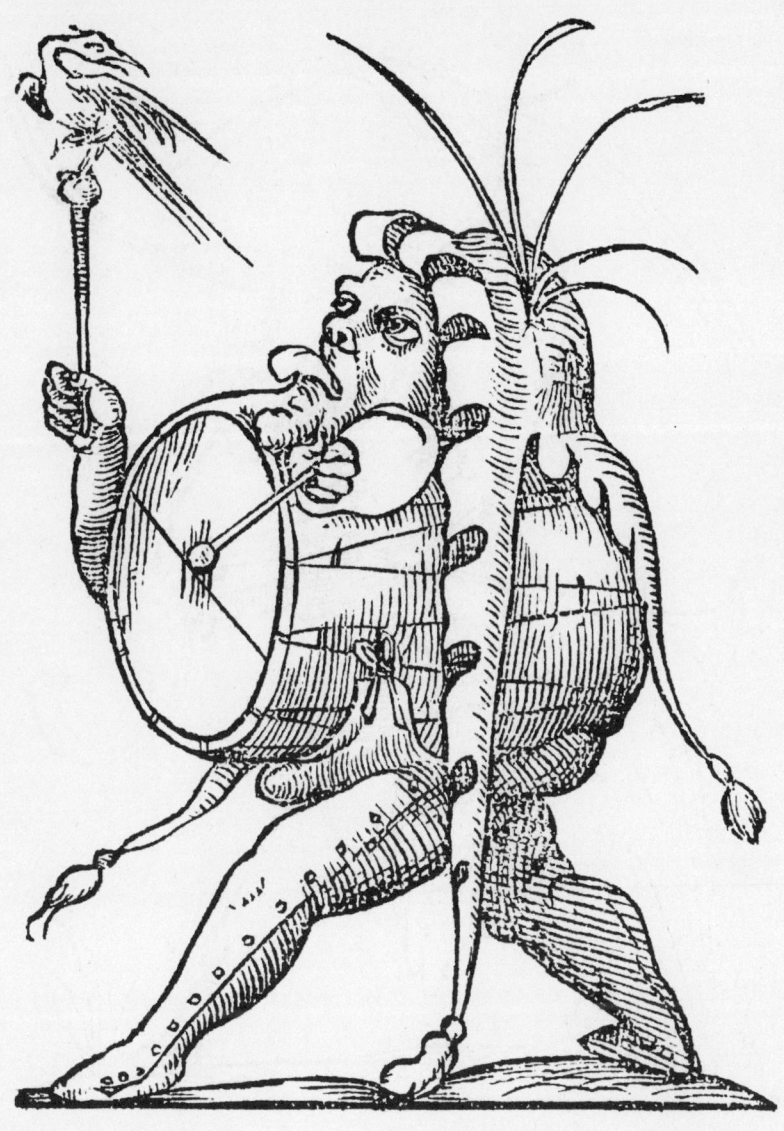

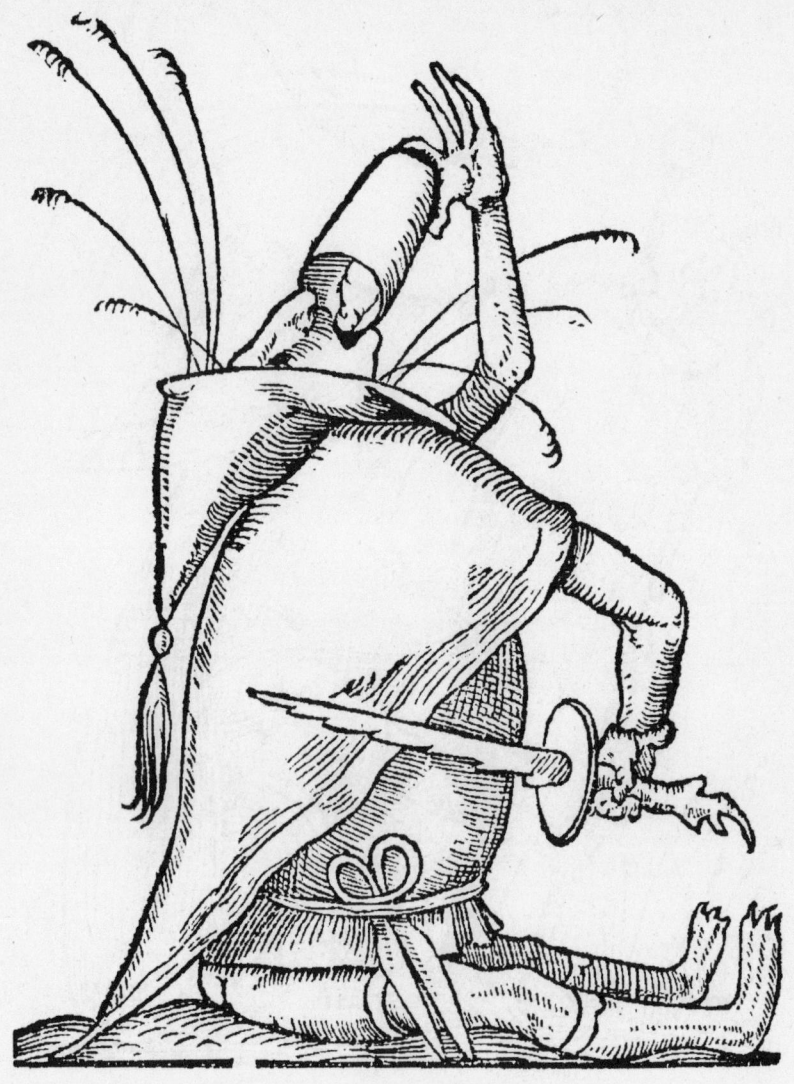

396

408

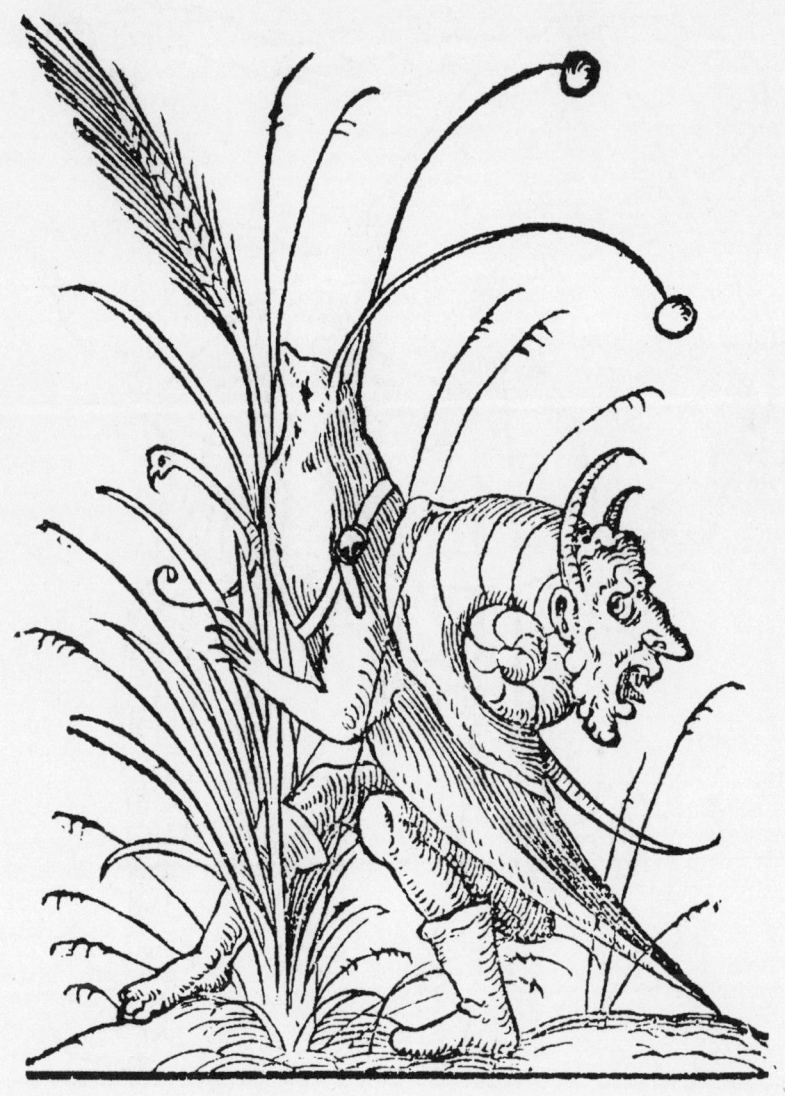

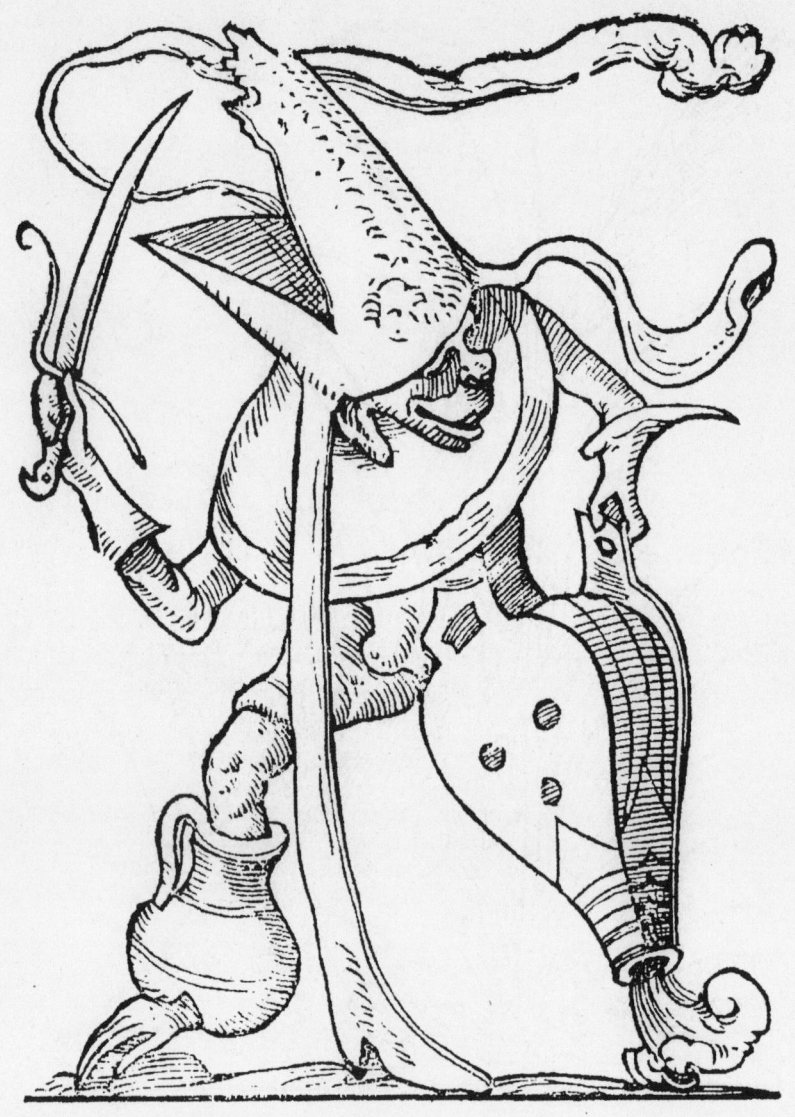

410

411

413

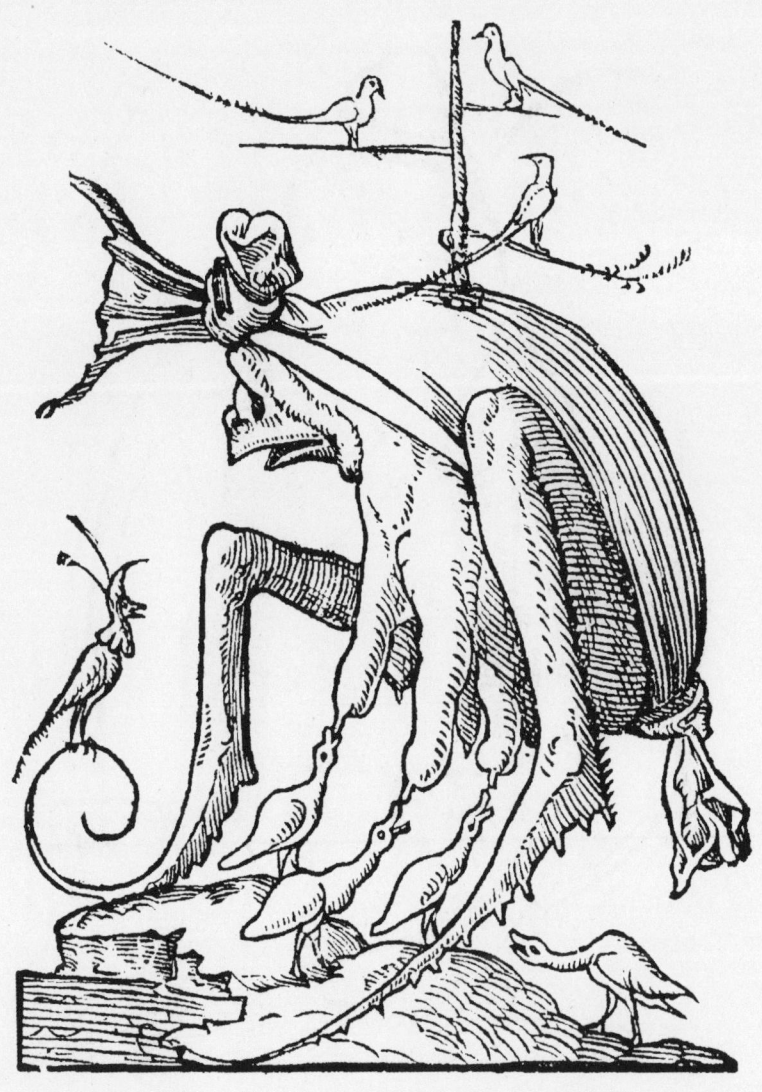

420

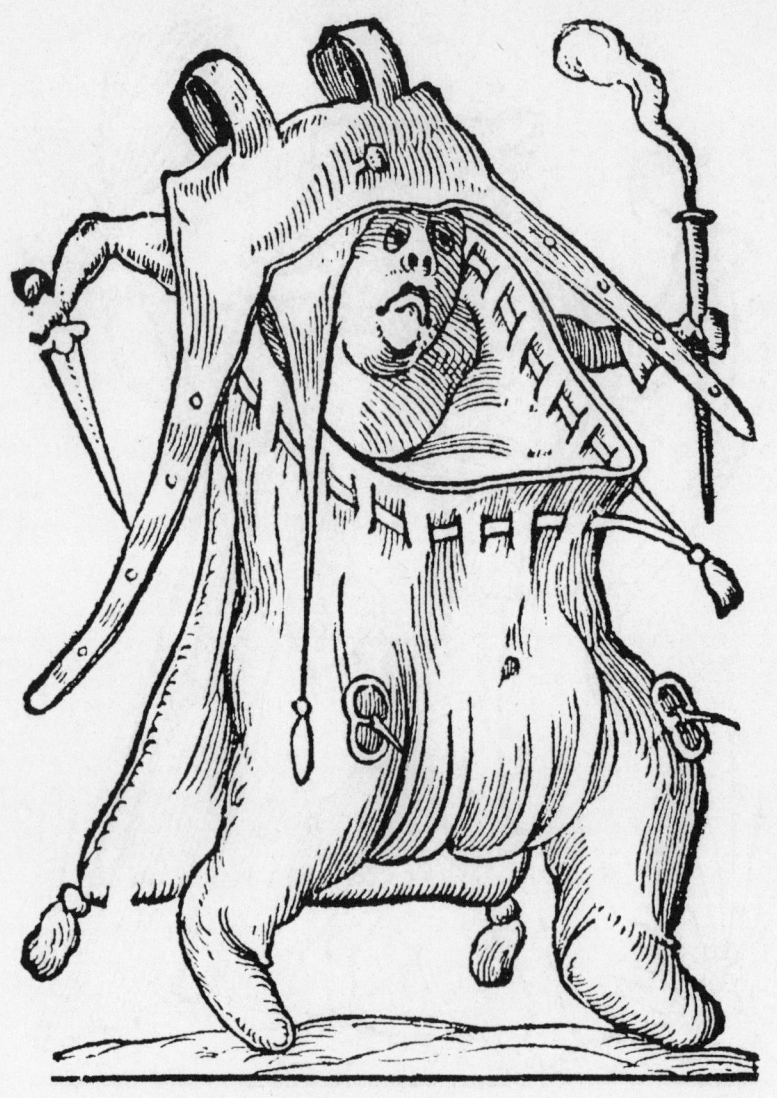

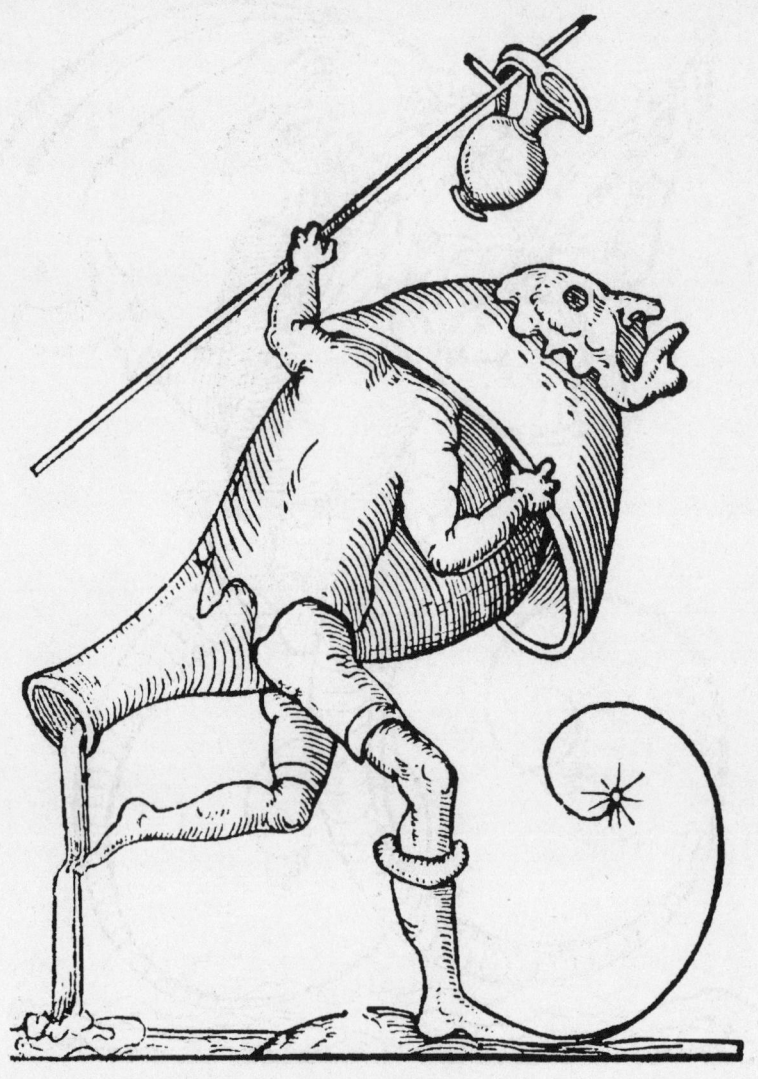

432

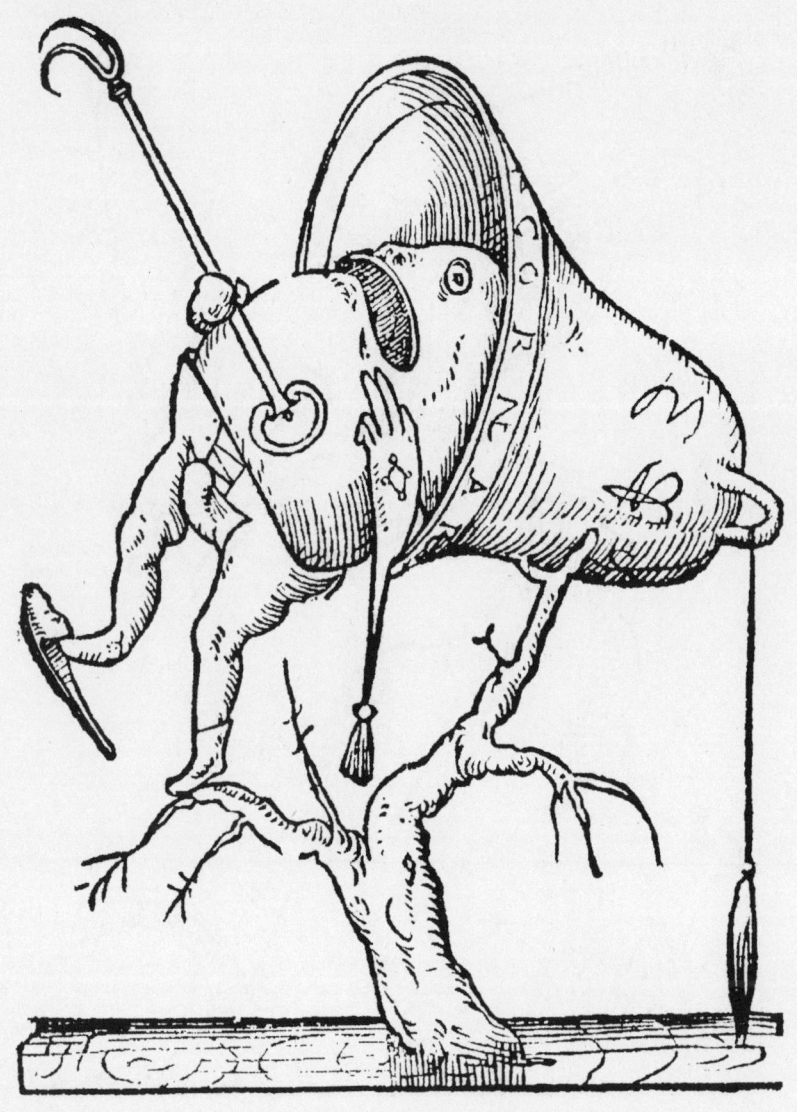

433

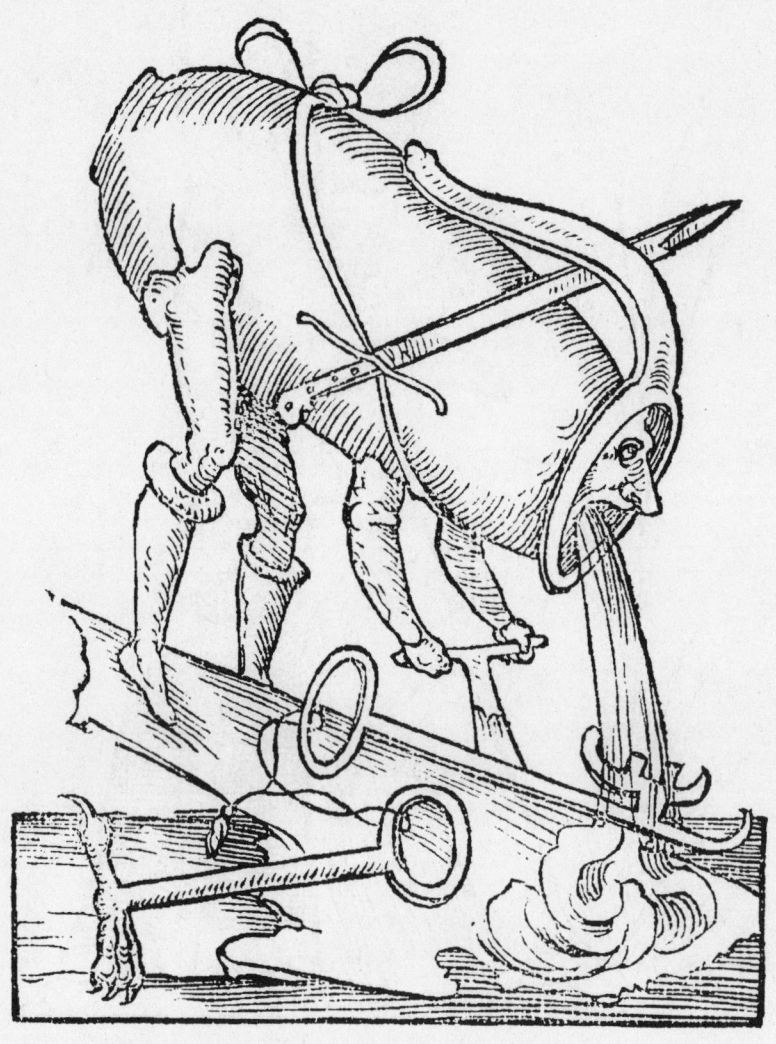

439

443

Sobre o autor

François Rabelais (1483-1553) foi um intelectual e verdadeiro polímata francês do Renascimento, e é considerado um dos maiores escritores de todos os tempos. De sua vida, sabemos até hoje poucas coisas com precisão, embora tenhamos alguns dados esparsos que podem nos apresentar um retrato intelectual aproximado. Apesar de ser conhecido quase só por suas obras ficcionais em torno dos hilários Gargântua e Pantagruel (com os dois livros homônimos de cada personagem e mais três volumes voltados para as aventuras de Pantagruel), temos dele ainda uma obra curiosíssima entre cartas, prognosticações e almanaques de época, prefácios de edições gregas e latinas, poemas em francês, latim e grego, e até mesmo uma súplica em latim ao papa.

Nascido numa data incerta (1483?), Rabelais veio de uma burguesia de vínculos rurais e se alçou até o alto escalão da nobreza francesa: teve primeiro uma formação em direito, foi em seguida monge franciscano, depois beneditino, abraçou a apostasia, teve três filhos, chegou a ser médico e secretário da família Du Bellay, atuou em embaixadas diplomáticas e foi talvez até espião internacional a serviço da Coroa francesa, tudo isso enquanto traduzia do grego ao latim, estudava hebraico, um pouco de árabe e pesquisava outras línguas vivas e mortas.

Sua obra é marcada pela contínua experimentação do período, a inovação impressionante da língua francesa, e uma erudição típica dos maiores nomes do Renascimento europeu. Rabelais uniu o mais alto conhecimento do século XVI a um riso desbragado e único que até hoje nos espanta. Faleceu, não sabemos por que motivo, em 1553, porém mesmo depois de sua morte continuaram aparecendo alguns livros atribuídos ao seu nome, já prestigiado em vida.

Sobre o tradutor

Guilherme Gontijo Flores nasceu em Brasília, DF, em 1984. É poeta, tradutor e professor de latim na Universidade Federal do Paraná. Publicou os livros de poesia *brasa enganosa* (Patuá, 2013), *Tróiades* (Patuá, 2015, site <www.troiades.com.br>), *l'azur Blasé* (Kotter/Ateliê, 2016), *ADUMBRA* (Contravento, 2016), *Naharia* (Kotter, 2017), *carvão : : capim* (Editora 34, 2018), *avessa: áporo-antígona* (Cultura e Barbárie/quaseditora, 2020), *Todos os nomes que talvez tivéssemos* (Kotter/Patuá, 2020) e *Potlatch* (Todavia, 2022), além do romance *História de Joia* (Todavia, 2019) e das parcerias *Arcano 13*, com Marcelo Ariel (Quelônio, 2021), *A Mancha*, com Daniel Kondo (FTD, 2021), *Entre costas duplicadas desce um rio*, com François Andes (Ars et Vita, 2022) e *Uma A Outra Tempestade*, com André Capilé (Relicário, 2022). Como ensaísta, lançou *Algo infiel: corpo performance tradução*, com Rodrigo Gonçalves e fotos de Rafael Dabul (Cultura e Barbárie, 2017), *A mulher ventriloquada: o limite da linguagem em Arquíloco* (Zazie, 2018), *Tradução-Exu*, com André Capilé (Relicário, 2022), e *Que sabe de si: o híbrido, a memória, a fúria* (UFPR, 2023).

Como tradutor, publicou, entre outros: *A anatomia da melancolia*, de Robert Burton (4 vols., Editora UFPR, 2011-2013, vencedor dos prêmios APCA e Jabuti de tradução), *Elegias de Sexto Propércio* (Autêntica, 2014, vencedor do Prêmio Paulo Rónai de tradução, da Fundação Biblioteca Nacional), *Fragmentos completos de Safo* (Editora 34, 2017, vencedor do Prêmio APCA de tradução), *Epigramas de Calímaco* (Autêntica, 2019), *Ar-reverso*, de Paul Celan (Editora 34, 2021), além de *Pantagruel e Gargântua* (2021), *Terceiro, Quarto e Quinto livros de Pantagruel* (2022) e *O ciclo de Gargântua e outros escritos* (2023), os três volumes das *Obras completas* de François Rabelais (Editora 34).

Foi um dos organizadores, com Raimundo Carvalho, Márcio Meirelles Gouvêa Júnior e João Angelo Oliva Neto, da antologia *Por que calar nossos amores? Poesia homerótica latina* (Autêntica, 2017). Foi coeditor do blog e revista *escamandro: poesia tradução crítica* (<www.escamandro.wordpress.com>). Nos últimos anos vem trabalhando com tradução e performance de poesia antiga e participa do grupo Pecora Loca.

Sobre o ilustrador

François Desprez nasceu por volta de 1530 e foi um editor, gravador e ilustrador francês. Estudou na Universidade de Paris em 1556, e depois foi designado como "maître boursier", profissão que consistia em desenhar padrões para tecidos e gravuras. Entre 1559 e 1560 já aparece junto aos impressores e livreiros parisienses, como o protestante Richard Breton (1524-1572). Em 1563 estabelece-se na rue Montorgueil como um dos proprietários da casa impressora Au Bon Pasteur. Nesse tempo casou-se com Jeanne Turpin e teve um filho, Pierre, batizado em 1567.

Em 1562 Desprez assina a dedicatória a Henrique de Navarra no *Recueil de la diversité des habits*, obra editada em Paris por Richard Breton para a qual produziu anonimamente várias ilustrações. Também publicada por Breton, em 1565, mas como sendo de autoria de François Rabelais, *Les songes drolatiques de Pantagruel* consiste em uma série de 120 retratos grotescos no estilo de Bosch e Bruegel, que só muito depois seriam atribuídos a Desprez. Os tipos bizarros destas pranchas estão sempre retratados em canteiros que podem aludir ao nome do ilustrador ("des prés", "dos prados"). Em 1567 Desprez publica o *Recueil des effigies des rois de France*, de Baptiste Pellerin, pela Au Bon Pasteur, mesma época em que cria uma grande gravura satírica em quatro partes intitulada *Mariage de Lucresse aux yeux de bœuf et Michault Crouppière* (*c.* 1570), que reproduz alguns personagens dos *Songes drolatiques*. Faleceu em Paris, entre 1580 e 1587.

ESTE LIVRO FOI COMPOSTO EM SABON
PELA FRANCIOSI & MALTA, COM CTP E
IMPRESSÃO DA EDIÇÕES LOYOLA EM PA-
PEL PÓLEN NATURAL 80 G/M² DA CIA.
SUZANO DE PAPEL E CELULOSE PARA A
EDITORA 34, EM JULHO DE 2023.